JOSÉ ROBERTO DA COSTA PEREIRA

OVERDONE

A beleza que mata

Literare Books
INTERNATIONAL
BRASIL · EUROPA · USA · JAPÃO

Presidente do conselho:
Maurício Sita

Presidente:
Alessandra Ksenhuck

Vice-presidentes:
Cláudia Pires e Julyana Rosa

Diretora de projetos:
Gleide Santos

Consultora de projetos:
Amanda Leite

Gerente editorial:
Anselmo Vasconcelos

Colaborador editorial:
Romualdo Venâncio

Editora júnior:
Júlia Almeida

Assistente editorial:
Emerson Xavier

Capa, projeto gráfico e diagramação:
Gabriel Uchima

Foto da capa:
Freepik

Revisão:
Lui Navarro e Vinicius Mendes

Impressão:
Printi

Dados Internacionais de Catalogação na Publicação (CIP)
(Câmara Brasileira do Livro, SP, Brasil)

Pereira, José Roberto da Costa
Overdone : a beleza que mata / José Roberto da Costa Pereira. -- São Paulo : Literare Books International, 2025.

ISBN 978-85-9455-445-1

1. Ficção brasileira I. Título.

25-281074 CDD-B869.3

Índices para catálogo sistemático:

1. Ficção : Literatura brasileira B869.3

Eliete Marques da Silva - Bibliotecária - CRB-8/9380

Literare Books International.
Alameda dos Guatás, 102 – Saúde – São Paulo, SP.
CEP: 04053-040
Fone: +55 (0**11) 2659-0968
site: www.literarebooks.com.br
e-mail: literare@literarebooks.com.br

MISTO
Papel | Apoiando o manejo florestal responsável
FSC® C196274

Esta obra é totalmente fictícia,
qualquer eventual semelhança com
pessoas ou fatos é mera coincidência.

Para minha netinha Lorena, que é pura magia e imaginação.

Dedico este livro a você, com a esperança de que suas aventuras sejam ainda mais fantásticas e seus sonhos voem ainda mais alto.

Eu vou... pegar... você,... meniiina.

Agradecimentos

Ao olhar para o caminho percorrido até aqui, sinto-me profundamente grato a todos que fizeram parte desta jornada. À minha família, pela paciência infinita, pelo amor incondicional e por acreditarem em mim mesmo nos momentos mais difíceis. Aos amigos, que souberam oferecer palavras de incentivo e, às vezes, silêncio compreensivo. À equipe editorial, que, com cuidado e dedicação, transformou ideias em páginas. Ao Romualdo, pela entusiasmada colaboração.

Às mulheres que me acompanham nesta jornada e são fontes constantes de inspiração e força: Marina e Camila, filhas queridas, e Denise, companheira de todas as horas.

Aos leitores, que tornam este sonho realidade ao dedicarem seu tempo a estas palavras. Este livro é, antes de tudo, um reflexo da generosidade e do apoio que recebi ao longo do caminho.

Obrigado.

Prefácio

É com entusiasmo que o convido a folhear as primeiras páginas de *Overdone*, uma obra que já nasce singular, escrita por um autor cuja trajetória combina ciência, criatividade e um fino senso de humor. Médico especialista em cirurgia plástica, o criador desta história tem também pós-graduação em nutrologia e atua inquietamente no universo das inovações. Além de sua credibilidade no rigor acadêmico, comprovada por sua experiência em redação de monografias médicas, artigos científicos e participações como cronista em coletâneas, ele agora estreia na literatura de ficção, abrindo espaço para novas veredas narrativas sem perder o comprometimento intelectual que sempre pautou sua carreira.

Desde a abertura de *Overdone*, percebe-se a marca registrada do autor: bom humor inteligente e criatividade que desafia padrões. Esses são os ingredientes que adoçam cada página, permeando até mesmo as situações mais tensas com uma leveza rara. O riso irônico, a sátira sutil e o olhar crítico e inventivo sobre o mundo são qualidades forjadas na constante busca pelo diferente e presentes do início ao fim, garantindo ao leitor uma experiência tão inovadora quanto surpreendente.

A premissa que move esta narrativa é instigante: poderá o procedimento estético mais popular e desejado do mundo, ou seja, a aplicação da toxina botulínica, transformar-se, pelo excesso e pela vaidade, na origem da maior tragédia bioterrorista da história? "Overdone", termo que alude justamente ao exagero onde não se deve ir, é aqui elevado à condição de protagonista invisível, direcionando o enredo em que fatos reais e ficção fazem fronteira tênue, confundindo o leitor e aguçando sua curiosidade a cada capítulo.

É nessa travessia entre o plausível e o fantástico que o livro se desenrola, apresentando um painel rico de personagens magnéticos, cenários verossímeis e acontecimentos intrigantes. O ritmo narrativo é eletrizante, marcado por reviravoltas engenhosas e um crescendo dramático que culmina em um desfecho tão inesperado quanto satisfatório. Impossível largar o livro sem aquela irresistível vontade de descobrir o que vem a seguir. Esse é um dos méritos de uma construção habilidosa, que equilibra suspense, aventura e o toque mordaz de humor.

No centro dessa tormenta está Roberto Dias, protagonista de múltiplos contrastes. Sua inteligência fora do comum é apenas uma das faces do escritor, cuja indiferença pela vida alheia escancara dilemas éticos profundos. É o trauma, somado ao desejo irrefreável por vingança contra a humanidade, que o alimenta e o impulsiona a planejar um atentado bioterrorista à altura de sua genialidade e obsessão. O fio condutor? A vaidade humana.

Transformando o desejo de beleza em ferramenta de caos, Roberto protagoniza uma trama de suspense e humor ácido, revelando fragilidades e contradições universais. Ambientada em um cenário global, com equipes e acontecimentos pulando de uma metrópole a outra, estrategicamente escolhidas para criar máximo impacto, a obra leva o leitor a uma volta ao mundo em que o real e o imaginário se entrelaçam. Há terrores verossímeis, mas também há tempo para rir, aprender, desconfiar, e se emocionar.

Aqui, ciência e vaidade se misturam num retrato ácido do nosso tempo, evidenciando que, muitas vezes, os limites só existem para serem ultrapassados, seja pela curiosidade, pelo riso, ou pela tragédia. *Overdone* não é apenas um convite à leitura, mas à reflexão multifacetada sobre até onde pode ir o preço da beleza.

Aceite este convite para uma aventura literária sem igual. Prepare-se para surpresas, diversão e reflexão – e permita-se ser cativado por um autor-inventor que acredita que humor e criatividade podem, sim, transformar até mesmo as mais sombrias inquietações humanas em uma leitura inesquecível.

Boa viagem!

Mauricio Sita.

Sumário

CAPÍTULO
1

A teia

Já fazia meia hora que eu estava dentro daquele táxi e ele continuava a se arrastar em meio à lentidão do trânsito na alameda Campinas, apesar de ainda estarmos no meio da manhã. Talvez pudesse até já ter alcançado a Avenida Paulista se tivesse escolhido fazer o trajeto a pé. Tenho certeza de que, um dia, São Paulo ainda vai travar por conta do excessivo número de carros. Paciência. Por outro lado, observar a paisagem e as pessoas subindo a rua trouxeram-me lembranças de quando eu fazia diariamente esse trajeto.

Bons tempos aqueles em que eu atuava na indústria farmacêutica como propagandista. Esse termo já nem é usado mais hoje em dia, mas à época era bem relevante. Apesar de ser bastante jovem, destacava-me entre os demais profissionais naquela atividade, tanto que minha agenda era repleta de visitas à região da Rua Itapeva.

Era ali que se concentravam os consultórios dos principais professores de medicina da cidade, como se aquela área fosse uma ilha exclusiva de médicos em meio a um arquipélago de "cirurgiões" do setor financeiro. E a Itapeva era tão ou mais valiosa quanto as demais ilhas. Foram 19 anos atuando especificamente nessa região, trabalhando para três diferentes empresas.

Movido por aquelas boas lembranças e sem qualquer expectativa de que a condição do trânsito fosse melhorar, resolvo pagar o táxi e seguir andando até o local do encontro. A caminhada me permite ver quantas mudanças ocorreram naquela tradicional Rua dos Jardins. Uma nova churrascaria, o antigo restaurante japonês com novo nome, um hotel que foi transformado em flat, um flat que foi transformado em edifício residencial e o desaparecimento de alguns botecos onde, por várias vezes, tomei café ou almocei.

Mas, se tem algo que não mudou, foi a aparência das pessoas que caminham por ali. Alguns executivos, alguns estudantes e muita, muita gente feia. Às vezes, penso se não deveria ser proibido tanta gente feia sair à rua ao mesmo tempo, gerando uma verdadeira poluição visual, pior até que aquele monte de cartazes e outdoors.

Acho que essa minha intolerância à feiura é consequência dos tantos anos de trabalho como representante de um produto voltado principalmente à estética, provando que mesmo um casca-grossa como eu pode ter seu gosto refinado por influência do meio. Algo que Rousseau já sabia há muito tempo.

Quando alcanço a Avenida Paulista, observo os novos prédios que surgiram e tento me lembrar de como era há quase 20 anos. Então, vejo um cenário muito conhecido, o antigo Bar do Jacaré. O nome do lugar, na verdade, era outro: Bar Grande Avenida. Mas, de tão óbvio e pouco criativo, os frequentadores preferiram chamar o lugar de outra forma, algo mais condizente com aquela relação tão próxima.

O nome que se tornou mais popular fazia referência a um dos garçons, um sujeito alto e esguio, com um rosto comprido e nariz afilado, queixo e boca proeminentes onde um bigodinho à Clark Gable dava o acabamento. É difícil explicar, mas nenhum ser humano se assemelhava mais a um jacaré do que ele, até no modo de se esgueirar entre as mesas com aquele ar de quem se faz de morto, mas está sempre pronto para dar o bote.

Resolvo entrar. Numa demonstração de progresso e prosperidade, mudaram o nome para Big Avenue Snack Bar. Bela bosta! Percebe-se que a falta de criatividade continua a ser uma forte característica da gestão. Para mim e outros antigos clientes, continuará sendo o Bar do Jacaré. Escolho uma mesa de canto, sento-me e olho com cuidado o estado meio decadente do lugar, com paredes de azulejos manchados e rejuntes escurecidos; balcão alto com prateleiras de bebidas sem muita variedade, e algumas visivelmente empoeiradas; velhas arandelas laterais iluminando o que sobrou do ambiente.

Fico imaginando que uma travessa com ovos cozidos cor de laranja, ou até azuis, combinaria muito bem com o restante do balcão. Talvez um pote de tremoços e outro de picles, para arrematar. Resolvo pedir um refrigerante e, quando desvio o olhar à procura de um garçom, eis que surge ele, o réptil em forma de gente, grisalho e bem mais envelhecido, mas ainda sendo o Jacaré. É, o tempo passa para todo mundo, embora algumas pessoas façam o possível, e até o impossível, para resistir.

— Jacaré! – chamo ao vê-lo se aproximando. – Não está me reconhecendo?

Por um instante ele fica parado me olhando, tentando puxar pela memória e a imagem do terror dos rios fica ainda mais acentuada.

— Roberto Dias? – pergunta ele meio hesitante e já esboçando um sorriso. – Claro que lembro, afinal como iria esquecer um cliente tão assíduo.

Logo nos empolgamos na conversa, um perguntando ao outro sobre a velha turma de propagandistas que costumava marcar ponto ali, e fomos lembrando de quase todos. Eu compartilhava notícias mais recentes de alguns e o Jacaré me informava de outros que há muito tempo eu não via. Parecia que estávamos há horas papeando, mas a entusiasmada conversa não passou de dez minutos, tempo suficiente para darmos boas risadas. E não podia mesmo demorar, pois havia algo mais importante à minha espera. Pago a conta com uma nota de 20 reais e deixo o troco, prometendo voltar outro dia.

É impressionante como andar por essa região me deixa confiante. As boas recordações parecem me levar de volta aos tempos gloriosos quando, de tão respeitado, chegava a ser chamado por alguns de "rei da toxina botulínica". Também pudera, foram tantos anos promovendo e ensinando aos médicos os benefícios do novo medicamento que fiquei quilômetros à frente dos demais.

No começo tudo era muito difícil. Tinha que detalhar para os médicos as doses recomendadas para cada região do corpo, qual o melhor local para injetar a medicação, os cuidados com as variáveis anatômicas e com a diluição do medicamento, a escolha de seringas e agulhas, enfim, descrever todo o trabalho que estava por ser feito. Desenvolvi um grau de especialização e conhecimento tão elevado que já nem me tratavam mais como propagandista, passaram a me chamar de consultor. Não demorou muito e os demais promotores da toxina também receberam tal denominação, até mesmo os mais imbecis.

De tão arrogantes, não percebiam o imenso abismo que nos separava e ficavam preocupados apenas com as vendas, ignoravam a importância de estudar a parte científica do produto. Melhor para mim.

É bem verdade que o fato de eu ter estudado o primeiro ano de medicina ajudava a me distanciar da concorrência, ignorante ou não. E aproveitar aquele conhecimento saciava a necessidade de dar vazão ao médico frustrado que havia dentro de mim. Foi uma pena ter de abandonar, ou melhor dizendo, ter sido abandonado pelas faculdades de medicina. Apesar de espinhosa e mal resolvida, essa é uma história bem interessante.

Sempre fui um aluno de destaque, nunca o melhor da classe, mas sempre estava entre os melhores, por isso não foi difícil passar no vestibular logo na primeira tentativa. Fui estudar em Santos, a principal cidade do litoral paulista. Aquilo sim era uma maravilha: faculdade, praia e putaria, não necessariamente nessa ordem. Estudávamos o necessário, mas não economizávamos na praia e nas farras. Imagine que naquela época, na virada dos anos 1970 para os 1980, ainda não convivíamos com o fantasma da aids, e a zona de Santos era um verdadeiro espetáculo, com dezenas de boas casas noturnas e um movimento de fazer inveja a qualquer shopping em véspera de Natal.

Cultivávamos ao máximo a rotina de *bon vivants*, principalmente quando o sol ardia no céu e a praia insistentemente nos chamava. Como gostávamos de dizer, "é dia de vadiar". E a cerveja, então? Era uma grandeza. Não raro, num fim de tarde tomávamos um engradado em três ou quatro. Depois, era só trocar de roupa, subir a Ilha Porchat e de lá emendar para a zona, se acabar na libertinagem. Enfim, vivia a vida que pedi a Deus, talvez atendido pelo diabo, desfrutando de tudo que era bom e com a certeza de que me tornaria um excelente médico.

Tudo ia bem demais, melhor do que eu poderia imaginar, até aquela fatídica tarde de trote. A tradição era oferecer aos calouros uma "recepção" bem pesada, praticamente não havia limites para as brincadeiras. Começávamos pelos apelidos, os mais humilhantes possíveis, e pelos quais os calouros teriam que atender até o fim do primeiro mês de aulas.

As meninas eram as que mais sofriam, com apelidos como "odalisca do meretrício", "Cidinha puta merda", "só nas coxas" e daí para pior. Nunca faltava a dupla que reunia as calouras com as maiores e menores tetas da classe. A dupla era sempre apelidada de "Mariazinha peito farto" e "Mariazinha farta peito". Tudo muito "politicamente correto". Hoje em dia, é bem provável que, de uma forma ou de outra, fôssemos parar na cadeia.

Um dos grandes momentos do trote era a passeata dos calouros, ocasião em que eram levados às principais avenidas nas redondezas da faculdade, ridiculamente vestidos e pintados nas mais diversas cores, para pedir doações em dinheiro. O saldo do que fosse recolhido seria revertido para uma instituição de caridade.

Para que ficassem mais extrovertidos e cumprissem com louvor sua missão, eram incentivados a beber. Ali começou a minha tragédia. Fui encarregado de preparar o "elixir da desinibição". Peguei um garrafão de pinga – sim, naquela época bebia-se pinga diretamente do garrafão, dando generosos goles –, fiz uma espécie de batida de limão e, quando estava terminada, tive a brilhante ideia de acrescentar, devidamente macerados, 20 comprimidos de um potente laxante.

Misturei bem a minha alquimia e tive o cuidado de recomendar aos veteranos que evitassem aquele garrafão. Não precisei entrar em muitos detalhes para eles entenderem que se tratava de uma bebida batizada. Assim que os calouros começaram a concentração para a passeata, liberamos a batida. Os primeiros vinham espontaneamente e davam grandes goles, mas alguns só bebiam quando muito ameaçados. Após cerca de 40 minutos de esquenta, tinham bebido tudo. Saímos então para a passeata, com alguns já visivelmente bêbados.

Na terceira quadra da caminhada, um dos calouros vomitou, era o primeiro indício da tormenta que viria pela frente. Na quarta quadra, mais dois botando os bofes pra fora. Tentei me iludir achando que estava tudo bem, afinal de contas, vomitar é coisa de pinguço mesmo. O problema é que pouco tempo depois eles também se cagaram inteiros. Aí começou um episódio grotesco, com vários calouros vomitando e se cagando ao mesmo tempo. Era bosta e vômito por todo o lado.

Naquele momento, a única coisa que eu conseguia pensar era na cagada que eu tinha provocado, nos sentidos literal e figurado. Resumindo, estava fodido. Como a situação saiu de controle, tivemos de levar os calouros para o pronto-socorro da Santa Casa, onde oito precisaram ficar internados, pois entraram em quadro de desidratação.

A coisa foi tão grave que um deles só teve alta três dias depois. Para piorar a situação, um daqueles desgraçados era filho de um promotor de justiça. No dia seguinte, já corria na faculdade a conversa de que a pinga estava envenenada e que descobririam o responsável. Quem é que estava se cagando agora? Descobri, da pior maneira, que aquela coisa toda de irmandade, parceria e fidelidade era conversa fiada.

Bastou os filhos da puta estarem com o rabo na mira da investigação para entregarem o responsável pela batida. Eles sabiam que a punição seria pesada e que, além da polícia, teriam de se ver com as próprias famílias, as patrocinadoras daquela vida de farra que levavam.

Fui convocado para uma reunião extraordinária da congregação da faculdade, o seu órgão máximo, onde em rito sumário fui expulso de maneira irrevogável. Claro que a direção da faculdade também teve o cuidado – e até o prazer – de enviar meu nome ao Ministério da Educação, para que eu não fosse aceito como aluno em nenhum outro curso de medicina do país. Diante da rapidez e do rigor com que agiram, o promotor abriu mão do indiciamento criminal, terminando assim o meu sonho de um dia ser médico. Minha tragédia estava consumada.

Só agora, relembrando o fato, é que me dei conta de que desde cedo já tinha demonstrado uma vocação incontrolável para envenenamentos coletivos utilizando medicamentos. Mas agora a situação é outra, não posso nem sequer pensar em cometer falhas na missão que me foi encomendada. Não consigo nem imaginar a dimensão da punição para qualquer erro, por menor que seja, e não apenas para mim. Preciso repassar com muita cautela os pontos que ainda estão um pouco incertos e, principalmente, resolvê-los.

Nessas situações, gosto de me sentar em algum local agradável e ficar esperando com meus pensamentos até sentir uma rajada de vento. Não sei explicar a razão, mas o vento é para mim um mensageiro das soluções. É quando estou assim, tranquilo, que ele sopra as respostas de que preciso. Nunca falha! Acredito muito em Bob Dylan: "The answer, my friend, is blowin' in the wind".*

Como ainda estava bem adiantado, resolvo parar no MASP e me sentar na mureta do *Belvedere* como já fiz tantas vezes. Ao avistar a Avenida Nove de Julho, lembro-me de que, quando ainda era propagandista, havia sentado ali para meditar na véspera de uma convenção nacional. Esses eventos têm basicamente duas funções para as indústrias farmacêuticas: treinamento e motivação. Além de reunir, pelo menos uma vez ao ano, todos os membros da empresa, reforça-se o sentimento de equipe e o tal do pertencimento.

O treinamento, de forma geral, é motivado pelo lançamento de algum produto, uma nova solução que precisa ser bem trabalhada pelas equipes, ou mesmo a revisão de produtos importantes para a empresa. Normalmente, tem-se uma aula médica, tempo para estudar e treinar o uso dos novos materiais promocionais e, eventualmente, uma avaliação.

Já a motivação envolve a apresentação dos dados de evolução dos principais produtos no mercado, de novas campanhas

* A resposta, meu amigo, está soprando ao vento [tradução livre].

desenvolvidas pelos departamentos de marketing e a premiação das equipes que tiveram o melhor desempenho. Também são comuns as premiações individuais para os elementos que mais se destacaram. Devo ter recebido uns nove ou dez desses prêmios, que iam desde troféus a aparelhos eletrônicos, mas nunca da forma que me parecia mais simples e agradável: em espécie.

Não que eu só faça as coisas por dinheiro – o que na minha atual missão é um grande atrativo –, mas com certeza o reconhecimento financeiro teria valido bem mais do que apenas uns vinte tapinhas nas costas.

É nessa parte motivacional que está a maior pérola de uma convenção: o palestrante convidado. Qualquer pessoa que já tenha participado de uma convenção nesse mundo corporativo sabe bem do que estou falando. Aliás, esse palestrante de convidado não tem nada, pois na verdade ele é contratado e muito bem pago pelos 50 minutos em que fala, ou pelo menos tenta falar. E os tipos de palestrantes? São sempre de aventura, esporte, autoajuda, humor ou neurolinguística. Tem de ser alguém que impressione, que conte algo impactante para a vida daquelas pessoas, tanto que alguns palestrantes até tentam ser tudo isso ao mesmo tempo.

Na categoria aventura estão aqueles indivíduos que realizaram alguma pseudoproeza caminhando, voando, navegando, escalando ou qualquer outra coisa sem um sentido prático. Depois, escrevem um livro para contar quão desafiadora foi a tal proeza e o quanto se superaram. Ou será que preparam o livro antes e depois tentam fazer jus ao que escreveram?

O fato é que o clímax da empreitada está na sequência de palestras para empresas, que rendem uma polpuda remuneração, e não na empreitada em si. O pior é que essa esperteza cola. Em algumas palestras cheguei a testemunhar algumas pessoas chorando diante de tantas adversidades que o heroico palestrante impôs a si mesmo. Ou seja, superou um obstáculo supostamente gigante que ele mesmo escolheu. Nos poupe.

No final, sessão de autógrafos daquele livro, quase um diário que narra a tal aventura, e a garantia da remuneração das três centenas de exemplares já comprados pela empresa. Bom negócio!

Na área do esporte aparecem técnicos e atletas de modalidades variadas que, após terem alcançado o sucesso, passam a ensinar a fórmula do mesmo. Invariavelmente falam de disciplina, esforço, treino, espírito de equipe e fortalecimento. Curiosamente, sempre omitem outros fatores interessantes como patrocinador, premiações, salários, luvas, direitos de imagem etc. Finalizam a palestra autografando bolas ou fotos do tempo em que ainda eram atletas.

E a turma de autoajuda? Inicialmente fazem com que tenhamos a nítida sensação de que agimos a vida toda como idiotas, para depois nos presentearem com fórmulas muito simples de alcançar o sucesso. Agradam particularmente as pessoas mais ingênuas que saem da palestra acreditando que seus problemas estão solucionados. Com muita frequência presenciei grupos de ouvintes comentando o quanto suas vidas mudariam depois daquele dia. Costumo chamar essas palestras de "auto autoajuda", pois no fundo quem ganha é o palestrante.

Os humoristas, ou comediantes, seja como for, podem ser bons na primeira vez que você assiste. Porém, nas próximas, já sabemos até a ordem das piadas. Isso quando o palestrante não vem para a convenção e esquece as piadas em casa. É constrangedor observar alguns puxa-sacos, sentados ao lado do chefe que auxiliou na organização do evento, fazendo um enorme esforço para rir. Mais constrangedor ainda é quando no fim ninguém se interessa em tirar uma foto com o engraçadinho. Humor por humor, prefiro a turma da autoajuda.

Na categoria neurolinguística, um bom terno e um pouco de gel nos cabelos, quando estes ainda estão presentes, são indispensáveis. Algumas palavras-chave são repetidas à exaustão: atitude, compromisso, engajamento, reestruturação, proatividade e por aí afora. Normalmente, essas palestras são tão empolgantes quanto uma corrida de cágados. É inevitável que a plateia caia no sono.

Mesmo assim, ao final, na proporção direta da ignorância do ouvinte, os elogios acabam sendo generosos. Soube de um palestrante que impressionou tanto a diretoria da empresa, que saiu da convenção contratado como diretor de recursos humanos, ocupando o cargo exatamente de quem o havia indicado para aquela convenção. Algumas pessoas dizem que uma palestra de neurolinguística não é nada, nadica de nada mesmo.

Talvez essas palestras sejam realmente importantes e mudem a vida das pessoas, sendo eu o culpado por não as entender e de ser tão rabugento. Foda-se. Isso agora não vem ao caso, pois tenho um objetivo bem maior do qual não posso me desviar.

Tento repassar os pontos da conversa que terei na hora do almoço, quando duas garotas se aproximam e ameaçam se sentar quase à minha frente. Não devem ter mais que 22 ou 23 anos. Uma delas é mais alta, magra e veste uma calça dessas com a cintura bem baixa, que até deixa aparecer o rego, o popular cofrinho.

A outra, um pouco mais baixa, está com um vestido amarelo que generosamente deixa metade de suas coxas à mostra. Apesar de fisicamente diferentes, são igualmente lindas. Conversam tão distraídas que a menor nem percebe quando uma rajada de vento levanta seu vestido, num sopro muito rápido, mas que deixa aparecer a calcinha branca. Impossível desviar o olhar. E tenho a impressão, e a situação me faz pensar assim, de que ela propositalmente deixa o vento revelar aquela bela bunda, ou como dizem hoje, aquela bela "raba".

Mais uma vez é o vento que me traz a resposta que tanto preciso. A visão que tenho da garota de amarelo após o vento soprar seu vestido me traz à mente, de imediato, a palavra exibicionismo. Sim, era pela vontade de exibição que eu atrairia os médicos de que necessitava. Como não havia pensado nisso antes? Por tantas vezes, durante minha vida profissional, fui vítima desse exibicionismo. Pior ainda, tinha de visitar o consultório dos médicos que haviam sido meus contemporâneos daquela curta passagem pela faculdade.

Era sempre a mesma coisa, faziam questão de exibir os troféus de seu "sucesso", de mostrar como estavam bem de vida, quantas viagens faziam para participar de congressos no exterior. E adoravam, principalmente, esfregar na minha cara o quanto eu havia perdido por causa da expulsão. Queria mesmo é ver a cara daqueles malditos caguetes ao saberem quem sou hoje e onde estou, com dinheiro à vontade e uma milhagem de fazer inveja a qualquer comandante de linha internacional.

Volto a observar a dupla, Cofrinho e Calcinha Branca, e elas continuam conversando, já sabendo que eu as olhava. Mas fingem que nem perceberam, demonstrando aquela naturalidade ensaiada que as mulheres sabem tão bem usar. Também sei lidar muito bem com essa situação, como nos tempos em que passava os dias em workshops, cercado de médicas e suas pacientes.

Em cada demonstração, enquanto eu explicava e diluía a toxina, ou quando marcava na face da paciente os pontos a serem aplicados, eu ouvia as conversas paralelas, algumas vezes com detalhes de suas preferências e podia jurar que elas tinham certeza de que eu estava ouvindo.

Tinha de aceitar as regras, pois fazia esses eventos para difundir o uso da toxina e para me mostrar gentil e confiável, cativando assim a fidelidade de compra das minhas futuras consumidoras. Só para me certificar de minha teoria, dou um sorriso para Cofrinho e Calcinha Branca. Elas fingem que não veem e lentamente se afastam, deixando claro que eu havia passado o tal limite estabelecido por elas, mas não sem deixar que o vento mostrasse mais uma vez aquela linda bundinha.

Olho atentamente para o prédio do museu. É uma belíssima obra, imponente e curiosa, com um vão livre enorme sem apoio, preso apenas pelas laterais. Sem dúvida uma arquitetura de muita criatividade e competência, características que também acompanhavam os pioneiros do uso da toxina botulínica. Aliás, a história da toxina botulínica é bem interessante, e confirma que, na ciência, as grandes descobertas dependem de uma mente observadora e de um punhado de sorte. Tudo começou na Alemanha, como a própria indústria farmacêutica, a partir das renomadas *Apotheken*. Entre 1817 e 1820, Justinus Kerner, um poeta, escritor e médico, publicou um artigo que descrevia detalhadamente a doença que ele passou a chamar de botulismo.

Kerner era um poeta em sua essência, tendo algumas de suas poesias inclusive musicadas pelo também alemão Robert Schumann. Além disso, era dotado de grande poder de observação. Naquele tempo, devido às más condições de higiene, eram frequentes as intoxicações alimentares e a transmissão de doenças através de alimentos malconservados, sendo que, quase sempre, as mortes eram atribuídas a envenenamentos ou intoxicações, sem que se chegasse à verdadeira causa.

Após uma festa na província, em que Kerner era o médico responsável, várias pessoas passaram mal, todas apresentando os mesmos sintomas de espasticidade muscular, e algumas morreram. O médico identificou que, em comum, todas haviam comido uma linguiça contendo sangue e publicou um artigo em que descrevia os principais sintomas da doença, fazendo uma correlação com o que chamou de "*sausage poison*". Segundo consta, chamou a doença de botulismo, numa referência à palavra *botulus*, que, em latim, significa linguiça preta.

Em 1822, publicou outro artigo, já estudando cerca de 150 pacientes e administrando a toxina em animais. Ele mesmo a ingeriu. Felizmente, neste caso, sem sucesso. Eu, que sempre li muito a respeito desta toxina, por motivos que hoje sei estarem além do simples aprimoramento profissional, considero Justinus Kerner o pai do botulismo. Embora ele não tenha descoberto a bactéria responsável pela doença, chegou a conclusões importantíssimas e até anteviu o futuro 200 anos antes, afirmando categoricamente que a toxina da linguiça se desenvolve em condições anaeróbicas, ou seja, sem ar, e que ela interrompe a transmissão do impulso nervoso, no sistema autônomo e sistema nervoso periférico, sendo letal em pequenas doses.

Também descreveu os sintomas neurológicos da doença, como vômitos, cólicas, pálpebras caídas, dilatação das pupilas, dificuldade de engolir e de respirar, e sugeriu que essa toxina poderia ser utilizada no futuro para tratar doenças relacionadas à transmissão do sistema nervoso.

Tenho claro que o JK alemão anteviu o futuro e "inventou" o botulismo, assim como o nosso JK anteviu o futuro e "inventou" Brasília. Incrível coincidência, pois em Brasília tudo fica paralisado, os impulsos do povo não se transmitem direito em votações do congresso e a esperança dos eleitores vai se asfixiando. Só agora me dei conta dessa analogia: Brasília é o nosso *botulus*, a nossa linguiça preta.

Esta é apenas a minha opinião, pois a maioria dos autores considera o belga Émile van Ermengem, que descobriu o bacilo botulínico em 1895, depois chamado de *Clostridium botulinum*, o verdadeiro pai da doença. Ermengem estudou dois anos em Berlim – sempre a Alemanha no pioneirismo –, no laboratório de Robert Koch, aquele que descobriu o agente da tuberculose, e voltou depois para a Bélgica. Na minha imaginação, um belga era uma pessoa que sempre andava com um guarda-chuva – como o inspetor Poirot, dos contos de Agatha Christie –, e alguém capaz de fazer um dos melhores chocolates do mundo.

Até que, por acaso, li o livro *O fantasma do rei Leopoldo* e descobri que os belgas foram os precursores das ONGs e que, na maioria das vezes, por trás de um nome e de uma causa nobre escondem-se interesses escusos. A obra ainda relata que os belgas foram responsáveis por um dos maiores genocídios da história da humanidade, na antiga República do Congo, onde mataram cerca de dez milhões de nativos, um número nada desprezível para um país que lidera o ranking do Índice de Desenvolvimento Humano.

Mas o que me interessa mesmo nessa história toda com os belgas é que, em 1895, houve uma grande contaminação de pessoas que comeram carne de porco defumado numa pequena cidade. Nesse ponto, descobri uma grande contradição entre os autores, pois uns dizem que isso aconteceu na cerimônia de um funeral, outros afirmam que foi durante um piquenique e outros alegam que foram os membros de uma orquestra que se intoxicaram.

Prefiro imaginar que foram os membros de uma orquestra que estavam fazendo um piquenique ao regressarem de uma apresentação no funeral de algum bacana, assim todos os autores passam por verdadeiros. Ermengem, munido de um microscópio e dos conhecimentos que adquirira com Koch, examinou as sobras da carne e descobriu o agente causador das várias mortes, o famoso *Clostridium botulinum*.

Lembro-me de ter lido sobre um fato interessante ocorrido durante a Segunda Guerra Mundial com a toxina botulínica. Os Estados Unidos haviam criado, em 1941, um centro de pesquisas para armas bacteriológicas, denominado Camp Detrick, em Maryland, onde vários cientistas e médicos investigavam o uso militar de diversas bactérias e toxinas, dentre as quais estava a toxina botulínica. Em 1943, o Departamento de Serviços Estratégicos bolou um plano de grande ingenuidade e que foi testado com um primarismo ainda maior.

A "coisa" funcionaria assim: contratariam prostitutas para colocarem minúsculas cápsulas com dose letal de toxina botulínica na comida ou na bebida de altos oficiais do exército japonês. Ocorre que, quando os encarregados da missão, que estavam baseados na China, receberam as cápsulas, resolveram testá-las antes em algum animal, e escolheram alguns burros para isso. Sim, o animal quadrúpede.

Como nada aconteceu, nenhum sintoma estranho foi detectado após os burros ingerirem as cápsulas, o Serviço Estratégico resolveu abortar a missão. Ficou combinado o seguinte: os burros continuariam pastando, as prostitutas continuariam na putaria e os militares resolveriam a guerra, o que fizeram com o lançamento das bombas atômicas na população civil japonesa. Mais uma vez ficou provado que quando se opta pela violência extrema, não é necessária nenhuma grande capacidade intelectual ou estratégica.

Anos mais tarde, descobriu-se que os burros estão entre os poucos mamíferos que não desenvolvem o botulismo. O Camp Detrick foi fechado em 1972, com a convenção de armas biológicas, mas muito do conhecimento obtido com a toxina foi utilizado posteriormente. Ao me lembrar dessas histórias, que nem sei se são verdadeiras, tenho a certeza de que não posso subestimar nenhum detalhe nem cometer qualquer erro que venha se mostrar infantil. Afinal, como diz um grande amigo meu, Deus ajuda a construir o projeto, mas o diabo mora nos detalhes.

Com o pensamento distante, resolvo continuar minha caminhada naquele agradável final de manhã, em meio à costumeira agitação da Avenida Paulista, tanto de carros como de pessoas pela calçada. Decido ir direto para o Conjunto Nacional, local marcado para o almoço, onde poderia olhar as vitrines apenas para matar o tempo e, quem sabe, até fazer algumas compras.

Automaticamente paro defronte a uma loja de sapatos, a minha grande diversão. Não sei se essa paixão é decorrente da infância pobre, quando um calçado deveria durar o tempo necessário para que o pé ficasse dois números acima, ou da vaidade que desenvolvi ao longo dos anos. Aliás, a adoração por sapatos é uma característica comum a todos os grandes vaidosos, como se representassem o alicerce da imagem a ser construída. Resolvo entrar para experimentar um mocassim marrom. Ao caminhar até a porta da loja, reparo a figura exuberante de uma ruiva que olha a vitrine ao lado. Tenho a impressão de que ela também me observava, e ao notar que eu a avistei disfarçou olhando a loja ao lado.

Talvez exuberante ainda não seja a palavra que faz justiça à descrição daquela mulher. Ruiva com cabelos lisos e longos, aproximadamente 1,80 m de altura, com um vestido vermelho muito justo, decotado e com uma generosa abertura na altura da coxa esquerda. Os seios que o decote quase revelava eram grandes, tinham um formato belíssimo e eram visivelmente firmes. As longas pernas vinham dos pés para se encontrarem com aquela bunda escultural. Ela parece ter saído direto da tela de cinema, ou mesmo de um conto erótico, tanto que sua imagem me lembrou a personagem Jessica Rabbit, do desenho *Roger Rabbit*, uma mulher fatal. Não se vê uma figura assim no dia a dia, ainda mais naquele horário. É impossível tirar os olhos de cima daquela mulher, que agora, tenho certeza, também me observa de esguelha.

Fico parado por um tempo e, como ela continua fingindo não me ver, entro na loja de calçados. Peço ao vendedor que me traga o sapato escolhido e, quando provo o primeiro pé, noto que ela me espia através da vitrine. O que será que "pernalta Jessica" queria comigo? Decido rapidamente pela compra e, enquanto faço o pagamento, volto os olhos em direção à vitrine e ela continua lá, observando-me sem disfarçar.

Pego minha sacola com o par de sapatos e saio da loja com uma pressa inútil, pois já não a encontro do lado de fora. Examino todo o entorno com cuidado e nem sinal dela. Aperto o passo à procura daquela ruiva no interior das lojas ali por perto e nada. Melhor desistir da busca e voltar ao meu compromisso. Talvez tudo não tenha passado de um mal-entendido.

O local onde encontrarei minha amiga Ana para o almoço é um restaurante fast food logo adiante. Fico em dúvida na hora de escolher a mesa. Na área externa seria mais fácil observar o movimento e a chegada dela, por outro lado ficaríamos mais expostos ao eventual encontro de algum conhecido. Acabo concluindo que é melhor ter um pouco mais de privacidade e escolho uma mesa na área interna. Sento-me virado para a porta e tenho a visão completa de quem chega.

Enquanto espero, fico pensando como estaria Ana, afinal já fazia mais de dez anos que trabalhamos juntos. Ana Emília Sanches era a maior especialista em levantamento de dados bibliográficos, bastava lhe dar o nome de um autor ou de um assunto que ela rapidamente localizava a publicação e já conseguia uma cópia na íntegra. Isso tudo numa época em que o acesso a bancos de dados e bases de consultas era muitíssimo mais limitado.

Ana sempre foi muito discreta, tanto nos gestos quanto no modo de se vestir, o que talvez tenha contribuído por ainda estar solteira. Usava óculos de lentes grossas, do tipo nerd, mas que ainda assim deixavam transparecer sua beleza. Da mesma maneira que suas roupas comportadas não impediam de imaginar a bela mulher escondida naquela aparência. Perfeccionista, nunca largava uma pesquisa no meio. Final de expediente, para ela, era encontrar a referência que estava buscando, por isso que, muitas vezes, já não havia praticamente ninguém no escritório quando saía. Costumava dizer que, se Ana não encontrasse um artigo, era porque ainda não havia sido escrito.

Quando procurei por Ana, cerca de 15 dias atrás, solicitando na íntegra um artigo do qual eu desconhecia o título, o autor ou mesmo o periódico em que fora publicado, tendo apenas uma ideia do assunto e a certeza de que ele existia, sabia que ela conseguiria realizar a tarefa. Difícil foi achar uma desculpa que não desse, e nem viesse a dar, a menor pista de minhas intenções.

Optei pela desculpa de um artigo que me haviam solicitado para um desses jornalecos de bairro e estou certo de que ela acreditou.

Em menos de cinco minutos Ana surge na entrada do restaurante. Fisicamente está pouco mudada, com o cabelo mais curto e bem cuidado e talvez com uns três quilos a mais, o que também lhe caiu bem. Está vestida de maneira bastante discreta, com uma blusa fechada até o pescoço e uma calça jeans não muito justa, o que disfarçava as formas de seu corpo. Traz na mão uma pasta amarela e uma bolsa de couro a tiracolo. Ao me ver, abre um grande sorriso, que confirma a minha teoria da falsa feia.

Como não poderia deixar de ser, começamos a conversa relembrando o tempo em que trabalhávamos juntos e pondo em dia nossas recentes atividades. Ana agora trabalha em uma empresa de engenharia e sua experiência bibliográfica estava mais voltada à área de materiais. Ela me conta que teve certa dificuldade em localizar o artigo que eu tinha solicitado devido às poucas informações, porém, acreditava que o havia encontrado. Abre a pasta e me entrega um impresso contendo cerca de dez páginas.

Pela leitura do resumo, concordo com ela, era mesmo o que eu buscava. Procuro disfarçar minha alegria, mas minha vontade era mesmo de dar uma boa gargalhada de satisfação. Mal vejo a hora de chegar em casa e ler com cuidado os dados contidos naquele artigo para confirmar meus planos ou fazer alguma adaptação. Durante todo o almoço fui cauteloso para não deixar escapar qualquer detalhe que pudesse ser ligado ao projeto, procurando levar a conversa sempre para o lado pessoal. Por força do hábito, faço algumas insinuações que às vezes deixam Ana um pouco ruborizada. De certo modo, isso me faz bem.

Como estava muito ansioso, procurei não alongar o almoço e, assim que possível, pedi a conta, dando uma desculpa qualquer a Ana pela minha pressa. Enquanto aguardamos o garçom, tomo um susto ao ver que a "pernalta Jessica" está do lado de fora do restaurante, parada defronte a porta. Ela me pegou desprevenido, pois, embora fosse inesquecível, não estava pensando nela naquele momento. A ruiva estonteante olha em nossa direção, como se quisesse gravar bem a imagem de Ana.

Pago a conta, pegamos nossas coisas e, ao chegar do lado de fora, novamente não encontro mais a ruivona. Fico desapontado em não poder me aproximar daquela bela mulher, mas certamente o destino assim o quis. Acompanho Ana até um ponto de táxi e nos despedimos com um beijo, que embora inocente, deixou Ana corada uma vez mais. Aproveito e também pego um táxi para casa.

Moro em um apartamento de dois dormitórios num discreto edifício de classe média, no bairro de Moema, próximo à região que agora está infestada de bares noturnos. Ao entrar, reparo que tudo está em ordem, do jeito que deixei quando saí. E não há motivos para ser diferente, pois ninguém entraria ali. Mas essa é mais uma de minhas manias: a mania da ordem. Abro a janela, sento-me no sofá da sala e coloco sobre a mesa de centro os meus dois novos troféus: o par de sapatos e o artigo científico.

Calço o mocassim, vejo como ficou bem em meus pés e imediatamente vou até o quarto guardá-lo na sapateira, que é maior do que a prateleira de muitas lojas. Procuro por um espaço perto dos sapatos marrons e só então reparo que já tenho outro par muito parecido e praticamente novo. Essas coisas acontecem com quem compra por impulso e não por necessidade.

Volto para a sala e me sirvo de uma generosa dose de uísque puro, dou uma folheada rápida no artigo e o coloco junto a alguns livros para ler mais tarde com cuidado. Antes disso, preciso atualizar minhas anotações. Pego minha caderneta e começo a escrever as coisas mais relevantes que ocorreram pela manhã. O encontro com o velho amigo Jacaré, a ideia de trabalhar com o lado exibicionista de certos médicos, o encontro com Ana, a cópia do artigo e a visão de "Jessica". Reflito um pouco se a linda ruiva merece ser anotada como um fato tão relevante. Certamente ela mereceria muitas homenagens. Na dúvida, coloco um ponto de interrogação ao lado de seu nome, ou o nome que escolhi para chamá-la, por enquanto.

Como de hábito, começo a ler e reler os apontamentos, puxando por detalhes que possam ter passado despercebidos ou que ainda precisam ser resolvidos. Esse é um método que desenvolvi ao longo da vida para melhorar o meu planejamento e, principalmente, para não cometer pequenos erros ou deslizes. Aparentemente está tudo em ordem e pondero que o dia foi bastante produtivo. Então, arranco a folha da caderneta, rasgo com cuidado em inúmeros pedacinhos e jogo na lixeira da cozinha.

Dou um belo gole no uísque e fico pensando em qual seria a minha real motivação. Lembro que certa vez li que tudo que um homem faz é por um destes três motivos: honra, glória ou dinheiro. De fato, se formos levantar todos os grandes feitos da humanidade, inclusive as guerras, veremos que pelo menos um desses motivos estava envolvido. Minha breve reflexão me leva à conclusão de que no meu caso os três estão envolvidos e, neste momento, nem sei qual é o principal. A honra que foi desrespeitada quando me julgaram velho para um trabalho que eu conhecia tão bem. A glória de entrar para a história por realizar um feito grandioso e impensado. E, sem dúvida, o belo estímulo que trazem 500 milhões de dólares. Não resta dúvida de que motivação é o que não me falta e que estou bastante determinado.

Será uma realização plena utilizar meus conhecimentos sobre toxinas para realizar o maior atentado de que a humanidade já ouviu falar.

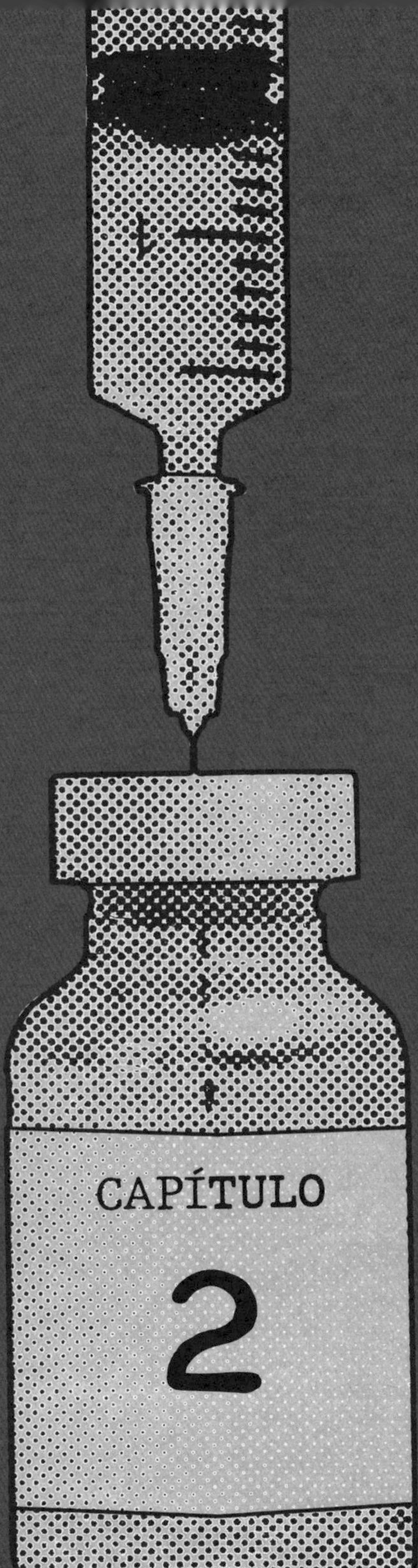
CAPÍTULO
2

O paradoxo francês

Minha missão começa a ficar ainda mais excitante e prazerosa quando entra no circuito internacional. Por mais que já esteja tudo bem definido no planejamento, a sensação é outra ao passar para a prática. Principalmente porque a primeira etapa é exatamente em Paris, talvez a cidade mais linda onde já estive. Uma metrópole charmosa, espetacular, e que me traz à mente as mais deliciosas lembranças, sobretudo as noturnas. Paris me faz sentir mais vivo, mais vibrante, é como se o ar parisiense me energizasse e, ao mesmo tempo, me acalmasse.

É tudo o que preciso neste momento: estar atento, alerta e disposto, mas calmo, suficientemente tranquilo, com a frieza e a paciência de um predador imóvel de olho em sua caça, aguardando o momento exato do bote certeiro e letal.

Com um encontro marcado apenas para o horário do almoço, saio à rua com tempo de sobra para aproveitar a manhã. Como em todas as vezes que estive em Paris, me hospedo nas proximidades do Ópera Garnier, pois, além da grande quantidade de pequenos hotéis com preço bem razoável, tenho a facilidade de chegar aos principais pontos da cidade com cerca de 20 minutos de caminhada. Se caminhar em São Paulo já me agrada, imagine em Paris.

Entro em um bar bem em frente ao Ópera Garnier. Escolho a mesa que me dá a visão mais privilegiada da rua, pois quero matar um pouco do tempo tomando um café e apreciando um pouco o movimento. Essa sensação de aconchego é interrompida pela aproximação do garçom, que traz consigo o habitual mau humor francês. Ele ouve meu pedido, mas não anota. Eu também não anotaria, era apenas um café. Enquanto espero, vou traçando na mente o caminho que farei.

O mapeamento mental continua quando o sisudo garçom traz meu café. Ainda tenho cerca de três horas até o encontro, é tempo mais que suficiente para aproveitar a temperatura amena da manhã em uma agradável caminhada. É fácil traçar o melhor trajeto quando se conhece tão bem aquelas ruas, avenidas e praças. Saindo pela Rue Auber, seguirei pela Place de l'Opera, depois pela Rue de la Paix e pela Place Vendôme, onde certamente caminharei mais devagar para observar tudo com mais calma, inclusive a estátua de Napoleão Bonaparte, um herói para os franceses e uma inspiração para mim. O trajeto segue pela Rue de Castiglione até o Jardin des Tuileries, que por si só já é uma grande atração. É a partir dali, atravessando a Place de la Concorde, que começarei a subida da Champs-Élysées até o Arco do Triunfo.

Certamente, farei uma parada quando chegar ao Arco do Triunfo, não se pode apenas passar por ali, tamanha a beleza daquele monumento. Sem contar tudo o que representa para os franceses e para a história da Europa. Mas também não poderei me demorar demais, pois ainda terei uma caminhada considerável a partir dali, seguindo à esquerda pela Avenue Kléber em direção à Torre Eiffel, passando claro pelos Jardins du Trocadéro, para finalmente chegar ao restaurante combinado que fica a uma quadra do Les Invalides. Com certeza será muito mais agradável alinhar minhas últimas ideias e checar bem meu contato e encontrá-lo por esse belo trajeto. Belo não, fascinante! Ele passa por pontos que fazem valer a definição de Paris que mais me agrada: grandiosa. Sem contar que é possível percorrê-lo facilmente em uma hora e meia.

Peço a conta ao garçom e, enquanto espero, fico observando a beleza do prédio do Ópera, com a grande cúpula esverdeada e a riqueza dos detalhes em dourado. Chama a atenção também a extensa fila de turistas, chineses na imensa maioria, para visitar o prédio. Pago meu café e pego meu troco. Por deixar apenas duas moedas de dez centavos como gorjeta, ganho do carrancudo garçom uma clássica "bufada" francesa. Já esperava por isso, ele que se dane. Tenho coisas muito mais importantes com que me preocupar. Em menos de dez minutos de caminhada alcanço a Place Vêndome e, como sempre, fico deslumbrado com a beleza do lugar. Amplo, geométrico, circundado por prédios elegantes que agora abrigam as mais famosas joalherias, onde a vaidade faz morada. Na verdade, desde sempre.

A praça foi construída por Luís XIV e formava a moldura ideal para a estátua que mandou erguer de si mesmo. Era por vaidade também que o monarca se autoproclamava "Rei Sol" e que criou a famosa máxima "*L'État c'est moi*", ou "O Estado sou eu". A passagem de Luís XIV pelo trono da França foi marcante. Ele foi o responsável pela construção do Palácio de Versalhes, o Château de Versailles, uma edificação difícil de ser desenvolvida. As condições de salubridade eram baixas e mais de 30 mil operários estiveram naquela região ao mesmo tempo trabalhando para construir o palácio, com centenas de mortos que sempre tentava-se acobertar. Depois de pronto, a corte chegou a ser transferida para Versailles, onde ficou quase um século, de 1682 a 1789. Mais de 20 mil pessoas faziam parte daquela corte, que era a capital da França.

Luís XIV é o responsável por outra notável construção de Paris, o Hôtel des Invalides, que seria a moradia de oficiais feridos em guerra ou já aposentados. É interessante e curioso como essas edificações se tornaram fatos que misturam a história de Luís XIV e de Napoleão. Por exemplo, na Place Vêndome, construída para emoldurar uma estátua do monarca, hoje abriga uma escultura do oficial militar, instalada sobre uma grande coluna feita com sucata de canhões. E o Hôtel des Invalides hoje abriga o túmulo de Napoleão.

Fora do âmbito das edificações, mas ainda buscando satisfazer sua vaidade, o monarca francês inventou a peruca, um grande feito, mas que ninguém dá muita atenção. Para o crédito da invenção, claro, pois o invento em si é muito popular no mundo todo. As perucas usadas por Luís XIV – e por seus seguidores em toda a corte – eram umas coisas engraçadas, para dizer o mínimo. E mais estranho ainda, pensando na questão da vaidade, é que aquelas cabeleiras voltaram a ser moda nos anos 1980 e 1990, com aquelas barulhentas bandas de metaleiros. Só que não eram perucas, era cabelo de verdade. Que desgraça!

Por pior que fosse, ao menos Luís XIV podia justificar aquelas madeixas pelo fato de ser um tanto quanto calvo e pouco afeito ao banho e à higiene em geral. Como naquela época a infestação por piolhos era comum, é de se imaginar que o rei também ostentasse uma belíssima fauna desses insetos. A peruca era um adorno para que o monarca disfarçasse ambos os constrangimentos: a calvície e os piolhos que se penduravam pela face. O que ele não imaginava é que as perucas, feitas de uma mistura de crina de cavalo com cabelo de cadáver, se tornariam rapidamente um habitat mais do que agradável aos malditos parasitas capilares.

É incrível como alguns comportamentos e sentimentos questionáveis da raça humana persistem firmemente à passagem dos séculos. Em muitos casos, são até lapidados. Agora, especificamente, refiro-me à vaidade, ao valor da imagem – ainda que seja apenas superficial – e à forma como tudo isso está diretamente relacionado ao patamar que a pessoa ocupa na hierarquia social. Luís XIV, por exemplo, era asqueroso. O homem comia demais e era um porco nojento. Mas não era essa a imagem que aparecia nos quadros daquela época. Quem vê a figura quase angelical, como ele era pintado, não faz ideia de quão sujo era o monarca francês do século XVII. Tomava pouco banho e, como não poderia deixar de ser, tinha um mau cheiro horrível que tentava disfarçar com perfumes. Consciente de seu próprio cheiro, e incomodado com tal condição, quando chegava a qualquer ambiente do palácio já ia abrindo as janelas para arejar.

Quando penso nessa situação, de um monarca, o que ficou mais tempo no trono francês, vivendo daquela maneira, questiono-me sobre o momento em que a humanidade foi perdendo o apreço pelo asseio. Para os romanos, por exemplo, lá no período a.C., o banho era algo muito valioso. Sabiam da importância da água, da luz e de arejar os ambientes. E as famosas termas que comportavam três mil pessoas tomando banho aquecido ao mesmo tempo? Isso foi se perdendo na Idade Média, e mesmo depois do Renascimento ainda havia uma ideia de que o banho causava doenças. O absurdo não tinha limites: alguns médicos recomendavam manter aquela sujeira, o encardido da pele, pois era uma proteção, funcionava como uma carapaça que impediria a invasão de agentes causadores de doenças. Como se não bastasse, ainda vinha a igreja, com sua maldita hipocrisia, proclamando que o banho poderia até ser indecente, pecaminoso. Deveriam olhar melhor para a relação entre a falta de banho de Luís XIV e seus "pecados da carne".

O mau cheiro do monarca francês parecia não ser um impedimento para suas relações sexuais. Seja lá por quais fossem as razões, o safado mantinha sempre em alta sua intimidade com a mulherada. Oficialmente, consta que ele teve seis filhos legítimos, 16 bastardos e mais de 30 não reconhecidos. Uma coisa não dá para negar, Luís XIV era popular, admirado e inspirava as pessoas, que gostavam de seguir tudo o que ele dizia. Mais ainda as que eram vaidosas. Ele foi o cara que fez dos diamantes um adorno notável em uma época na qual as pérolas é que tinham grande apelo nas cortes, eram símbolo de riqueza e ostentação. Depois que o Rei Sol apareceu com diamantes, todo mundo passou a copiar. Se em meados do século XVII já existisse a toxina botulínica, Luís XIV certamente seria um adepto de seu uso estético. E toda a corte o seguiria.

Continuo minha caminhada na direção do rio Sena e logo alcanço o Jardin des Tuileries, outro dos tantos pontos de Paris que não se pode apenas passar por ele. É impossível não contemplar, e cada vez é um novo olhar. Ficaria mais tempo se não tivesse um compromisso tão importante e um bom trecho até chegar a meu destino. Sigo para a Champs-Élysées, passando pelo amplo corredor central do jardim, sempre bem movimentado, tanto pelos muitos turistas quanto pelos moradores locais. Nesse corredor não há calçamento, o piso é composto de minúsculas pedrinhas um pouco mais grossas do que grãos de areia.

Quando me dou conta, meus sapatos já estão cobertos pela poeira que levanta a cada passo. Para quem tem verdadeira adoração por sapatos como eu, isso é praticamente um crime. Eles devem brilhar, não parecer que acabaram de sair de uma serraria. Felizmente, estou em Paris, e o que me deixaria muito puto em outras circunstâncias, aqui não passa de um desconforto.

Olho ao meu redor e percebo que quase todo mundo ali está de tênis, mesmo quem veste trajes mais sofisticados. Embora eu não estivesse vestido daquela maneira, parecia-me de fato a opção mais apropriada. Certas coisas a gente só percebe quando já está no meio do caminho, observando e prestando atenção. De certa forma, foi assim também com o uso terapêutico da toxina botulínica. Quando se começou a trabalhar com essa substância, muitos anos atrás, a primeira indicação foi para oftalmologistas.

O objetivo era tratar, ou pelo menos amenizar o blefaroespasmo, uma piscada exagerada, incontrolável, que faz com que as pálpebras se contraiam em uma velocidade tão grande que a pessoa até tem dificuldade de enxergar com aquele olho. Com a aplicação da toxina nas laterais do rosto, próximo ao olho – ou aos olhos, caso os dois apresentassem o problema –, ocorre um relaxamento e a piscada fica bem mais lenta, ou pode até se normalizar.

Houve uma oftalmologista que reparou em mais um efeito causado por esse tratamento. Com a aplicação da toxina, também havia uma redução das rugas naquela região, ali onde se formam os famosos "pés de galinha". Ela comentou com seu marido, um dermatologista que já tinha uma atenção maior para os aspectos estéticos e que resolveu testar em si mesmo.

Logo o casal passou a investigar e fazer o uso da toxina para outras marcas de expressão da face. Como as rugas que se formam na testa e que ficam mais aparentes quando a pessoa fala; os pés de galinha que se mostram junto com um sorriso; aquelas rugas da glabela, a região entre as sobrancelhas logo acima do nariz, e que dão um ar de braveza – como as do carrancudo garçom que não ficou satisfeito com a minha gorjeta. O casal continuou a usar e a testar o uso da toxina, até que passaram a divulgar esses resultados.

Ali foi o primeiro passo da febre mundial de aplicação estética da substância e, por que não dizer, o embrião da missão que tenho agora. Quanto mais aplicavam, melhor conheciam e definiam os lugares, os pontos ideais, para aplicar a toxina nessas rugas, assim como a quantidade exata para cada caso.

As possibilidades só foram aumentando. Logo vieram os tratamentos para as rugas ao redor da boca, chamadas de código de barras, e para aquelas que as mulheres acabam tendo no colo acima dos seios e que deixam o tórax com um aspecto franzido. A aplicação da toxina botulínica para fins estéticos é uma questão de vaidade, mas acaba tendo impacto na saúde, principalmente psicológica, da pessoa, pois levanta sua autoestima.

Naquele momento inicial, as mulheres se sentiam mais jovens, mais atraentes. Algumas até mais gostosas, o que as deixava também mais fogosas. Mas logo se descobriu também indicações diretamente relacionadas a tratamentos médicos e terapêuticos. É o caso de pacientes que têm enxaquecas com certa frequência. Vários relataram que, ao receberem a aplicação da toxina na testa, passaram a ter menos dor de cabeça ou crises. Aí também se definiram os principais pontos de aplicação e hoje algumas dores de cabeça são tratadas com toxina.

A descoberta do mecanismo de ação da toxina que inibe a liberação dos neurotransmissores, que levam ao impulso nervoso, mostrou que quaisquer glândulas e tecidos controlados por liberação de neurotransmissores poderiam ser beneficiados de um tratamento como esse. A partir daí, o número de indicações não parou mais de crescer.

Quem diria que a toxina botulínica seria uma salvação para quem tem hiperidrose axilar, o excesso de transpiração pelas axilas que deixa aquelas "pizzas" horrendas na roupa bem embaixo do sovaco. O mesmo serve para pessoas com hiperidrose palmar, que estão sempre com as mãos transpirando e frias – quando você cumprimenta parece até que está pegando em uma rã –, e com transpiração excessiva nos pés.

O leque de possibilidades foi ficando imenso: para incontinência urinária, aplicação na bexiga; hipertrofia de próstata com dificuldade de urinar, vai na próstata mesmo; fissura no ânus por hipertonia do esfíncter, aplica ali na região; casos de dor lombar por contratura da musculatura, é só aplicar. Também avançou muito rápido no campo terapêutico, dando suporte a tratamentos de casos de espasticidades ou tremores e alguns tipos de Parkinson; pacientes com paralisia cerebral e muita espasticidade que precisavam relaxar para que a fisioterapia fosse feita de maneira mais adequada para que a recuperação avançasse; até para sialorreia, a salivação excessiva, as aplicações funcionavam.

A toxina botulínica passou a ganhar espaço na área de odontologia, tanto que hoje os dentistas usam com muita tranquilidade para algumas situações. Nos casos de articulação temporomandibular (atm) com muita hipertonia, bruxismo, ranger de dentes ou dor quando durante a mastigação, a substância pode ser um alívio. Pacientes com sorriso gengival, quando expõem todos os dentes de cima e uma parte da gengiva, podem receber a aplicação em um determinado ponto certo para evitar que o lábio suba tanto e fiquem com aquela cara de cavalo. Suspender um pouquinho a ponta do nariz também deixa o sorriso mais bonito. Hoje os dentistas que trabalham com a estética dos dentes, deixando-os mais branquinhos, alinhados, e seus pacientes, parecendo bonecos, também utilizam a toxina para alguns detalhes.

As pessoas não fazem ideia da dimensão de aplicações da toxina botulínica, do quanto essa substância é benéfica para os seres humanos. Até para mim, um exímio conhecedor do assunto, é difícil imaginar até onde isso pode chegar, porque a criatividade é ilimitada. Quanto mais se conhece sobre o mecanismo de ação das doenças e da toxina, mais aplicações podem surgir. O fator essencial para essa evolução é sempre a observação. Por isso admiro tanto – e em alguns casos venero – as pessoas observadoras, que estão atentas e não ignoram detalhe algum, pois são elas as responsáveis pelas descobertas mais significativas, e são elas que fazem a humanidade caminhar. As coisas estão aí na nossa cara, é o famoso "Ovo de Colombo", mas só os observadores percebem.

Logo já estou na Place de la Concorde, onde há diversos ônibus despejando turistas enlouquecidos para tirar fotos. É compreensível, pois o que não falta ali é motivo e cenário, como a Igreja de la Madeleine, bem próxima dali, com suas escadarias cobertas de flores. É algo lindo, lindo, lindo. A multidão que se aglomera em torno do Obélisque de Louxor até dificulta a passagem. Tenho de ser hábil na esquiva e não economizar nos pedidos de licença para chegar ao outro lado e começar a subida da Champs-Élysées, que é outra experiência carregada de beleza.

A Champs-Élysées é uma avenida linda, larga, e do ponto em que estou já posso ver o Arco do Triunfo no horizonte. É um visual fantástico. Rever todo esse cenário e respirar esse ar parisiense me faz pensar na possibilidade de viver nesta cidade depois de cumprir minha missão. Até as árvores ao longo da avenida, que poderiam passar despercebidas, porque estão sempre ali, ajudam a fazer daquele lugar algo único. Elas até indicam claramente qual é a estação do ano.

Quando a coloração das árvores apresenta vários tons de verde e marrom, alaranjado e amarelado, e há um pouco a mais de folhas pelo chão, não tenha dúvidas de que é outono. Se os galhos estiverem secos, pelados sem folha alguma, você está em pleno inverno. O período em que a folhagem está mais viçosa, bem verde, mas o formato das árvores ainda parece irregular, como vejo agora, é a primavera. Por fim, no verão, as árvores parecem até obras de arte, pois estão lindas e com sua folhagem simetricamente aparada, como se fossem grandes retângulos, parecendo até grandes picolés.

O movimento é sempre intenso neste cartão-postal de Paris. Com o solzinho que começa a sair agora, fica ainda mais agradável. A subida não é tão íngreme então não cansa, você pode até acelerar o passo sem deixar de prestar atenção ao redor. É assim que percebo do lado esquerdo uma fila enorme de chineses – sempre eles, estão em todo lugar. A atração é a loja de uma famosa grife francesa de calçados e bolsas, e aquele grupo de asiáticos está alucinado pelas compras. O pessoal da loja até organiza uma fila do lado de fora – deve haver umas 40 pessoas, mas já vi essa fila até maior – e limita a quantidade de compras por pessoa.

Outra loja que chama bastante a atenção por ali é também de uma grife famosa, mas essa de tecnologia, cujas inovações marcaram a história mais recente da humanidade, principalmente neste século. Curioso é que a loja fica exatamente onde morou um inventor que se tornou uma das maiores personalidades do século XX: Alberto Santos Dumont. Há até uma placa na parede externa do prédio, instalada pelo governo francês, indicando que ali morou o "Pai da Aviação".

É impressionante como ele é admirado e respeitado na França, onde viveu muito tempo, talvez até seja mais querido lá do que no Brasil. Parte desse sentimento dos franceses se deve porque Santos Dumont teve sua trajetória estreitamente ligada ao princípio da aviação, e a França era um dos grandes centros do assunto na época. Sou profundo admirador dele e saber que morou em Paris me faz gostar ainda mais da cidade. Ele era uma dessas pessoas que sabem observar, que não desperdiçam os detalhes e aproveitam cada oportunidade. Imagine só, um brasileiro da Zona da Mata de Minas Gerais, mais precisamente de Palmira – a partir de 1932 a cidade passou a se chamar Santos Dumont –, que foi morar em Paris com 17 ou 18 anos e acabou fazendo história na França. Nascido em 1873, era um sujeito muito curioso, tinha espírito de descoberta e recursos para pôr em prática as ideias que tinha. Como a aviação ainda tinha tudo por ser feito, foi uma combinação perfeita.

Foi assim que Santos Dumont começou a se aventurar com os balões. Sua primeira grande aventura aconteceu em novembro de 1899, quando conseguiu, em menos de meia hora, levantar voo com um dirigível, contornar a Torre Eiffel, retornar e fazer um pouso seguro. Tudo perfeitamente controlado. Como qualquer grande façanha, não foi fácil chegar a tal conquista.

O dirigível com o qual fez aquele voo era seu terceiro exemplar, os dois anteriores não deram muito certo. Todo o esforço foi válido, pois conquistou um prêmio e ele continuou evoluindo com os balões e se tornou bastante conhecido em Paris. Adoraria ter vivido aquele período e ter conhecido Santos Dumont. A probabilidade de nos tornarmos próximos teria sido grande, pelos diversos fatores em comum entre nós: ele era um cara elegante, culto, muito educado e frequentava a alta sociedade francesa da época.

Mas foi no fim de 1905, começo de 1906, que Santos Dumont começou a colocar em prática uma decolagem mais arrojada. Naquele período, passou a querer voar com um avião, um modelo que havia desenhado com um sistema diferente da sustentação de ar dos balões, mas que também permitisse decolar e pousar com total controle. Entre tentativas e erros, quedas e falhas, acabou encontrando um bom caminho. No dia 23 de outubro de 1906, finalmente ele conseguiu. Com seu modelo 14 Bis, também chamado de *Oiseau de Proie* ("ave de rapina"), fez um voo de pouco menos de 250 metros de distância e talvez não mais de dois metros de altura, mas era a primeira vez que alguém conseguia tal feito, com tudo sob controle.

No mês seguinte já conseguiu um voo ainda maior, que foi ovacionado. Essas conquistas de Santos Dumont foram noticiadas por todos os jornais da França e da Europa, sendo que alguns daqueles periódicos já o chamavam de "Pai da Aviação", outros de "Gênio da Aviação".

A vaidade é mesmo algo que não tem limites, e chega também pelos ares. Logo, toda aquela euforia em torno de Santos Dumont despertou a concorrência. Surgem aí dois norte-americanos, os irmãos Wilbur e Orville Wright, reivindicando o título de inventores do avião. Eles alegavam já terem realizado um pequeno voo em 1903, e só haviam mantido tudo em segredo porque estavam buscando patentear a invenção, pois sabiam de seu enorme potencial econômico.

Essa polêmica persiste até hoje. Os compatriotas dos Irmãos Wright nem sequer consideram discutir a questão, eles são os inventores do avião e ponto final. Até ergueram um memorial em homenagem a eles em Kill Devil Hills, na Carolina do Norte, onde dizem ter acontecido o tal voo.

Por outro lado, no Brasil, e principalmente na França, não restam dúvidas de que Santos Dumont é o verdadeiro Pai da Aviação, por tudo o que ele fez e porque seu primeiro voo foi documentado. De qualquer forma, deixando de lado o bairrismo e o calor de discussão de torcida, alguns pontos estão muito claros: o voo dos Wright, de 1903, que eles alegam ter até demorado mais do que o do Santos Dumont, não foi testemunhado por ninguém e o modelo que eles tinham não fazia exatamente uma decolagem, era preciso avançar em um trilho que o arremessava para o alto. A mesma coisa acontecia com o pouso, que estava mais para uma queda controlada.

Trazendo o bairrismo de volta, aqueles caras não tinham um histórico de aviação como o brasileiro, que vinha da experiência com os balões, realizando proezas cada vez maiores; não eram figuras reconhecidas publicamente pela ligação com a aviação e o voo deles não deu em jornal algum. O primeiro voo de Santos Dumont foi visto por centenas de pessoas, e no segundo, de novembro de 1906, fotografaram ele sobrevoando o Campo de Bagatelle. Então, é impossível não acreditar que o dele está muito mais bem documentado do que o dos norte-americanos.

Uma única coisa pesa a favor daqueles desgraçados dos Irmãos Wright. Em 1908, houve uma feira de aviação bem importante em Paris e eles não perderam a oportunidade de levar seu modelo para o evento e confrontar os admiradores de Santos Dumont. O avião dos norte-americanos estava já bastante avançado e fizeram um belo voo, em excelentes condições. De fato, em menos de dois anos, um ano e meio, não haveria tempo hábil para desenvolverem tudo aquilo. Então, possivelmente, já vinham mesmo fazendo estudos, tentativas, e é bem provável que, sim, algo tenha acontecido em 1903.

Polêmica à parte, gosto muito dessa história. Mas prefiro pensar assim: danem-se os Irmãos Wright! Que fiquem, então, com o mérito do primeiro voo de um veículo mais pesado que o ar sem ser sustentado por ar quente. Já o título de "Pai da Aviação" é do Santos Dumont, inquestionavelmente. Justiça seja feita, nosso inventor brasileiro tem um histórico bem mais sólido. Como a criação do primeiro ultraleve, o pequeno avião que batizou de Demoiselle e até usava como meio de transporte para visitar amigos ali em Paris.

Na volta para casa, pousava na Champs-Élysées, como se estivesse estacionando seu carro na garagem. Nos dias atuais, seria algo tão simples como pegar uma bicicleta ou patinete de aplicativo. Enfim, Santos Dumont tinha muito mais visibilidade, reconhecimento e prêmios relacionados à aviação.

E há muitos mais motivos para admirar Santos Dumont, que era um inventor por excelência. Quando estava lidando com os balões, por exemplo, o fato de pilotá-los sozinho e precisar das duas mãos para controlar as cordas durante as manobras dificultava o acompanhamento do tempo de voo. Naquela época, só havia relógios de bolso, então era preciso ter uma das mãos livre para puxá-lo.

Foi aí que teve a ideia de procurar seu amigo Louis Cartier, famoso pelos relógios que fabricava, e lhe pediu que fizesse um exemplar com correias de couro para que pudesse prendê-lo ao pulso. E então seria fácil de olhar o tempo de voo sem prejudicar o controle das cordas. Assim que nasceu o relógio de pulso, uma invenção de Santos Dumont que pouca gente sabe. Isso é tão verdade que, para comemorar um século dessa invenção, a Cartier lançou um célebre modelo com o nome do aviador.

Santos Dumont também era um apaixonado por chocolate, assim como os franceses, que têm diversas fábricas e várias *maisons* produtoras. Uma história que sempre me diverte sobre esse gosto dele começa pelo Brasil. Certa vez em que esteve de volta ao país para visitar seus pais, acabou indo até sua cidade natal e esteve na fazenda onde nasceu e viveu por um bom período. Uma amiga de sua mãe, que era do município de Tabuleiro, vizinho de Palmira, o presenteou com um pote de compota de pimenta biquinho, para que levasse com ele no retorno a Paris.

Ela sabia que Santos Dumont gostava muito daquela pimenta. De volta à França, isso foi em 1904, haveria um grande concurso de chocolate com premiação em dinheiro para quem apresentasse a melhor receita. Sabendo de sua paixão pelo chocolate e por invenções, alguns amigos o inscreveram no concurso, mas só avisaram depois. Para quem vivia como ele, uma nova entrada de recursos para investir em suas façanhas viria bem a calhar.

Em casa, pensando em como faria o chocolate, viu o pote de pimenta biquinho que havia ganhado no Brasil e decidiu apostar nessa mistura. Com todo o capricho que lhe era peculiar, fez a massa do chocolate e, quando a estendeu para começar a secar, acrescentou apenas os biquinhos da pimenta. Ele teve a paciência de cortar uma a uma, tirar somente a pontinha mesmo, e foi distribuir pela massa assegurando o espaçamento de dois centímetros, para um lado e para o outro, entre os pedacinhos da pimenta.

Procurou cortar o chocolate de forma que cada barra tivesse dois ou três daqueles biquinhos. Ainda que a pimenta não tivesse ardência, o sabor de tempero em meio àquela massa doce causou uma sensação surpreendente. Exceto os amigos que o inscreveram no concurso, ninguém poderia imaginar que Santos Dumont inventaria o chocolate com pimenta, e que aquela novidade cairia tão bem. E ele, menos ainda, poderia imaginar que sua doce invenção também despertaria a curiosidade de muitas damas francesas, para quem a saborosa combinação tinha um quê de sedução, e que desejavam acrescentar outros "biquinhos" nessa mistura. E ainda havia quem colocasse em dúvida seu apreço pelas mulheres.

Mais fantástico ainda é que até nesse campo da culinária Santos Dumont e os Estados Unidos se tornaram concorrentes polêmicos. Após a conquista do chocolate com pimenta, o aviador decidiu se inscrever novamente no concurso. Para a edição de 1905, ele pensou em apresentar um bolo de chocolate espetacular, de sabor inquestionável, que crescesse bastante e fosse muito macio. Seria o melhor bolo de chocolate jamais visto e experimentado.

Da mesma forma que lidava com os projetos aeronáuticos, fez diversos ensaios até chegar à receita final. Mas exatamente no dia do concurso, foi chamado ao aeroclube para resolver uma questão do alvará necessário para um voo experimental que faria passando pelo Campo de Marte – era uma exigência da prefeitura de Paris. Ele iria precisar de apoio.

Naquela época, o Santos Dumont tinha dois ajudantes que o auxiliavam em praticamente tudo, desde o trabalho com os balões e o desenvolvimento dos modelos mais pesados que o ar até os serviços gerais e o abastecimento da casa, com as compras em mercados e feiras. Um deles era um alemão chamado Karl Rüdiger e outro, um polonês de nome Brownislau Jancovich.

Como não gostava muito de nomes alemães e poloneses, deu uma "afrancesada" no nome de seus funcionários. Rüdiger virou Rudi, com ênfase no "i", como se tivesse um acento, para a pronúncia ficar parecida com "merci". Ele fez o mesmo com o nome de Brownislau, que passou a ser chamado de Browni. Como tinha de sair, encarregou os dois ajudantes de separar os ingredientes do bolo, preparar a mistura e levá-la ao forno. Simples assim.

Ao receberem a explicação de como o bolo deveria ser feito, Rudi prestou atenção a cada palavra e a cada medida, já Browni, distraído que era, nem tanto. Santos Dumont foi categórico: queria duas gemas de ovos, quatro medidas de farinha e bastante fermento. E repetiu diversas vezes: "duas, quatro e muito fermento". Mas quando é para dar errado, não há o que mude o cenário.

Primeiro o chamado repentino do aeroclube e, bem na hora de começar a preparar o bolo, o atento Rudi passou mal. Sabe-se lá por que, o alemão se desfez numa caganeira e sobrou para o Browni tocar a receita sozinho.

O polonês se lembrava bem da fórmula "duas, quatro e fermento", mas na sua interpretação eram duas medidas de farinha, quatro gemas de ovos e nada de fermento. Assim que Rudi se recompôs e Santos Dumont retornou, o bolo já estava na assadeira dentro do forno. Faltava meia hora para o concurso quando tiraram do forno o que deveria ser um bolo lindo, grande, macio e impressionante.

O que viram era um bolo baixinho, com aspecto de solado, pois sem o fermento a massa não cresceu. Mas ainda assim estava bonito, parecia ter uma crosta de chocolate crocante por cima. Como não havia muito o que fazer, o aviador tratou de experimentar, e para sua surpresa estava delicioso, pois manteve a maciez por dentro, a massa estava quase úmida. Sem perder tempo, cortou aquela fornada em pequenos retângulos e colocou tudo em um prato muito bonito, como se fosse uma espiral, e levou para a competição. Acabou chamando aquela invenção gastronômica de Browni, afinal quem havia feito toda a bobagem foi o Brownislau. Resultado: todos adoraram e veio a conquista do bicampeonato de chocolate de Paris.

Pois não é que no ano seguinte, num festival de chocolate realizado nos Estados Unidos, na cidade de São Francisco, uma confeiteira de Chicago fez exatamente a mesma receita? E, mantidas as devidas proporções, a disputa foi ainda pior do que aquela com os Irmãos Wright, porque a confeiteira chamou sua receita de Brownie, por causa da cor marrom que o bolo ficava. Ela venceu aquele concurso e hoje, em qualquer pesquisa que se faça sobre a origem desse bolo de chocolate, estará lá a menção ao brownie da norte-americana, e não ao "browni" de Santos Dumont. Mais uma injustiça feita ao Pai da Aviação.

Essas disputas do Santos Dumont me incomodam muito. Não me conformo que ele não tenha o reconhecimento também por esses fatos. A gente precisa ser justo, e lembrar sempre das pessoas que realmente arquitetaram as invenções, que tiveram a inteligência de descobrir e fazer uma coisa inédita. Quer ver me tirar do sério é dar a alguém que não mereça o crédito de uma grande invenção, seja para o bem, seja para o mal.

A história deve ser justa com aqueles que foram realmente inovadores e pensaram primeiro em algo grandioso. É com eles que me identifico, não com os pilantras que simplesmente copiam e tentam se aproveitar do caminho que já foi desbravado, como aquele bando de incompetentes preguiçosos que pegavam carona no meu trabalho e adoravam contar vantagem de algo que nem sequer sonharam em fazer. Malditos! Cada vez que penso nisso cresce meu encantamento pela missão que me foi entregue. Só de imaginar o resultado dessa obra-prima, minha mente e meu corpo parecem fervilhar em meio a tantas e diferentes sensações.

Basta chegar ao Arco do Triunfo que me tranquilizo. Também pudera, o significado histórico desse majestoso monumento tão impressionante quanto sua beleza. Uma construção sempre tão linda e imponente. Olhando do nível da avenida, as pessoas na parte superior do Arco parecem minúsculas, e a visão é a mesma de quem olha lá de cima. A quantidade de turistas fotografando é tanta que fica até difícil passar por ali. Mas não posso me furtar de mais uma vez contemplar esse símbolo de Paris, e chego até ele pela passagem subterrânea. É lindo demais, sempre muito lindo. Muita gente não se dá conta, mas este arco faz parte de um complexo com outros dois: um localizado em frente ao Museu do Louvre, o Arco do Triunfo do Carrossel, e o outro no bairro de La Défense, o Grande Arco de La Défense. Os três integram uma linha reta com menos de dez quilômetros.

Napoleão Bonaparte foi o responsável pela construção do Arco do Triunfo, que foi erguido para simbolizar as vitórias e a liberdade dos franceses. Mas por uma ironia do destino, o maior oficial da história da França não viu o monumento ficar pronto, pois morreu antes de sua conclusão. No entanto, durante o traslado de seu corpo até sua sepultura no Hôtel des Invalides, os franceses fizeram questão que o cortejo passasse por baixo do Arco, como uma grande homenagem. Ao pensar na trajetória de Napoleão, encontro diversos pontos que muito têm a ver com a minha história. Esse é outro dos motivos pelos quais adoro Paris, essa cidade alimenta minha alma.

O Arco do Triunfo ainda foi cenário para celebrações nas duas Guerras Mundiais. No final da primeira, em 1918, um piloto fez uma arrojada manobra, passando com seu avião pelo vão do Arco. Depois, na segunda, em 1944, quando a França foi libertada da ocupação alemã, o general Charles de Gaulle convocou os franceses e as tropas aliadas para a célebre caminhada que saiu do Arco do Triunfo.

Todas essas marcas históricas relacionadas à obra reforçam a importância de seu idealizador. Até hoje, Napoleão é idolatrado pela população francesa e, dentro das fronteiras da França, ele é um herói. Já do lado de fora, há quem afirme que alguns problemas diplomáticos dos franceses com outros países são ainda consequências do tempo das conquistas napoleônicas. Curioso é que por pouco ele não teve outra nacionalidade. Napoleão nasceu em 1769, na cidade de Ajaccio, que fica localizada na Córsega, uma ilha situada bem entre a França e a Itália que apenas um ano antes ainda pertencia à Itália. Não dá nem para imaginar como estaríamos contando hoje a história mundial se o herói francês tivesse nascido italiano, tamanha foi sua influência em toda a história moderna depois da Revolução Francesa.

Napoleão fez campanhas conquistadoras por todos os lados da Europa e impactou até na evolução do Brasil. Foi por conta da invasão das tropas francesas, lideradas por ele, a Portugal, em 1808, que a família real portuguesa atravessou o Atlântico e mudou a corte para o Rio de Janeiro. Aquele ataque causou sérios prejuízos a Portugal, que até hoje sofre por certa destruição do começo da indústria, causando um retrocesso em seu desenvolvimento.

O oficial francês ainda liderou campanhas na Rússia, com aquela trágica retirada do inverno russo em 1812; grandes batalhas contra os ingleses, cuja rivalidade perdura até os dias atuais; as campanhas no Egito, onde teve grandes conquistas e derrotas.

Mas foi exatamente em terras egípcias, quando Napoleão pretendia interromper as rotas dos ingleses para a Índia, que seus soldados encontraram, em 1799, a Pedra de Roseta. Esse pedaço de granito se tornou muito famoso por sua contribuição para que a humanidade passasse a entender os hieróglifos. Curioso é que hoje essa pedra está em um museu em Londres.

Se a trajetória vitoriosa de Napoleão como militar já não fosse suficiente para que eu o admirasse tanto, o oficial ainda se destacava no campo da medicina. Ele era um pouco hipocondríaco e tinha grande interesse por medicação, não só de utilizá-la, mas de saber como evoluía. Isso pode ter ajudado a alimentar o imaginário de que ele tinha uma enormidade de doenças. É um exagero, pois não foi tanta coisa assim. Muitas pessoas dizem que aquela imagem típica dele em tantos retratos com a mão na barriga deve-se aos problemas que tinha, como úlcera e gastrite. A mão na barriga dentro do paletó era por conta dos incômodos que sentia. Mas não há confirmações disso, o que se sabe é que ele tinha boa saúde. O homem enfrentou batalhas enormes, terríveis, e se machucou muito pouco, tinha poucos ferimentos.

Sua sede por conhecimentos em medicina também era suprida pelo competente dr. Larrey, que por décadas foi o médico-chefe da Grande Armada Francesa. O médico tinha consciência de suas habilidades e se orgulhava de muitas coisas que fez durante as batalhas, a exemplo de uma ocasião em que fez 60 amputações em um mesmo dia, e naquela época e condições o tratamento de amputação era feito com o que fosse possível. Outro fato interessante era o uso de suas habilidades como cirurgião para garantir mais reservas de alimento para as tropas, pois se andava muito durante as batalhas e o estoque de mantimentos era sempre mínimo, quando não acabava de vez. Quando morria algum cavalo, antes de as tropas seguirem, Larrey fazia fiambres da carne do animal para garantir alguma reserva de alimento para os soldados, que estavam pra lá de famintos.

Dizem também que Napoleão andava sempre com uma cápsula contendo veneno pendurada ao pescoço. Quando foi derrotado e estava prestes a ser encaminhado para o exílio na Ilha de Santa Helena, em pleno Oceano Atlântico, a quase dois mil quilômetros do continente africano, ele teria tentado o suicídio, mas parece que não teve sucesso, pois a cápsula era muito antiga e o veneno já teria perdido a potência. Apenas ficou doente. Durante o período em que ficou preso em Santa Helena após a condenação pelos ingleses, pôde aproveitar mais o gosto que tinha pelos medicamentos. Lá, conseguiu cultivar para seus cuidados algumas plantas que conheceu ao longo de todas as viagens.

Ao redor da casa, tinha alguns pés de babosa, bastante utilizada para cicatrizar ferimentos e cuidar de feridas. Naquela época, as úlceras, ou ulcerações, eram muito comuns, e na falta de antibiótico a cicatrização era muito difícil. Também tinha menta, que sabidamente teria uma ação muito benéfica no quadro gástrico quando utilizada como chás e infusões, o que reforça a suspeita sobre os sérios problemas gástricos. Por último, ele cultivava uma planta da família das solanáceas que havia conseguido nas longas viagens e que teria ação contra dores e cólicas intestinais e gástricas. Essa planta nada mais é do que a hioscina ou a escopolamina, que é o ativo de um antiespasmódico muito comum.

Grande mérito de Napoleão foi que, ao contrário da simples infusão que todos faziam naquela época, ele optou por um processo de extração vegetal que aprendeu com um alquimista de uma das missões que fez na Bélgica, como se fosse um tipo de destilação, e administrava o extrato líquido que tirava dali por gotas. Isso está muito bem documentado em um diário dele que foi encontrado, onde tratava de todos os cuidados das plantas e dos principais tratamentos que fazia. Esse método de medicação em gotas que Napoleão fez lá em 1820 é, hoje, extremamente popular em um dos mais conhecidos medicamentos anticólica e antiespasmódico.

Napoleão acabou morrendo em Santa Helena, e as autópsias dizem que foi devido a um câncer gástrico. Porém, há também a suspeita de que tenha sido envenenado. Os ingleses tinham muito medo de que um dia ele pudesse voltar, pois tinha o dom da estratégia e era extremamente agressivo no comando, era um conquistador de territórios nato. Por mais que eu admire o herói francês, não há como negar que a parte do envenenamento é algo que sempre me atrai.

Talvez, misturando todos esses fatos da história dele eu possa até dizer que minha missão é um tanto quanto "napoleônica". Afinal, as conquistas serão colossais. Essa animação me lembra que é hora de voltar ao planejamento. Atravesso novamente a passagem subterrânea que me levou ao Arco do Triunfo e sigo para a Avenue Kléber. Aperto um pouco o passo em direção aos Jardins du Trocadéro enquanto penso que agora tenho que me preparar para encontrar minha liderança, a pessoa que vai comandar a operação na França. Em todos os países onde a operação vai acontecer, relaciono-me com apenas uma pessoa, ninguém mais. Essa pessoa é chamada de "Leão" dentro da minha hierarquia do grupo constituído.

É com esse primeiro Leão que vou almoçar agora. Espero encontrá-lo tão faminto quanto eu por essa missão. Aliás, essa ideia de identificar os participantes de cada equipe, em cada país, por animais é excelente. É como se fosse uma linguagem universal e que facilita o raciocínio, cada um já começa a entender sua posição dentro do time só pelas características do animal que representa. Foi por isso que escolhi o Leão, o Castor, o Canguru, as Abelhas e a Hiena. Depois é só cada um entender correta e criteriosamente suas funções, suas responsabilidades, suas recompensas e, principalmente, seus riscos. O plano todo é cheio deles, alguns fatais.

Então, o comando de cada núcleo da missão não poderia estar em melhores mãos, ou garras, do que com o Leão. Afinal, ele é o "Rei dos Animais". Mais que isso, é um animal de sentidos muitíssimo apurados, está sempre atento e pode se antecipar, com uma boa margem de segurança, a qualquer problema, qualquer perigo que possa prejudicar nosso objetivo maior. E é ele o responsável pela escolha de todos os outros membros desse grupo, pela contratação e pelo pagamento da equipe, e por fiscalizar bem de perto cada passo.

A pessoa na posição de Leão tem de ser da minha mais completa confiança. Só os Leões me verão ou falarão comigo, e precisam estar certos de que eu sou o domador, eu estou no comando de tudo e meu poder nessa história vai além do que podem compreender. Os Leões têm meu respeito, mas se for preciso eu os caçarei. Isso deve estar sempre muito claro.

Acredito que o membro mais difícil de se escolher é o Castor. Ele vai trabalhar dentro da planta, instalada em uma casa, e é o coração da operação. O Castor contará com poucas pessoas ao seu lado, mas todas com elevado nível de conhecimento científico. Ele próprio tem de ser um profissional altamente capacitado, experiente, seguro, bem-sucedido, alguém desejado e concorrido pelo mercado, pois uma de suas responsabilidades na operação, talvez a maior, é desviar o produto no momento certo e na quantidade exata. É o ponto inicial de tudo. Nada além da perfeição será permitido. O compromisso do Leão é também ficar de olho no Castor, porque embora seja um animal muito habilidoso, não podemos esquecer que se trata de um roedor.

O Canguru é um pouco menos complicado. Só precisa ter as habilidades necessárias para cumprir sua função e saber que, uma vez dentro da operação, não pode saltar fora, não pode mais sair até que tudo esteja terminado.

Além de exímio motorista, deve saber como se deslocar sem chamar a atenção, precisa ser discreto, quase imperceptível, pois pode ter de atravessar certas barreiras e até fronteiras muito desafiadoras. É ele quem vai pegar o material desviado e transportar até as Abelhas.

As três ou quatro Abelhas que a operação demanda são as mais fáceis de se escolher. Inclusive pela remuneração. É a parte da equipe com menor custo, pois são pessoas movidas por alguma ideologia, qualquer motivação de vingança ou até mesmo uma necessidade de autoafirmação. Razões que até beiram a estupidez. Tanto que nem precisam ter o mesmo grau de inteligência dos demais, só precisam cumprir minuciosamente seu papel.

Ao receberem o material do Canguru, as Abelhas apenas têm de despejá-lo no ponto certo, no reservatório designado, dar a ferroada que precisamos bem no alvo. Claro, seguindo corretamente as orientações, com o sincronismo peculiar a esses insetos e com a devida discrição, sem dar bandeira, sem vacilar e sem questionar. É por isso que são Abelhas "operárias", têm um objetivo e buscam executá-lo, não se distraem com mais nada. Não temos "rainhas" na equipe, justamente por ser a única abelha da colmeia que de fato se diverte: só ela é sexualmente desenvolvida. Até mesmo os zangões que a satisfazem não passam de coadjuvantes, serviçais, os coitados nem ferrão têm.

Minha preocupação maior é com a Hiena. É preciso ter mais cuidado com essa figura asquerosa. Nessa operação, perante a lei, seremos todos criminosos, mas a Hiena é mais que isso. E como ter confiança plena em quem se alimenta da carniça? Em quem convive com a podridão? Isso aqui não é conto de *O rei leão*. O Leão da equipe precisa ter controle total sobre as ações e o comportamento da Hiena.

Depois de todo o estrago feito, é a pessoa escolhida para essa posição que vai entrar para limpar a cena, pegar as carcaças e desaparecer com todo o cenário. Zero evidências. E é aqui que entram outras características essenciais desse animal: a agressividade, a força, a velocidade e a ferocidade. De forma alguma a Hiena pode ser pega, correndo o risco de entregar algo e desmoronar a operação. Se algo der errado, tem que se virar e consertar, não pode haver qualquer evidência nem testemunhas.

A operação deve ser concluída a qualquer custo, se for necessário matar alguém, que o faça. E faça direito. Da mesma forma que o Leão está ciente da minha autoridade no grupo, a Hiena também precisa saber que, se passar pela sua cabeça, ainda que de longe, a ideia de tentar tirar alguma vantagem disso tudo, de nos chantagear, por exemplo, estaremos preparados.

Só me resta agora ir almoçar com o meu Leão aqui da França, Pierre Diddens. Ele é o único da equipe francesa que conheço. Na verdade, nem é francês. Mora desde a infância em Paris, mas nasceu na Bélgica. Admiro Pierre por vários motivos. É um homem de mais ou menos uns 55 anos, um sujeito alto e magro, relativamente atlético, com cabelos bem curtos e já um pouco grisalhos. Também é um formidável enólogo e um excelente gourmet, conhece o que há de melhor na França para se comer e beber e os lugares mais apropriados para saborear tudo isso.

Pierre trabalhou por muito tempo na indústria de nutrição esportiva, um setor que não para de crescer, amparado principalmente pelo mercado de suplementos. A experiência e o conhecimento que traz dessa área lhe abriram portas também na indústria da saúde, onde tem um trânsito muito bom e conhece os diversos e mais interessantes canais, as pessoas mais influentes.

Outro motivo de admiração por Pierre reside em dois pontos comuns entre nós: a vaidade e a elegância. Sempre está muito bem vestido e frequenta os lugares mais sofisticados de Paris. Ainda fazem parte da lista sua inteligência e astúcia, fundamentais para o que estamos planejando, assim como sua frieza. Dizem que quando um leão se junta a um novo bando, mata as crias jovens para que, a partir dali, tenha apenas filhos seus no grupo. Estou ansioso por esse almoço, para conhecer os escolhidos e saber cada detalhe da formação do nosso pequeno "zoológico". E, também, porque certamente Pierre nos levará a algum lugar fantástico.

Sigo distraído com meus pensamentos e, quando me dou conta, já estou em frente ao Trocadéro. É incrível como me surpreendo toda vez que chego a este lugar e vejo a Torre Eiffel. Não há outro ponto onde se possa ver a Torre dessa maneira, você vai chegando, se aproximando, ainda está se deliciando com a imagem do espelho d'água no Jardins du Trocadéro, o rio Sena na sequência e de repente ela surge, inteira, majestosa, impressionante, à sua frente. Mal você sai do transe dessa que, para mim, sempre será uma das maravilhas do mundo, e já fica hipnotizado com a tranquilidade do que vê ao redor, todo o gramado do Campo de Marte, repleto de pessoas sentadas, e lá no fundo, fechando a paisagem, a Escola Militar de Paris, com sua arquitetura clássica e imponente. E pensar que a Torre Eiffel poderia ter sido desmontada no mesmo ano em que foi inaugurada, em 1889, ainda que sua construção tivesse durado cerca de dois anos.

Ela foi projetada pelo engenheiro francês Gustave Eiffel, o mesmo que também participou do projeto da Estátua da Liberdade, para a celebração do Centenário da Revolução Francesa, e a ideia inicial era que depois fosse mesmo desmontada. Teria sido uma estupidez sem tamanho. Sempre recomendo a todos para visitar a Torre Eiffel por este lado. Ainda mais quando se trata da primeira vez em que a pessoa está visitando esse monumento.

Não tente chegar por outro lado, faça o caminho vindo do Arco do Triunfo, descendo pela Avenue Kléber, até chegar ao Trocadéro. É um cenário fantástico. Por um pequeno instante, bem pequeno mesmo, até sinto um pouco por tudo o que vamos fazer nesta cidade.

Mas é um pensamento mais que passageiro, minhas metas estão muito bem estabelecidas e há muito em jogo. Sem contar a satisfação que já tenho desde o primeiro momento em que comecei a pensar nessa missão. A ideia passa tão rápido que, num piscar de olhos, já estou novamente admirando essa linda paisagem, e tenho outra grata surpresa. Quase me esqueço que ali no cantinho, do lado direito, antes de chegar para atravessar a rua em direção ao rio Sena, está o maravilhoso carrossel. Parece coisa de cinema, com seus cavalinhos girando. É um carrossel de dois andares, algo que não se vê em qualquer lugar, uma estrutura charmosa, delicada e ao mesmo tempo exuberante, que faz a alegria de crianças e adultos. E o melhor, não é preciso pagar, basta entrar na fila e dar quantas voltas você quiser.

Aproveito que ainda estou folgado de tempo para me sentar em um banquinho no Jardins du Trocadéro e simplesmente saborear tudo aquilo, a Torre, as pessoas sentadas no gramado do Campo de Marte, o carrossel. Tudo estava perfeito, até que surge um "tsunami" bem à minha frente. É outra daquelas gigantes excursões de chineses, um barulhento e avassalador tumulto que vai arrastando todo mundo pelo caminho. A melhor coisa a fazer é sair dali e não desperdiçar energia com os turistas asiáticos. Não posso permitir que nada tire meu foco.

Atravesso a rua, a ponte sobre o rio Sena e vou me sentar embaixo da Torre. Dali, à distância, a visão do carrossel fica até mais interessante. E parece ficar melhor a cada volta... O que é aquela figura feminina que mistura um quê de inocência com algo muito próximo da sensualidade? Aqueles cabelos ruivos, curtinhos, em um corte chanel modelando aquele rosto. Aquele rosto? Não acredito! Não pode ser! Não foram só sua beleza e as curvas de seu corpo que me chamaram a atenção, ela é mais do que familiar.

Quando aquela beldade sai do alcance dos meus olhos, com mais um giro do carrossel, espero por mais uma volta, meus olhos nem piscam, mirando cavalinho por cavalinho, até que ela aparece novamente. Fico paralisado! Sim, é ela, Jessica, a ruiva escultural que encontrei – ou ela é quem me encontrou – em São Paulo, e que desapareceu feito fumaça. E ela some mais uma vez na dança dos cavalinhos, e quando a vejo de novo não tenho dúvidas. É ela! Mas, agora, com esse novo corte de cabelo, ela já não se parece tanto com a Jessica. Talvez, até por estarmos na Europa, eu possa chamá-la de "Chanelzinho Vermelho".

Preciso falar com essa mulher. É coincidência demais! O que ela estaria fazendo aqui em Paris? E como foi aparecer exatamente onde eu estava, e no mesmo horário? Levanto-me decidido a ir até ela, embora não saiba exatamente o que dizer, mas vou inventar, improvisar, dar uma cantada, jogar alguma cascata, qualquer coisa. Só não posso perdê-la outra vez.

Apesar da curta distância, não chega a 100 metros, aperto o passo. Enquanto me aproximo, vejo ela sumir e reaparecer mais algumas vezes. Mantenho o olhar fixo o tempo todo, mas quando estou a menos de dez metros do carrossel ela simplesmente desaparece. Corro ao redor do brinquedo e não a encontro, fico perplexo. Como ela poderia ter sumido assim de novo? Sinto que, desta vez, ela mexeu ainda mais comigo. A visão daquela mulher é tão impactante quanto a que descrevi sobre a Torre, só que mais emocionante, pois ela me desperta diversas outras sensações. O que será isso? Por que aconteceu de novo?

Por mais intrigado que eu possa ter ficado, preciso voltar a me concentrar na missão. Pego o caminho de volta, atravesso a ponte do Sena e sigo para o ponto de encontro com o Leão. Passo por baixo da torre, atravesso todo o Campo de Marte e viro à esquerda quando chego à academia militar. Logo, já estou em frente ao restaurante onde encontraria Pierre, meu Leão belga.

Ele já está na porta, muito bem vestido como de costume, sorridente, sempre alegre e brincalhão. Não usa a gravata, o que é seu habitual, mas veste um elegante blazer. Pierre sugere de irmos a outro restaurante. Considerando seu bom gosto e o apurado conhecimento sobre a cidade, eu o acompanho sem pensar duas vezes. No caminho, me conta que esse é um lugar do qual gosta muito, que conhece o maître muito bem e há tempos não retornava lá. O lugar é conhecido por seu purê de batatas, considerado um dos melhores do mundo e, com certeza, o melhor da França.

Quando chegamos ao restaurante, uma mesa está preparada para nós, reservada mais ao canto, pois a discrição era essencial. Pierre me pergunta se eu fazia questão de escolher, mas achei mais proveitoso que ele o fizesse. Ele pediu, então, uma entradinha de *fonds d'artichaut au foie gras*, dois tipos de *foie*, um potinho com um mousse de *foie* com vinho do porto e outro com duas fatias finas de *foie* grelhado, coisas que eu nunca havia experimentado. Também há uma entradinha de salada de endívia com bisque de lagostim.

Como prato principal, um escalope grelhado e, claro, o famoso purê de batatas. Para acompanhar, pedi um vinho de Bourdeaux, pois não tem como errar. A região é mundialmente conhecida por produzir vinhos espetaculares, premiadíssimos, favorecida, é bem verdade, pelas condições climáticas e de solo.

Sem dúvida, a parte gastronômica do encontro é de dar água na boca. Mas o que mais me interessa naquele momento é a apresentação da equipe que Pierre havia escalado. Fomos direto para a figura principal da lista: o primeiro animal na hierarquia após o Leão. Para a posição do Castor, Pierre chamou Chantrel Thépot, um profissional com longo tempo de trabalho na área de produção de fármacos de maior complexidade. De cara já achei ótimo. Chantrel tem vasta experiência no setor de insulina e de vacinas.

E exatamente por conta desse conhecimento que agora trabalha na empresa com toxina botulínica. Trazê-lo para o grupo não foi fácil, pois ele não tinha uma grande motivação, alguma identificação mais direta com a operação. Na abordagem, Pierre até usou a influência de outros interlocutores, pois nem mesmo o dinheiro parecia convencê-lo. Mas todo mundo tem seu preço, eu sei muito bem disso, e se a vaidade falar alto também, o tiro é certeiro. Foi por aí que Pierre avançou, disse a Chantrel que ele havia sido escolhido, sobretudo, por seu altíssimo conhecimento científico, por ser a única pessoa em condições de executar aquela missão.

Mas a tacada decisiva veio quando Pierre envolveu a família do Castor. Mais precisamente, um dos seus dois netos, que estava muito doente, e a generosa quantia em dinheiro que Chantrel iria receber poderia não só ajudar sua família toda como dar condições de buscar uma cura para a criança. Se por um lado Pierre estava seguro da capacidade de Chantrel, por outro sabia que precisava tomar cuidado com alguém tão envaidecido. Apesar da seriedade do assunto, confesso que, enquanto Pierre falava da vaidade de Chantrel, passou-me pela cabeça a história do "óleo de castor". Não o que se utiliza hoje na indústria cosmética, que na verdade é o óleo de rícino, mas o que se usava como purgante no século passado, e que era produzido a partir de secreções de glândulas existentes na região anal do castor. E me perguntava: "Quem seria o desgraçado que descobriu essa utilidade das tais secreções? E como?".

Chegamos ao Canguru, que levaria e distribuiria o produto entre as Abelhas. Era um italiano, Guido Combi. Na linha dos pensamentos sobre o óleo de castor, é impossível não pensar na coincidência do responsável pelo transporte se chamar Combi. Só espero que ele seja mais sofisticado e mais ágil do que uma velha perua, o veículo, claro. Ao menos conhecimento ele parece ter muito, e também facilidade de transitar pela indústria farmacêutica na região da França e da Itália, afinal, sempre trabalhou apresentando produtores de matérias-primas, desenvolvedores de pequenos produtos e novas tecnologias. Ele inclusive ajudou Pierre na escolha de Chantrel. E pela descrição que Pierre me deu, tenho a impressão de que talvez eu o conheça.

Uma vez encontrei um Guido com essas características, um

cara de estatura mediana, com um certo sobrepeso e que sempre puxava uma perna. Era um italiano que tinha o costume de passar férias no Brasil, no litoral do Espírito Santo. Se não me engano, eu o encontrei uma vez em uma feira. E veja só que coincidência curiosa, esse Guido que encontrei era canhoto, como a maioria dos cangurus.

Para a escolha das Abelhas, Pierre disse não ter tido muita dificuldade. São dois franceses, Lucien Laurent e Jean Maschinot, e um turco, Hakan Cetin. Esse turco, segundo ele, era o mais animado com tudo isso. É um muçulmano que odeia os franceses, e saber que poderá fazer algo pra foder com a vida deles é quase como um presente. Não fosse o comprometimento que o dinheiro traz, talvez nem precisasse ser remunerado. O cara lembra mais um marimbondo do que propriamente uma abelha. Pierre tem confiança total nas Abelhas. Os três são hábeis e possuem uma ligeira tendência ao crime, além de saberem tão bem evitar de serem seguidos quanto se livrar de alguém que por qualquer motivo os seguisse. São escolhas muito adequadas.

E, por último, a Hiena. É um argelino chamado Faouzi Chedel, também muito esperto e ágil, trabalha como subgerente em um hotel, ali perto da região onde eu estava hospedado. Olhando para a figura, é difícil imaginar que ele estivesse bem nesta posição da operação. Faouzi também está um pouco acima do peso, tem estatura mediana, cabelo crespo, óculos grossos e, coincidentemente, é casado com uma brasileira. Segundo Pierre, é um cara muito inteligente, com agilidade de movimentação e facilidade de se livrar de qualquer problema. Está seguro de que Faouzi, se fosse necessário, tocaria sozinho o Plano B sem qualquer problema.

Assim que ele me descreveu toda a equipe, chega nosso prato principal. Agora posso voltar a dar a atenção merecida àquela maravilha. O escalope e o purê estão fantásticos, com um pouco de *poivre rouge*, aquela saborosa pimenta vermelha. Para fechar, Pierre, como sempre, pediu um digestivo, um Armagnac de dez anos, delicioso.

Fizemos um último brinde e ele reforça que eu poderia ficar tranquilo, pois a equipe era de primeira linha e ele estava acompanhando tudo muito de perto. Principalmente monitorando a temperatura do Chantrel dentro da empresa, com intervalos bem curtos e atento a qualquer indicação de onde poderia haver algum problema. Nós nos despedimos, mas já com o compromisso de nos falarmos frequentemente a cada semana, ou a cada dez dias, sempre com o devido cuidado. Pierre sai caminhando. Eu já havia caminhado o suficiente, então prefiro pedir um táxi para me levar de volta ao hotel.

Assim que entro no quarto, sigo meu ritual, mas nem tão à risca. Tiro os sapatos, mas estou tão excitado para fazer minhas anotações que não faço questão de limpá-los e guardá-los, corro logo para pegar meu bloquinho de notas. Escrevo o que de mais relevante havia acontecido. Preciso ser rigoroso nas escolhas, pois tinha muita coisa interessante. Começo por minhas considerações sobre Santos Dumont e Napoleão Bonaparte, figuras históricas que me inspiram, que me dão força e que me iluminam nesses momentos. Se eu conseguisse somar nessa operação as principais habilidades daqueles dois, o sucesso seria dobrado.

Também anoto a quantidade exorbitante de chineses que encontro por todo caminho, em filas, excursões, praças, tomando conta de todo e qualquer espaço. Realmente é algo que me incomoda, e até me preocupa. Para mudar as sensações, anoto meu encontro, ou desencontro, surpreendente com Chanelzinho Vermelho, e a forma como fiquei intrigado por sua semelhança com Jessica. Ainda não consigo afirmar cegamente que era a mesma mulher. Mas até a maneira como desapareceu, assim, do nada, feito fumaça, era semelhante. Evaporou! Anotei e sublinhei.

Por fim, o time apresentado por Pierre. Anotei, li e reli com muita atenção. Convencido de que estou tranquilo com as definições e de que a jornada do dia foi bastante positiva, aproveito para dar uma boa cochilada até a hora de sair para jantar.

CAPÍTULO
3

Reunificação da Alemanha

Acordo cedo, ainda desfrutando a sensação de satisfação pelo dia anterior, altamente produtivo. Tudo o que planejei foi cumprido com êxito, e com sobra. Hoje a programação está mais tranquila, sem previsão de grandes acontecimentos, minha maior preocupação é tão somente não perder os horários da ida para Frankfurt. É hora de checar como está a preparação da missão na Alemanha, onde também temos uma grande fábrica de toxina, e saber todos os detalhes da equipe que terei por lá. Estou ansioso para mais essa etapa, o resultado até agora em Paris aumentou minhas expectativas.

Desço para tomar meu café da manhã, mas não sem antes dar uma espiada do lado de fora do hotel. É sempre bom respirar fundo o ar do dia amanhecendo em Paris. É revigorante, inspirador e até poético, mesmo para alguém casca-grossa como eu. No refeitório, outro deleite parisiense. Ainda que seja um hotel simples, com uma classificação de três estrelas, o café da manhã é admirável, não falha nunca.

O croissant na França é sempre fantástico. Esse, sim, deveria carregar o título de "pão francês", e não o pãozinho popularesco que a gente encontra em qualquer esquina no Brasil. Ninguém nem se lembra de que o croissant surgiu mesmo na Áustria, pois se não fossem os franceses talvez nunca aparecesse na gastronomia mundial.

Há duas outras iguarias que me fazem salivar no café da manhã parisiense, pois nunca encontrei iguais em nenhum outro lugar do planeta, e se tem algo que não me falta nessa vida são milhagens. Uma delas é o maravilhoso *pain au chocolat*. E não se trata apenas de um pão recheado com chocolate, seria até uma heresia descrevê-lo dessa forma. É preciso prová-lo para entender pelo paladar o que as palavras não conseguem descrever.

A segunda é o iogurte. Não sei o que a indústria de laticínios da França tem de tão diferente, mas é um iogurte espetacular. Talvez os processos nas fábricas, o manejo nas fazendas, as vacas leiteiras *montbéliard*. Talvez tudo isso junto. Mas não faz diferença, o que me importa é poder saborear esse café da manhã.

Enquanto aproveito essa experiência única, fico pensando nas razões pelas quais tomei a improvável decisão de ir para Frankfurt de avião. Costumo sempre fazer de trem esse trajeto de Paris para Frankfurt, ou vice-versa, pois a relação custo-benefício é sempre melhor, em todos os sentidos. Aliás, na Europa, qualquer trajeto que de trem dure menos de quatro horas é mais interessante do que de avião, porque acaba sendo mais curto e mais divertido. Em trajetos curtos, então, nem se fala. Por exemplo, se você vai de Paris a Londres, ou para

Amsterdã, só o deslocamento até o aeroporto já não compensa. É melhor fazer de trem mesmo.

Se for comparar apenas o tempo de viagem, pode até parecer mais vantajoso ir de avião. No meu caso, por exemplo, o percurso entre Paris e Frankfurt com os trens rápidos dura pouco menos de quatro horas, enquanto por avião não passa de uma hora e dez minutos. Mas se avaliar cada detalhe, essa vantagem é questionável. Primeiro, porque as estações ferroviárias da Europa geralmente estão localizadas em áreas mais centrais das cidades, independentemente dos pontos de partida e chegada. Já os aeroportos das grandes capitais sempre estão distantes. É comum perder de 40 minutos a uma hora só para chegar até eles. Sem contar que isso implica mais custo de táxi.

Outra coisa que conta a favor do trem nessas distâncias é que basta chegar com dez minutos de antecedência à plataforma de embarque. É tempo mais que suficiente para um acesso tranquilo e seguro, algo que seria impossível em um aeroporto. Mesmo quando se trata de um voo simples, interno, ali na Europa mesmo, é necessário chegar pelo menos uma hora antes para dar tempo de fazer check-in, passar pela fila disso e daquilo, despachar bagagem. E também porque o embarque se encerra meia hora antes do voo. Então não tem conversa, é uma hora de antecipação, no mínimo. Dependendo do aeroporto e do tamanho do avião, até duas horas.

Mais uma vantagem das viagens de trem no que diz respeito ao tempo: a pontualidade. Enquanto nunca se tem total segurança se os aviões vão decolar no horário previsto, um quer subir, outro quer descer e às vezes encavala tudo, os trens não falham, sempre saem na hora. É impressionante! Na Alemanha, por exemplo, as paradas são programadas no detalhe do minuto.

Por exemplo, você pega um trem de Frankfurt para Leverkusen com parada agendada para 7h32 ou 5h41 e tem a segurança de que não vai levar um minuto a mais. Se dependesse da pontualidade dos trens europeus para eu encontrar Jessica, minha ruiva misteriosa, jamais a perderia de vista. Já com os aviões, só contando com muita sorte, algo que não faz parte das minhas estratégias. Eu prefiro sempre ter o controle da situação, talvez por isso aquela mulher mexa tanto comigo, além, é claro, de todos seus outros encantos tão visíveis e palpáveis. E como eu adoraria torná-los mais palpáveis que visíveis.

Mas tudo isso só vale para os países onde há um bom e eficiente sistema de trens, como o que se encontra na França ou na Itália; na Alemanha, mais ainda; e na própria Suíça. Também pudera, só me faltava os suíços, os donos da mais famosa arte da relojoaria, não serem pontuais. É impensável. Por todos esses motivos, percursos que pelo chão podem durar até quatro horas, como esse que vou fazer agora, de Paris a Frankfurt, ou mesmo de Frankfurt a Berlim, de Genebra a Milão, de Genebra a Paris, costumam ser ainda melhores de trem.

Caso isso tudo ainda não seja suficiente para se convencer, vale considerar o conforto e o prazer da viagem. Uma passagem de trem para os vagões de primeira classe costuma ser bem mais barata do que um assento na primeira classe de um avião. E é muito confortável, com uma boa refeição, certamente melhor do que a do avião. Os trens também têm sempre um vagão bar onde se pode comer, tomar alguma coisa.

Há ainda a possibilidade de apreciar uma paisagem muito convidativa. De Paris a Frankfurt, por exemplo, o trem atravessa o Parc Naturel Régional de Lorraine, na região nordeste da França, e entra na Alemanha pela bela Saarbrücken, uma cidade injustiçada pela história. Ali teria sido a origem, ainda no final do século XVIII, de alguns dos melhores vinhos alemães, informação que foi se perdendo, ou sendo suprimida, com o tempo. Aquele período de virada de século não foi mesmo muito fácil para a Alemanha, muita coisa misteriosamente se perdeu naquela fase.

Enfim, para encerrar essa comparação de trajetos dentro da Europa, só é mais vantajoso optar pelo avião quando a duração da viagem de trem for superior a quatro horas. Essa conclusão só me deixa ainda mais inconformado, pois, mesmo tendo o costume de sempre ir de trem, resolvi optar pelo avião. O que me faz sentir um pouco menos desconfortável com a escolha é o fato de que, há tempos, não faço esse trajeto pelo ar e, como o retorno também será de avião, saindo de Frankfurt, aproveitarei para dar uma boa olhada no aeroporto. Já faz uns dois ou três anos que não passo por ali. E diante da missão que tenho pela frente, todo cuidado é pouco. Além de ser considerado o mais silencioso da Europa, o aeroporto de Frankfurt é também um dos mais seguros. Até por ser o que tem mais conexões dentro do Velho Mundo.

É hora de parar de pensar e partir para a ação de fato. Termino meu café e volto para o quarto. Já havia deixado as malas prontas, uma pequena de mão e outra média para despachar. Só faltava fechá-las. Confiro se não deixei nada. Se normalmente já sou muito cuidadoso para não esquecer nada em hotéis, agora mais ainda.

Desço até a recepção, fecho a conta e peço para chamarem um táxi. Já dentro do carro, a caminho do aeroporto, aproveito para uma última visão do Arco do Triunfo e da Torre Eiffel enquanto contornamos a Place de la Concorde. Agora é pegar a estrada rumo ao Charles de Gaulle.

Meu check-in está marcado para o terminal 2B, naquela parte antiga do aeroporto. O trajeto é tranquilo, dura uns 40 minutos, pois nesse horário o fluxo é maior de pessoas chegando do que deixando Paris, então sair da cidade não é complicado. Após fazer o check-in, me informam que o embarque será no 2C, que está ali bastante próximo, o que não dá nem quatro minutos andando. Despacho minha mala maior e sigo só com a de mão em direção ao outro terminal. Até então, estava tudo na maior tranquilidade. Mas assim que passo a entrada do corredor que conecta os terminais, tomo um susto enorme.

Dois policiais surgem do nada bem na minha frente e com muita rapidez e certa brutalidade estendem um cordão de isolamento. Aquela barreira veio bem no meu peito, não pude dar mais um passo sequer para frente. E nem recuar, porque as pessoas que vinham atrás de mim também travaram ali, atônitas. A porta de entrada do corredor foi imediatamente fechada e ficamos cercados, eu e mais 30 pessoas, encurralados sem ter a menor ideia do que está acontecendo. É uma coisa surpreendente e um tanto quanto assustadora.

A situação piora quando os policiais avançam ainda mais com o cordão de isolamento em nossa direção, nos deixando praticamente prensados contra a porta do outro terminal. Dá para ver que do outro lado o cenário é o mesmo. Quem entrou no corredor que ligava os terminais ficou espremido entre a porta, já fechada, e aquela contenção da polícia. Em seguida também fecham as portas de entrada da rua para o terminal e retiram os funcionários que ficam ali nos portões de embarque das companhias aéreas.

Em menos de dois ou três minutos o terminal fica vazio, apenas com esse grupo de umas 30 pessoas presas onde eu estou e mais a porção de assustados lá do outro lado, com também umas 30 ou 40 pessoas, não dá para saber ao certo. É apavorante, não há o que fazer. E não param de chegar policiais, cada vez mais e mais, até que começam a entrar soldados do Exército. Nesta hora comecei a ficar preocupado, estava tudo indo bem demais, e já começava a passar um certo arrependimento de ter optado pelo avião em vez do trem. Quando se está envolvido com algo como eu estou, qualquer coisa que aconteça fora do normal já é motivo de desconfiança. Imagina, no meio de uma ação militar como aquela, sinto que está todo mundo de olho em mim.

Logo me vêm vários questionamentos à cabeça: "será que descobriram alguma coisa?"; "será que alguém já me entregou?"; "como poderia se o plano mal começou?"; "não estamos nem com 30% em execução e a coisa já caiu?". Quanto mais aumenta o barulho de sirenes e a quantidade de carros do Exército chegando, mais eu fico intrigado. Embora nem se justificasse tanta coisa por minha causa, eu sozinho ali. Não consigo entender.

De repente, surgem alguns policiais conduzindo uma estrutura metálica, uma caixa de ferro gigante. Só então me dou conta de que havia ali no chão um pacote supostamente abandonado no terminal. Com os frequentes atentados terroristas que vêm sofrendo nos últimos anos, os franceses não brincariam em serviço. Para eles, qualquer pacote sem dono ou uma bagagem não identificada pode potencialmente ser uma bomba. E, por mais hipotética que pudesse ser a situação, não houve vacilo, a ação foi rápida, intensa e eficaz.

O esquadrão antibomba começa a colocar aquela estrutura de ferro sobre o pacote. É um dispositivo enorme que só pelas dimensões já passa uma certa segurança, impressão confirmada quando os policiais conseguem detonar aquele pacote. É uma explosão impactante, que sentimos muito mais pela vibração do estrondo do que pelo barulho, abafado pelo equipamento. E nenhum risco, tudo foi contido por aquela estrutura. Se por um lado a possibilidade de haver uma bomba ali me apavorava, por outro sinto um certo alívio por ver que a missão não corria risco.

Ficamos ali, ainda cercados, até que retirem tudo do terminal. A gente perde a noção do tempo em um momento de angústia como esse. Quando finalmente nos soltam, olho no relógio e já havia se passado uns 50 minutos. O portão do meu embarque já havia sido fechado. E nem daria tempo mesmo, pois a qualquer sinal da possibilidade de uma bomba no aeroporto, os aviões que estão ali já preparados são autorizados a decolar antes que se realize a operação antibomba.

Acabei perdendo o voo, mas me realocaram no seguinte, que sairia dali três ou quatro horas. Mais uma vez confirmo que não há dúvidas: quando se trata de um trajeto de menos de quatro horas, é melhor escolher o trem. Se tivesse seguido esse meu raciocínio, já estaria em Frankfurt. Favas contadas, não há mais o que fazer a não ser me conformar, sentar e esperar. Afinal, fui eu mesmo que escolhi rever o aeroporto de Frankfurt. Melhor achar uma revista, encostar num canto e ficar quieto lendo.

A leitura descompromissada até me faz muito bem, pude dissipar a tensão de toda aquela confusão que acabara de presenciar, e até do possível risco de ter sido descoberto. Na verdade, me fez bem demais, pois por pouco não perdi o embarque. Acabei cochilando uns dez minutos antes da chamada, algo muito incomum. Não me lembro de ter sequer cerrado os olhos antes de entrar em um avião, menos ainda em uma situação como essa.

Para minha sorte – e para evitar de novamente remarcar o embarque, o que me deixaria muito puto – sou acordado pela discussão, em inglês, de um jovem casal atrás de mim, a duas cadeiras de distância. Os pombinhos parecem estar em lua de mel, e pelo tom da conversa o rapaz deve ter se dedicado mais a apreciar a beleza das parisienses do que a linda arquitetura da cidade. Concordo que as parisienses são espetaculares, charmosas e elegantes como eu gosto, mas o pirralho só pode ser um perfeito idiota para provocar uma preciosidade como aquela garota. Eles me fazem lembrar da dupla Cofrinho e Calcinha Branca, por motivos óbvios.

Por mais que se aprecie os arredores, não se deve jamais desmerecer toda aquela deliciosa jovialidade. Além do mais, ciúmes e vaidade são elementos perfeitos para uma mistura altamente explosiva.

Infelizmente, não tenho tempo para acompanhar o final da história do casal. Deixo a sala de espera e avanço logo para o embarque. Tudo acontece de maneira organizada e bem rápida. O voo também é tranquilo, e em menos de uma hora já estou desembarcando em Frankfurt.

Uma coisa que adoro ao chegar nesse aeroporto é passar pelo grande saguão, onde há uma escultura de Goethe bem no meio de um café. Autor de *Fausto*, uma das mais importantes obras da literatura alemã, Johann Wolfgang von Goethe nasceu e cresceu em Frankfurt. Mesmo antes de publicar a primeira parte do poema dramático, em 1808, Goethe integrou o Classicismo de Weimar, que durou de 1786 a 1805, talvez o período literário mais importante da Alemanha. Ele também era filósofo e cientista.

Além dos motivos pelos quais qualquer pessoa admiraria o trabalho de Goethe como escritor e poeta, tenho ainda duas razões bem particulares para nutrir empatia por ele. Primeiro, pelo risco que correu de nascer sem vida. Quando sua mãe, Catharina Elisabeth, entrou em trabalho de parto, Goethe poderia, a qualquer momento, ser enforcado pelo cordão umbilical, que praticamente dava um nó ao redor de seu pescoço. Quanto mais avançava o processo de nascimento, maior era o risco de ser asfixiado ainda dentro da barriga da mãe. Quem faz o parto precisa ter grande habilidade para identificar o que está acontecendo e para cortar o cordão umbilical a tempo de salvar o bebê.

De fato, a criança já nasce com a marca de ser uma sobrevivente, já é um ser humano persistente, e até sortudo – ou abençoado. Como passei exatamente pela mesma situação, seria impossível não haver empatia. Outra conexão interessante que tenho com Goethe é o tempo que ele dedicou aos estudos e, principalmente, à escrita. Ainda mais porque essa dedicação deu origem ao seu clássico personagem, o dr. Fausto, que usava de magia e acabou fazendo um pacto com o diabo para, entre outras coisas, manter sua juventude. Esse embate que ele travou entre o desejo de se elevar espiritualmente e a vontade de se entregar aos bens terrenos reflete os conflitos de boa parte da humanidade até os dias de hoje.

Quando a gente mexe com essas coisas ligadas à vaidade, esse pacto pela juventude é muito interessante. Por isso, a visão dessa grande escultura de Goethe sempre me remete a alguns pensamentos provocativos.

Saio do aeroporto e tomo um táxi em direção ao hotel. Será uma estadia curta em Frankfurt, de apenas um dia, pois amanhã mesmo embarcarei para Berlim – de trem, desta vez, claro – onde vou me encontrar com meu Leão alemão. Escolhi um hotel bem próximo da Rua Zeil, onde posso ter a tranquilidade necessária para pensar em minha missão, e suas diversas etapas, e ao mesmo tempo estar próximo da movimentação da cidade.

A Rua Zeil é ideal para garantir essa combinação, logicamente com a parte da movimentação. Com localização bem central, ela está mais para um calçadão, cheio de lojas e galerias, tornando-se um lugar muito agradável para passear. E basta uma pequena caminhada de cinco minutos para se chegar a um dos pontos mais visitados da cidade, a Praça Römerberg, onde está o prédio da prefeitura, uma construção arquitetônica linda. Para quem não sabe que toda a região foi restaurada, após os bombardeios de 1944, durante a Segunda Guerra Mundial, pode parecer que ainda é a estrutura original.

Assim que chego ao hotel, faço o check-in, deixo minha bagagem e saio para uma caminhada. Traço precisamente o roteiro que acabei de descrever. Desço a pé pela Zeil até a Römerberg, e paro num daqueles restaurantes típicos com mesa do lado de fora, na praça mesmo, para comer uma salsicha, óbvio. Embora eu já tenha certeza do que vou querer, faz parte do programa a provocação ao garçom que tiver a "sorte" de me atender. Sempre me divirto com a tão previsível reação, quase que uma indignação, de surpresa pelo meu pedido.

No cardápio você vai encontrar dois pratos tradicionais com salsichas. Um deles é o *Wiener würstchen mit kartoffelsalat*, que oferece duas salsichas vienenses com salada de batata. E outro é o *Frankfurter würstchen mit sauerkraut*, com salsichas de frango acompanhadas de chucrute. Toda vez repito o pedido: "gostaria de comer a salsicha com salada de batata, mas em vez de serem duas salsichas vienenses, gostaria que fossem uma vienense e uma Frankfurt". E toda vez a resposta é negativa, é impossível fazer o alemão mudar.

Lá, pão é pão, queijo é queijo, não tem conversa. Se a descrição do prato diz "duas salsichas de Viena com salada de batata" e "duas salsichas Frankfurt com chucrute", é isso que você vai receber na sua mesa. Qual é a dificuldade de apenas trocar uma salsicha? Se fosse no Brasil, seria capaz até de misturarem a salada de batatas com o chucrute. Quando se passa algum tempo na Alemanha, os dois primeiros dias até irritam, de tão certas que são as coisas, de tudo ser extremamente como programado, nada fora do lugar. Mas sente-se falta desse comportamento quando chega em outros lugares e começa a perceber o tanto de coisa errada. Na Alemanha tudo é tão certinho, tão bonito. E é exatamente assim que precisa ser minha missão, tudo correto, com exatidão e precisão em cada passo.

Mais uma vez sem conseguir um acordo com o garçom, acabo optando pelo prato de salsichas vienenses com salada de batata. Enquanto aguardo o pedido ficar pronto, penso na reunião que terei no dia seguinte com meu Leão, o médico Edmund Heidemann. Ele é uma figura que chama muito a atenção porque tem quase dois metros de altura e é extremamente magro, dá impressão de que ele vai quebrar. A gente nem faz ideia de que ele, com esse biotipo tão estranho, se dedica tanto a nadar. É quase que um atleta mesmo, um nadador profissional, sempre nadando muito.

Edmund tem uma larga experiência em indústrias químicas e farmacêuticas, o que lhe garante uma visão privilegiada sobre esse setor. Isso será altamente valioso para o que estamos planejando. Uma curiosidade sobre Edmund: ele é talvez um dos poucos alemães que têm um carro francês, o que para o alemão é uma espécie de heresia. Talvez seja pior do que se pedisse para mudar o cardápio de salsichas. Para um povo que produz carros como Mercedes, BMW e Porsche, dirigir um Renault é quase um crime. Mas o Edmund dirige, e na verdade é até um desafio para ele, pois com aqueles seus dois metros não deve ser algo muito confortável entrar e sair de um "Renôzinho". É até uma cena bem curiosa, beirando a estranheza, que devo testemunhar amanhã, quando nos encontrarmos para ele me dizer como está a programação na Alemanha.

Minha refeição chega. O garçom coloca o prato à minha frente e me olha com a gentileza obrigatória ao cliente, mas ainda com um certo desprezo de quem não acredita que tentei mudar o cardápio. Apenas me divirto com a situação e desfruto o almoço ali na praça, obviamente acompanhado de um bom chope, caneca da grande. Quando termino a deliciosa refeição, volto caminhando tranquilamente, apreciando a paisagem e, como não poderia deixar de ser, aproveito para fazer umas comprinhas. Sem dúvida, há uma atenção especial às lojas de calçados. Não perderia a oportunidade de escolher um belo par de sapatos alemães. Afinal, ninguém é de ferro. Retorno ao hotel satisfeito, com minhas sacolas, para descansar. Estou ansioso para o encontro de amanhã.

Acordo e levo alguns segundos para entender onde estou. É quase um piscar de olhos mesmo, mas essa sensação de dúvida parece uma eternidade, é desesperadora. Lembro-me daqueles filmes de ficção científica, quando alguém atravessa uma fenda no tempo e no espaço e surge em meio a um combate na era medieval, um protesto no final do século XIX ou até mesmo em um planeta deserto, sem água e sem comida.

É curioso esse padrão dos roteiros cinematográficos, os viajantes do tempo sempre se ferram, sempre vão parar em um cenário perigoso, uma situação de desgraça. Ninguém é transportado para uma praia paradisíaca, uma festa glamourosa ou uma orgia com mulheres maravilhosas. Ou tudo isso junto. E essa sensação de acordar e não saber onde está vai ficando mais comum conforme aumentam a sequência e a frequência das viagens. A gente abre os olhos e não faz ideia de onde dormiu, de que lugar é aquele. Pior ainda quando há diferença de fuso.

De tanto viajar, e acordar desse jeito, acabei adotando uma estratégia para amenizar o susto. Sempre deixo a luz do banheiro acesa e a porta entreaberta. Caso eu acorde no meio da noite e não tenha ideia de onde estou, ao menos posso me guiar pelo feixe de luminosidade para saber de que lado fica o banheiro. Passado o meu momentâneo apagão geográfico, que até foi rápido dessa vez, identifico onde é o banheiro, lembro-me de que estou em Frankfurt e percebo que preciso me aprontar, descer para tomar o café, sair logo rumo à estação de trem e partir em direção a Berlim.

Para despertar de vez, tomo um banho naquele famoso chuveiro da Alemanha. Diferentemente da maior parte dos lugares onde já me hospedei, por aqui os banheiros não têm um chuveiro grande com um chuveirinho de mão. É só o de mão mesmo, mas que pode ser fixado a um cano preso na parede e virar um chuveiro comum. Não é de todo ruim, pois é possível até regular a altura que mais te agrade, que seja mais confortável. É o que faço.

Em seguida, vou para o café da manhã, já pensando na deliciosa variedade de pães, disponível mesmo nos hotéis mais simples. São ótimos pães, com opções bem diferentes, inclusive com grãos aparentes. E fica melhor ainda com a diversidade de geleias e, às vezes, aquelas caldas de frutas vermelhas que os alemães costumam colocar junto com iogurtes e frutas. É sempre muito bom.

Assim que termino minha extravagância gastronômica matinal, volto ao quarto, pego minhas coisas e sigo direto para a estação de trem. Isso mesmo, desta vez viajo de trem, do jeito que gosto. De Frankfurt a Berlim serão quase quatro horas, mas com muito conforto, num trajeto extremamente agradável e com um transporte pontualíssimo. Até daria para ir caminhando até a estação, pois assim como minha bagagem, a distância não é grande. Levaria uns quinze minutos.

A estação, inaugurada em 1888, é bem central, tanto que se chama Frankfurt Main Hauptbahnhof, ou HBF, que significa Estação Principal de Frankfurt. Mesmo assim, resolvo ir de táxi, não quero me cansar. A corrida é curta e sai por menos de quatro euros. Foram três euros e pouco que paguei com duas moedas de dois euros.

Sou suspeito para dizer, porque adoro a arquitetura característica de Frankfurt e de muitas das principais cidades da Alemanha, mas acho encantadora a construção da HBF. É um amplo prédio neoclássico que fica ainda mais exuberante diante do contraste com os modernos edifícios da Praça Willy-Brandt. À primeira vista, tal sensação poderia se repetir diante de construções famosas da cidade de São Paulo, como o Mercado Municipal e a Estação da Luz, mas a maioria não dá a mínima para a beleza arquitetônica dessas edificações nem para seu valor histórico, nem população, nem administração.

Quem mais admira essas obras são os turistas. Aliás, o conceito de beleza tem mudado muito com a modernidade e seguido numa direção no mínimo questionável. Nunca a sociedade foi tão egocêntrica, narcisista e doentiamente vaidosa. Cada vez que penso nisso tenho mais certeza de que essa operação é mais que necessária e que será um sucesso. Para mim, pelo menos, que terei uma bolada fantástica de motivos para gargalhar.

Quando se passa pela porta da estação de Frankfurt, o encanto continua. Logo que se entra no saguão principal do prédio, basta um olhar para cima para entender essa grandiosidade. No teto, na cúpula do edifício, há uma impressionante imagem de Atlas, a cena clássica do titã da mitologia grega sustentando o mundo sobre as costas, castigo que lhe foi aplicado por Zeus, o deus do Olimpo.

Esse prédio sofreu alguns danos durante a guerra, mas foi totalmente restaurado, com recuperação da cúpula e de algumas partes de trás. E foi nessa estação que surgiram inovações importantes para a cidade. Na década de 1960, por exemplo, foram inaugurados ali o primeiro shopping e a primeira escada rolante pública de Frankfurt. Tudo nessa estação é muito grande, bonito, organizado e limpo. Há vários painéis de identificação e 24 plataformas de embarque, de onde sai um trem a cada 15 ou 20 minutos no máximo. Por hora, são quase 100 trens saindo para diferentes destinos. É o terceiro maior movimento de estação de trem da Europa.

Os embarques e desembarques são muito rápidos, superbem sinalizados e bastante seguros, o que só reforça minha preferência por viajar de trem. A parte de serviços segue o padrão de organização, com bons lugares para alimentação e existe até um lounge para quem compra bilhetes de primeira classe. E com aquela grande vantagem de sempre, você chega cinco ou dez minutos antes e o embarque é super-rápido com a sua bagagem.

É fantástico, tudo funciona perfeitamente, como precisa ser a missão que está prestes a começar, perfeita, pontual e com uma ampla capilaridade.

Dirijo-me à minha plataforma, pois em cinco minutos o trem abrirá as portas. Já aguardando mais ou menos na altura em que estará o meu vagão, outra comodidade muito interessante, e no horário exato o trem chega para o embarque. A pontualidade na Alemanha chega a ser irritante, não há como o trem não chegar ou não sair na hora certa. Embarco na cabine da primeira classe, onde fiz questão de escolher um banco para viajar sozinho, não quero e nem preciso de companhias nesse momento.

Coloco minha mala maior no bagageiro e a de mão em outro espaço logo acima da cadeira, penduro o blazer e me acomodo bem, com a janela quase toda aberta. Mesmo de trem, as quatro horinhas passarão voando. O trocadilho é péssimo, mas não pude evitar. É reflexo do quanto estou tranquilo para esse trajeto, terei a calma que preciso para pensar em mais algumas coisas que farei em Berlim. Pontualmente o trem fecha as portas e sai.

Conforme o trem ganha velocidade também aumenta o ritmo dos meus pensamentos sobre a agenda em Berlim, que é prioritariamente tratar dessa etapa alemã da operação. Começo a lembrar do processo de produção da toxina. O mundo da biotecnologia é fantástico porque é possível pôr as bactérias para trabalhar para você e elas fazem isso muito bem. Ainda que num primeiro momento seja necessário investir pesado no desenvolvimento, na planta e na fabricação, o custo cai barbaramente na sequência.

A produção das toxinas, que são uma proteína, por biotecnologia é feita basicamente por duas técnicas: pode-se usar um DNA recombinante, para que a bactéria desenvolva a proteína que você deseja, ou usar o próprio DNA da bactéria, porque você já tem a bactéria que produz a toxina. Em qualquer um dos dois métodos, seja artificialmente, introduzindo no plasmídeo da bactéria a sequência de gene que você quer, ou com a bactéria que já produz no seu plasmídeo a sequência de gene original, você utiliza ou monta essa sequência de genes para transcrever a proteína no ribossomo. E aí, no ribossomo da bactéria, é produzida a sequência de aminoácidos que determina que proteína é essa.

Então, por exemplo, no caso de um produto de biotecnologia como as insulinas, o plasmídeo dessa bactéria é enxertado artificialmente com genes que transcrevem no ribossomo uma sequência de aminoácidos que produzirá a proteína esperada. Nesse caso, a insulina. Em relação à toxina botulínica, a bactéria já tem no seu plasmídeo a sequência de genes. Então, a transcrição é mais rápida e mais eficiente, fazendo com que a produção ocorra sempre igual.

No processo reprodutivo de bactérias em que o plasmídeo foi tratado artificialmente, suas filhas trazem como herança a produção da mesma proteína desejada. Na toxina botulínica, as bactérias já têm a característica e, obviamente, na reprodução todas as filhas sairão iguais. Em plantas muito simples, porque você precisa de um tanque com cerca de cinco mil litros, é necessária uma boa instalação de nitrogênio que garanta o congelamento abaixo de 100 °C negativos, para preservar essas master células, ou células-mãe, esse banco de bactérias que vai sempre reproduzir o mesmo princípio. Com isso, você tem os melhores trabalhadores do mundo, porque as bactérias não cobram hora extra, não recebem salário, não reivindicam aumento e não precisam de férias.

Basta congelá-las e, cada vez que precisar de seu trabalho, é só colocá-las no tanque com os insumos necessários e após um mês, um mês e meio, terá uma produção de toxina botulínica suficiente para quatro a cinco meses de demanda do produto. É um processo muito interessante, difícil e que envolve alta tecnologia, mas depois que começa a reprodutibilidade passa a ser bastante barata e lucrativa. Isso é mais uma faceta desse mundo curioso em que estamos nos metendo.

Também viajo longe sempre que começo a pensar nessa magia da biotecnologia, é algo que me fascina. Mas, voltando à viagem real, já em curso, aproveito para tentar dar uma cochilada antes que sirvam a refeição, um lanche habitual que é muito saboroso, e assim chegar descansado e bem-disposto a Berlim. Confesso que estou ansioso para rever a estação em meu destino, que apesar de não ser tão estilosa nem tão grande quanto a de Frankfurt, é igualmente bonita, toda envidraçada, e está localizada em uma região extremamente central da cidade. Devo conseguir cochilar por meia hora ou quarenta minutos.

Assim que consigo me ajeitar na posição mais confortável para tirar meu cochilo, sou surpreendido por uma imagem no monitor acima dos bancos. Em outra situação, eu teria ficado muito puto por alguma coisa ou alguém me interromper dessa forma, ainda mais quando se trata da concentração para um sono tranquilo, em uma viagem que eu tanto esperava. Mas não era o caso de perder o bom humor, não naquela situação. Muito pelo contrário.

Esses painéis estão espalhados por todo o trem, mostrando mensagens publicitárias, e a que eu acabara de ver era uma mensagem nostálgica, quase um *déjà-vu*. Era o anúncio do Trabant Tour, um passeio que você pode fazer – pagando, é claro – pelas ruas de Berlim dirigindo um Trabant, carro alemão produzido no período da Guerra Fria. Tive a oportunidade de guiá-lo. Foi uma experiência única de retorno ao passado conduzindo aquele veículo que tanto marcou um dos períodos mais impressionantes da humanidade.

Meus olhos brilharam pela recordação e porque adoro tanto carros quanto história. Mas a verdade é que o "Trabi", como ficou conhecido aquele veículo pitoresco, era horrendo e se tornou um símbolo de tudo o que havia de pior na Alemanha Oriental. Há quem diga ter sido o pior carro que já existiu. Ele começou a ser produzido em 1957 e saiu de linha em 1991. Surgiu em meio à disputa entre o socialismo e o capitalismo e a separação da Alemanha, pouco tempo antes de ser erguido o Muro de Berlim. A montadora Sachsenring chegou a fabricar mais de três milhões de unidades, mas interrompeu a série quando veio a reunificação do país. Uma coisa ridiculamente incrível é que Trabant significa "companheiro de viagem".

É muita cara de pau, praticamente um insulto aos companheiros de viagem. O carro era horrível, mesmo para aquela época, começando pelo design de um mau gosto terrível que vinha em apenas duas cores. Coincidentemente, cores de calcinha, o azul clarinho que a gente chamava de azul bidê ou aquele bege broxante.

O Trabi nasceu para ser popular e econômico, e esse era seu ponto positivo. Nas ruas da cidade fazia 14 quilômetros por litro e na estrada passava dos 20. Em compensação, o desempenho do motor de dois cilindros, dois tempos e refrigeração a ar era lastimável. Quem dirige qualquer veículo atual, por mais simples que seja, não consegue imaginar uma aceleração que leva 20 segundos para ir de 0 a 80 quilômetros por hora.

E o câmbio? Era curioso, até interessante. Ficava logo abaixo do volante, uma vareta que você puxava para acionar as marchas mais altas e empurrava de volta para reduzir. E era o único carro que você poderia ter. Uma família da Alemanha Oriental passava anos na fila esperando ser chamada para ter o seu Trabi. Acha que não pode piorar? Ledo engano.

Aquele carrinho ganhou o apelido de "Porsche de plástico", porque sua carcaça era feita de uma resina plástica, parecida com fibra de vidro. O material era extremamente leve, o Trabi pesava uns 600 quilos em média, mas pouquíssimo resistente, tanto que se forçasse muito a lataria, ou a "plasticaria", rachava ou até quebrava. E não era reciclável. Quando houve a reunificação da Alemanha, acabar com aquele monte de carcaças virou um problemaço. Só não foi pior porque na década de 1990 conseguiram desenvolver um fungo que ajudava a torná-las mais descartáveis.

Para alguém que gosta de carros como eu, está claro que minha conexão com o Trabi é outra, embora essa história dos fungos até me interesse. O que me marcou foi poder dirigi-lo pelas ruas da antiga Alemanha Oriental, relembrando aquele período da Guerra Fria, em que o mundo estava polarizado entre a União das Repúblicas Socialistas Soviéticas e os Estados Unidos, o socialismo e o capitalismo. Aquele cenário todo me fascina.

Há centenas de filmes descrevendo a Guerra Fria, a espionagem, a contraespionagem, as artimanhas para saber o que o outro lado estava fazendo, a demonstração de poder – e a disputa por ele – entre essas potências. Isso me atrai, todos esses riscos, o frio na espinha, derrotar o oponente e sordidamente pisoteá-lo. Daí o saudosismo por ter dirigido aquele carrinho cult que entrou para a história. A lembrança disso tudo me faz pegar no sono.

Desperto já com o aviso de que estamos próximos da chegada. O trem para pontualmente em Hauptbahnhof, a Estação Central de Berlim, e o desembarque é muito tranquilo, como já era de se esperar. Ainda que às vezes esse ambiente tão minuciosamente correto irrite, é muito fácil se acostumar com a consequente tranquilidade dessa exatidão. E mais ainda com a beleza dos lugares. Hauptbahnhof, mais um ponto turístico da cidade, é uma estação enorme com cinco pisos, é uma das maiores da Europa, linda, ultramoderna, impecavelmente limpa, mesmo com essa grande movimentação. Pego minha pequena bagagem, procuro por um táxi e sigo para o hotel.

Acostumado com o jeito sisudo, quase rude, dos motoristas alemães, apenas indico o destino e me limito a observar o trajeto, que é até bem curto, não duraria dez minutos. Mas, curiosamente, aquele taxista dispara a me fazer perguntas, com uma gentileza e um interesse nada comuns. Ainda que de maneira rasa, respondo àquelas questões básicas de começo de conversa dentro de um táxi, de onde vinha, para onde ia, quanto tempo ficaria, se ia precisar de transporte mais vezes. Já estava esperando que ele quisesse saber o que eu fazia, mas em vez disso ele soltou o seguinte comentário: "espero que tenha sucesso em tudo o que veio realizar em Berlim".

Seria mais uma fala corriqueira, algo genérico e superficial, mas ele esperou que o carro parasse em um semáforo para me dizer aquilo, com todas as palavras, e poder continuar me olhando pelo retrovisor, aguardando minha reação. Agradeço e me calo. Tenho sangue frio e sei lidar com situações como essa, por isso não me desconcertei, mas ele me pegou desprevenido, me surpreendeu. E parecia saber disso. Procuro manter a normalidade e volto a apreciar a paisagem, como se nada tivesse acontecido. Por via das dúvidas, faço questão de marcar bem a fisionomia do taxista.

No caminho, avisto o Palácio de Reichstag, o imponente prédio do parlamento alemão, uma das edificações mais exuberantes de toda a Alemanha. É impossível olhar para aquela obra sem vê-la como um símbolo da reconstrução do país, em diversos sentidos. A fascinante cúpula de vidro, por exemplo, atração tão concorrida que você precisa agendar visitação com dois dias de antecedência, só foi instalada depois da reunificação. A anterior foi destruída por ataques aéreos durante a Segunda Guerra. Antes disso, em 1933, o prédio foi bastante danificado por um incêndio criminoso que teria sido provocado pelo próprio Hitler, segundo relatos não oficiais.

Ainda frustrado com a derrota nas eleições presidenciais um ano antes e com o fato de ter lhe sobrado apenas uma cadeira de chanceler, o líder nazista colocou fogo no edifício para culpar os comunistas, uma manobra de quem cria o problema para vender a solução. Hitler fez um alarde, foi incisivo quanto à necessidade de medidas drásticas e urgentes contra os "inimigos". Dono de uma oratória poderosa e um senhor estrategista, convenceu a todos de que seu comando era a solução para aquela situação, ainda mais com a promessa de que reconstruiria Reichstag. Ele chegou ao poder, e o resto da história o mundo todo já conhece.

Antes de completar o trajeto, ainda pude admirar a arquitetura do Portão de Brandemburgo. Quando a corrida termina e pago o taxista, ele simplesmente agradece. Fico mais tranquilo, talvez eu tenha exagerado e aquele comentário não tenha passado de uma gentileza mesmo. Ele desce do carro e me ajuda com a bagagem e ao se despedir me olha fixamente como se me julgasse. Desgraçado! Quem é esse filho da puta? O que ele sabe, além do lugar onde estarei hospedado? Preciso ser ainda mais cauteloso, essa operação tem de ser risco zero. Ao menos vou me preocupar com isso instalado em um hotel cinco estrelas.

Desta vez, fiz questão de escolher uma hospedagem mais requintada, bem na Potsdamer Platz, a Praça Potsdam, um lugar bem central e muito valorizado. É daqueles hotéis clássicos de filme, que você entra no quarto e se depara com uma convidativa cama *king size*, com pelo menos oito almofadas e travesseiros milimetricamente alinhados na cabeceira. Dá até dó de se jogar naquele conforto. Fantástico! Eu mereço esse luxo, que espero ser muito mais frequente quando terminarmos a missão.

O jantar com meu Leão, Edmund Heidemann, está marcado em um ponto bem próximo, a mais ou menos uns dez minutos de caminhada do hotel. O restaurante fica em uma área muito bacana, onde há outras excelentes opções de gastronomia, teatro, cinema, lojas, é como se fosse um shopping center, mas com uma parte ao ar livre. O lugar é bem agitado, com restaurantes pequenos distribuídos pelos cantos, ótimas opções para se ter uma boa conversa. Marquei de estar lá umas 19h, saindo uns quinze minutos antes é suficiente. Ainda são 15h30, tenho bastante tempo. Aproveito para desfazer as malas, ler alguns apontamentos e tomar um banho.

É hora de ir ao encontro de Heidemann. Quando saio, já na praça há uma escada rolante que se usa para chegar ao correio e ao metrô. E, na lateral, existe uma marcação de tijolos no chão, que é exatamente a linha onde passava o muro de Berlim. Ainda há pedaços dele espalhados pela cidade, como se fossem pequenas esculturas propositadamente deixadas para que ninguém esqueça que um dia ele esteve ali.

Nessa caminhada para o jantar, é inevitável ficar pensando que cidade é essa, que sina, que destino, que portal é esse. Porque, durante dez anos, até o fim da Segunda Guerra, Berlim foi preparada por Hitler para ser a sede, a capital do Terceiro Reich, construindo edifícios suntuosos que vão da antiga torre de TV até o portão de Brandemburgo. É como se fosse a grande Esplanada dos Ministérios em Brasília, só que com bom gosto, com prédios lindos, de uma ponta a outra, não aquela mesmice irritante. Em muitos pontos essa impressionante arquitetura acabou se tornando referência do holocausto e dando lugar às escavações que trouxeram à tona toda a documentação dos milhares de judeus que se aglomeravam ali até que, sem que tenham passado por qualquer julgamento, fosse definido o campo de concentração onde cumpririam pena e seriam exterminados.

Após a derrota dos alemães na Segunda Guerra, os aliados dividiram a Alemanha, ficando uma parte para a Rússia, uma para os Estados Unidos, uma para a Grã-Bretanha e outra para a França. Mas quis o destino que a divisa, a fronteira, o *border*, fosse em Berlim, já arrasada pelos confrontos. A parte mais extensa da cidade ficou com os russos, era o lado da Alemanha Oriental.

Do outro lado ficou uma Alemanha Ocidental que teve a oportunidade de se reconstruir quando os aliados se retiraram, e ainda investiram ali. Os norte-americanos, por exemplo, colocaram muito dinheiro lá, claro, também tirando proveito de tudo o que puderam, adquiriram conhecimento e absorveram avanços científicos que os alemães já haviam alcançado mais do que eles. Foi uma intervenção que resultou em progresso, em desenvolvimento. Ao contrário do que os russos fizeram do lado oriental, aquilo foi um abandono total, saquearam, levaram tudo o que havia de equipamentos importantes e deixaram aquela população totalmente desamparada.

Com o passar dos anos, principalmente durante a década de 1950, a diferença entre os dois lados foi ficando gritante. O lado capitalista viu a modernização tomar conta tanto de setores macro, como construções e urbanismo, quanto micro, com eletroeletrônicos, televisão, geladeira, liquidificador e secador de cabelo. Enquanto isso, o lado socialista parecia não sair da idade da pedra. Os poucos prédios que surgiam eram construídos dentro daquela ótica socialista, tudo igual, tudo igual, tudo igual. Esse desequilíbrio era tão grande que a população da Alemanha Oriental estava sempre tentando atravessar para o outro lado, e um terço dela conseguiu. Essa travessia era considerada uma façanha, porque o risco era muito alto, uma verdadeira "roleta russa". Imagina que o único ponto de conexão em Berlim era o famoso Checkpoint Charlie, um posto militar por onde passavam apenas pessoas autorizadas.

Tentava-se de tudo para ludibriar a vigilância, mesmo com a certeza de que qualquer falha significaria a morte. Essa arriscada persistência que tinha era justificada pelo êxodo que só crescia do lado capitalista, era onde havia o progresso, tanto que muita gente vinha do outro lado para trabalhar, mas tinha de voltar ao final do expediente.

O primeiro passo para o que seria o Muro de Berlim foi dado na madrugada do dia 12 para o dia 13 de agosto de 1961. Esburacaram todas as ruas que conectavam os dois lados, inviabilizando a passagem, e bloquearam de fato com uma enorme cerca de arame farpado permanentemente vigiada por guardas. Ou seja, a partir daquela fatídica madrugada, quem havia passado de um lado para outro, por um dia que fosse, teve de esperar quase 30 anos para poder mudar de lugar. Uma das maiores barbaridades da humanidade aconteceu aqui e, por isso, tenho sempre esse pensamento, esse questionamento.

Que portal é esse que existe neste lugar, onde foi planejado ser o centro do terceiro império que governaria o mundo, onde se decidiu a morte de milhares de pessoas e que por mais de 30 anos foi a conexão da Guerra Fria, entre o julgamento do mundo socialista com o mundo capitalista? Tudo isso aqui, exatamente aqui.

E aí vem uma curiosidade que nos acompanha até os dias de hoje, e que com certeza continuará por muito tempo, talvez para sempre. A Europa é muito povoada por corvos, eles são aves tão comuns por lá quanto os pombos nas cidades brasileiras. Também há pombos na Europa, mas os corvos são muito populares. E havia um viveiro dessas aves sombrias exatamente nessa área da Praça Potsdam, bem em frente ao hotel que escolhi. Quando o Muro de Berlim foi erguido, eles ficaram perdidos, porque o prédio onde se alojavam foi derrubado, então perderam seu viveiro. Um grande número desses corvos decidiu se alojar em cima do muro, viviam ali, e buscavam alimento ora do lado socialista ora do lado capitalista.

Foi ali, na década de 1960, que surgiu a expressão "em cima do muro" aplicada a diversos políticos. São como corvos que convenientemente se alimentam em todos os lados, aproveitam enquanto lhes é favorável, mas não se comprometem de fato com ninguém. Estão sempre em cima do muro. No Brasil, temos até um partido político inteiro que ganhou essa fama de ficar sempre em cima do muro, e que por coincidência – ou não – é caracterizado por uma ave, um tucano, no caso. Esse partido foi criado para ficar em cima do muro, pode ser situação tanto quanto oposição, não importa o que é certo ou errado, só depende dos interesses. Se você é inimigo dos meus inimigos, é meu amigo; se é amigo dos meus inimigos, é meu inimigo.

Quando finalmente o muro foi derrubado, em 1989, ficou escancarada a diferença existente entre o mundo capitalista e o socialista. E até hoje, mesmo depois de tanto tempo da reunificação, ainda se vê a grande disparidade, até pelo tipo de construção que há de um lado e de outro. E fica essa imagem, de que Berlim esteve sempre no centro disso tudo.

No meio dessa divagação chego ao restaurante e encontro Heidemann já sentadinho a uma mesa no fundo. É impressionante, mas ele está ainda mais magro. Quando ele se levanta para me cumprimentar, com seus quase 2 metros de altura e toda aquela magreza, se tiver 70 quilos é muito, dá impressão de que vai quebrar mesmo. Sentamo-nos, conversamos e relembramos os velhos tempos.

Ele me conta que continua firme na natação e que segue apaixonado por carros franceses. Puta que o pariu! Como é que pode um alemão dizer uma coisa dessas? O cara sai na rua e tropeça em carro foda fabricado ali mesmo e prefere andar naquelas merdas. É impressionante! Acho que ele tinha que passar um ano dirigindo um Trabant, ainda mais com aquele tamanhão todo, como penitência por uma preferência tão escrota.

Vamos ao que interessa, o jantar e a conversa. Escolhemos um restaurante mais internacional, pois eu queria comer um peixe grelhado. Heidemann começa a me contar sobre a equipe que formou e para minha surpresa há dois postos importantes com pessoas que eu conheci, e uma delas até ainda mantenho certo contato.

O Castor é o dr. Fritz Ecker, uma sumidade em farmacêutica e desenvolvimento de produtos. Já perto dos 70 anos, está em vias de se aposentar, então essa missão é quase um presente de despedida. A história do dr. Fritz tem uma ligação muito íntima com todo o período da Guerra Fria. Ele fez carreira na mesma fábrica em que seu pai trabalhou, em Dresden, uma indústria que esteve por um fio, quase condenada. Além de quase ter sido destruída durante a guerra, foi saqueada pelos russos, que levaram quase tudo dela. Convicto do socialismo e com ódio do capitalismo, dr. Fritz entraria nessa operação de graça. Ódio total!

E que figura... Ele é quase um estereótipo de cientista louco do cinema, um pouco calvo, com aqueles "paralamas" de cabelo branquinho e curto, além dos óculos redondos de vidro grosso. Deve ter 1,70 m e apresenta um bom físico para a idade, bem aprumado e sem barriga. Eu o conheci em um evento no qual o tema também era toxina, e onde ele ia falar justamente sobre técnicas de produção, muito bacana. Achei interessante saber que ele tinha sido escolhido para ser o Castor.

Eu também já conhecia o Canguru, Emil Schmetezer. Ele trabalhava mais na área comercial de uma outra empresa e o encontrei pela primeira vez quando ele estava no México, trabalhando para uma empresa alemã. Emil também era um sujeito grande, não tanto quanto o Heidemann, e forte. Um jovem loiro e bastante ativo, inquieto, sempre querendo arrumar movimento, fazer coisas. Pareceu-me o Canguru ideal mesmo. E, coincidentemente, há cerca de quatro ou cinco meses Emil tinha me procurado para perguntar alguns detalhes do Brasil, de algum processo terapêutico. Curioso ter duas pessoas que eu conheço ligadas à missão.

Heidemann me descreveu as três Abelhas: o alemão Alfred Birlen e os dois austríacos, Hugo Platzer e Alfred Köller. Até brinquei com ele, dizendo que parecia pensar como Hitler, que alemão e austríaco era tudo igual. Tanto que o líder nazista, que era austríaco, usava o slogan "um só povo, uma só língua, uma só nação". Alguém tem dúvidas sobre o motivo para a Áustria ter sido anexada à Alemanha antes de começar a Segunda Guerra?

E por fim, um último alemão, Sepp Liebrich, que é a Hiena. Segundo Heidemann, o Sepp é um traste mesmo, uma figura do submundo que sabe lidar com qualquer escória. Meu Leão garantiu que eu poderia ficar tranquilo porque o Sepp trabalha e sempre trabalhou ligado ao tráfico de drogas e de armas. Vale lembrar que Berlim tem uma das noites mais badaladas da Europa, as baladas mais loucas estão ali. E Sepp atua com grande desenvoltura nessa área de tráfico, então seria com certeza a Hiena perfeita.

Depois de nos despedirmos, prefiro voltar caminhando. Saio dali muito confiante, Heidemann parece controlar tudo muito bem e me passou a impressão de estar muitíssimo motivado, consciente e totalmente seguro. Confesso que temia pela equipe, mas as escolhas foram espetaculares, talvez seja nosso melhor time. Montar um time desse para uma ação que é praticamente um atentado é mais fácil na França, um país com a sociedade bastante dividida, que já vem enfrentando um número elevado de ocorrências de atentados à bomba, onde todo sábado tem notícia dos "coletes amarelos" quebrando, depredando e saqueando. É uma agitação social muito grande, um desgoverno como nunca se viu antes. Com um caldo desse, não há mistérios para encontrar as pessoas que precisamos.

Ainda vou conhecer a equipe dos Estados Unidos, mas não me preocupa. Os problemas sociais por lá também não são poucos, é uma repetição de atentado em escola, divisão da sociedade, que é até bem tranquilo garimpar gente para fazer uma missão como a nossa. No 11 de setembro mesmo, estava todo mundo lá dentro do país. O time da China então, mais moleza ainda. Supostamente, custo de mão de obra não costuma ser um problema por lá, e ainda há a enorme quantidade de empresas que, digamos, "clonam" os mais diferentes tipos de produtos. Formar nossa equipe asiática vai ser tranquilo demais. Mas na Alemanha… Alemão é sério, difícil, e que time Heidemann conseguiu, que categoria, com convicção. Esse me dá a certeza de que não falha. Vou dormir tranquilo.

Quando chego ao hotel, passo primeiro pelo bar e peço um Willians de pera, um digestivo antes de dormir vai me fazer muito bem. É reconfortante. Subo para o quarto e faço minhas anotações, porque amanhã é dia de voltar ao Brasil, de voltar para São Paulo. Começo a anotar na minha caderneta os principais fatos desses dois dias na Alemanha. Primeiro, aquela metade de dia em Frankfurt, que foi bom para rever alguns pontos pitorescos. A passagem pelas duas belas estações.

Aqui em Berlim a caminhada revendo a cidade, as considerações de que a cidade foi realmente o centro da geopolítica do século passado, a partir dos anos 1920, entrando na década de 1930 e atravessando o século inteiro, pela importância que teve antes e durante o nazismo, na Guerra Fria, e até nesses começos todos desse século atual, ainda com uma importância geopolítica enorme. E por fim, o mais importante, o jantar com esse esquadrão de altíssima categoria que montaram, padrão carro alemão. Acabo de me lembrar! Fiquei tão empolgado com a equipe local que esqueci de comentar com Heidemann sobre o taxista, aquele maldito. Vou pensar no que fazer a respeito.

Troco de roupa e escolho quais dos oito travesseiros vou deixar na cama. Nada como estar em um bom hotel! Amanhã, café da manhã, dia de retirada, com mais um passeio pelo aeroporto de Frankfurt e a tradicional parada para o cafezinho no bar com meu amigo Goethe. Agora, preciso dormir porque já estou bem cansado.

CAPÍTULO
4

Desafio ao Tio Sam

Abro os olhos devagar. Demoro alguns instantes tentando identificar onde estou. Esses poucos segundos até reconhecer o lugar são pavorosos. Por mais que tal sensação seja comum para quem viaja muito, não deixa de ser irritante. E tem ficado cada vez pior. Felizmente, logo me dou conta de que é meu quarto. Não um quarto qualquer em algum hotel mundo afora, que temporariamente chamo de "meu", estou de volta ao conforto do meu doce lar, após a longa e cansativa viagem de Frankfurt até São Paulo. Ou até Guarulhos, para ser mais exato.

Que porre é desembarcar no aeroporto de Guarulhos, após mais de 12 horas retornando de outro continente, passar pela alfândega e ainda ter outra inevitável viagem, atravessando a cidade até a porta de casa. É por isso que, geralmente, nem carrego bagagem para despachar, ou seria mais uma perda de tempo resgatando mala. Mas às vezes não tem jeito.

Melhor manter o foco no prazer de acordar em casa e alimentar o bom humor, principalmente porque tenho diversas atividades programadas. Preciso aproveitar, pois em breve já tenho uma nova saga por aeroportos. Dentro de alguns dias, decolo para Nova Iorque, onde vou conferir o time escalado responsável pela operação nos Estados Unidos e saber como andam os passos por lá. A etapa em solo norte-americano é uma das mais importantes.

Além disso, será particularmente prazerosa. Aqueles pedantes acreditam que dominam o mundo, que são donos de tudo e estão à frente e acima de todos. Não perdem por esperar. É por isso que preciso ser cauteloso ao extremo, redobrar os cuidados para que nada saia fora do planejado, nem um milímetro sequer.

Essa é a razão pela qual agendei um novo encontro, para logo menos, com minha amiga Ana Emília Sanches. Combinei de encontrá-la no Parque Ibirapuera. Ela vai me auxiliar com detalhes primordiais para o sucesso da operação. É claro que Ana não faz ideia do que se trata, de qual é meu objetivo final. E quanto menos ela souber, melhor para nós dois. Graças à confiança mútua, fruto da longa relação profissional, Ana me apoiará sem questionar.

Preciso de um café da manhã reforçado. E agora com o delicioso pãozinho da padaria vizinha. Estava com saudade dessa facilidade paulistana de encontrar uma boa padaria por perto em qualquer região. Visto-me com um agasalho esportivo e calço meu tênis de corrida para buscar o pão. Nem de longe é meu traje preferido, mas, convenhamos, é ideal para não chamar a atenção no Parque Ibirapuera. Assim, serei apenas mais um por lá.

Marquei com a Ana em frente ao Pavilhão Japonês, um ponto mais isolado do parque, assim poderemos conversar com tranquilidade. Para aproveitar a disposição matinal, algo que não acontece todo dia, vou entrar no Ibirapuera pelo lado do Monumento do Empurra-empurra, assim já garanto uma boa caminhada. A folga de 40 minutos no horário me permite fazer o trajeto sem pressa, observando o povo. O parque está bem movimentado, tem muita gente correndo, pedalando.

Ao longo do percurso, passando pela Praça da Paz e pela Praça do Porquinho, algumas imagens acariciam-me os olhos e estimulam a mente. Nada como a beleza da saudável juventude para alimentar a quase perversa imaginação. A formosura nem tão jovem assim, com ou sem artifícios, também tem seu valor. Conduzido por esse prazeroso devaneio, chego ao ponto de encontro.

Aguardando por Ana, já sentado no banco escolhido para nossa conversa, mergulho em outra viagem por cenas únicas do parque, admirando uma beleza diferente: a cerejeira ali cultivada. É interessante e até curioso que uma árvore tão atraente seja tão mal sinalizada. Pela importância que essa espécie tem na cultura nipônica, ainda mais nesse local, não consigo entender a falta de uma indicação bem visível de sua existência. Sobretudo na época da florada, quando a tradicional *sakura* surge, a bela flor de cerejeira.

E essa condição é uma constante. Já aconteceu de eu me deliciar apreciando as *sakuras* no Parque Ibirapuera e muita gente passar por ali, em frente à cerejeira toda florida, e seguir batido sem se dar conta do significado desse momento, de como é belo e raro. Essa florada dura pouco mais de uma semana de um ano todo. No Japão, todos ficam maravilhados ao verem a cerejeira assim, tanto que a *sakura* é uma flor reverenciada.

Fato curioso sobre esse fenômeno da natureza aqui no Brasil – ou pelo menos no Ibirapuera, que é minha referência –, a florada da cerejeira acontece no inverno, geralmente no início de agosto, ou até no finalzinho de julho. Lá do outro lado do globo, na terra do sol nascente, o surgimento das *sakuras* acontece no início de abril, durante a primavera. Talvez as cerejeiras sejam mais vaidosas por aqui, e se antecipem para que suas flores se destaquem das demais.

Deixo as elucubrações botânicas de lado para repassar os pontos de minha conversa com Ana. Preciso checar com ela os índices exatos das concentrações e diluições da toxina botulínica e eventuais riscos da operação.

Esses documentos serão primordiais para cobrir os vários detalhes que ainda me faltam para fechar todo o planejamento. A operação é complexa e os segredos em torno da toxina dificultam demais algumas buscas. Qualquer dúvida pode ser fatal, e ainda tenho incertezas quanto ao potencial de pessoas a serem atingidas e se os volumes com os quais estou trabalhando seriam eficazes para a multidão que imagino. Essas definições são imprescindíveis, porque o perigo é enorme. A começar pelo fato de o próprio DNA da bactéria produzir a toxina.

Como diz o ditado, a diferença entre o veneno e o remédio é a dose. Neste caso, estamos falando do veneno mais potente do mundo, então não existe margem de erro. Essa é, certamente, uma das razões para haver tanto sigilo. A célula-mãe, a master célula, é congelada e guardada sob completo segredo, sendo utilizada apenas em situações de nova produção. A raça humana é mesmo curiosa. A substância que garante o prazer do rejuvenescimento e, até certo ponto, uma sensação de imortalidade para tanta gente é também uma toxina letal. Quanto mais riscos, maior o potencial de retorno da aposta.

Também tenho dúvidas sobre o histórico dessa indústria. A toxina botulínica é produzida por não mais que dez empresas espalhadas por diversos países. Mas qual foi a primeira? Quem copiou de quem? Cada uma criou a sua? Difícil saber. Isolaram sua substância primária por meio de casos de botulismo, com material contaminado? Ainda mais complicado de responder.

Isso também ajuda a manter o mistério, porque todos os fabricantes se cercam dos maiores cuidados, tanto pelo alto risco de vazamento da substância, que poderia causar um acidente sem precedentes, quanto pela preocupação do roubo desse material, da quebra do segredo. A caçada por informações só fica mais desafiadora, porque ninguém se arrisca a expor qualquer dado, por menor que seja.

Preciso saber detalhes, com exatidão, para alinhar as etapas de processamento até alcançar a segurança necessária para disponibilizar o “veneno” nas devidas doses, distribuídas em frasquinhos que as pessoas aceitarão sem levantar qualquer suspeita. Para se ter uma ideia, cada frasco de toxina que chega aos consultórios médicos tem uma quantidade quase que invisível de um pó liofilizado. São apenas 5 nanogramas da toxina, e o nano é a bilionésima parte do grama.

Se quando injetada essa quantidade é suficiente para gerar o efeito “botox” nas musculaturas, seria preciso um lote de 80 frascos, ou 400 nanos, para matar uma pessoa por paralisia botulínica com a toxina injetável. Teoricamente, pois isso nunca foi testado no Brasil, e imagino que em nenhum outro país. Como o produto é extremamente potente, essa quantidade mínima já faz um estrago gigante. Por isso se passa por diversos processos até chegar nessa fração.

O primeiro passo é a imersão da célula-mãe disposta em um recipiente de 5 mil litros de uma solução aquosa durante mais de uma semana, para que ele produza e libere a toxina. Em seguida, esse líquido passa por uma ultracentrifugação, por uma filtragem e vai para um reator de cerca de 50 litros. Tudo isso para reduzir o potencial nocivo.

Aí é que vêm as etapas de diluição até, finalmente, chegar à liofilização. Toda a água será retirada para ficar somente a parte sólida da toxina. É essa porção que de fato interessa, mas ainda é muito, muito, muito forte. O volume é bem superior ao necessário, ao que de fato será utilizado.

A etapa seguinte é a transferência da toxina para os locais do envasamento que, em algumas empresas, ficam junto às demais instalações. Em outras, são implantados em uma área anexa ou até numa unidade em outro país. O transporte é feito em recipientes de material plástico ultraresistente, chamados de bolsas ou *bags*, bem lacrados, contendo apenas 200 gramas da toxina. Normalmente, são levadas, por vez, de quatro a cinco embalagens ao local do envase.

Finalizado o último processo de atenuação, cada uma dessas bolsas rende a surpreendente quantia de um milhão de frascos comerciais. O cuidado é extremo para que todas essas etapas sejam protegidas, assim como o segredo em torno dessa cadeia industrial. Nos locais onde a toxina é tratada e envasada, o rigor é altíssimo quanto à proteção ambiental, à proteção das salas, ao risco de vazamento e ao controle de acesso.

Em geral, não mais que três ou quatro pessoas têm autorização para entrar nas salas. E ainda precisam de senhas, códigos secretos, identificações digitais, toda aquela complexa sequência para evitar ao máximo "visitas indesejadas" que a gente se acostumou a ver nos filmes *blockbuster* de Hollywood. O cenário se repete em várias fábricas do mundo.

É aí que a Ana entra. Preciso entender se, quando eu puser as mãos nessas bolsas de toxina botulínica, conseguirei causar o impacto esperado, se todo meu planejamento, meu esquema, está adequado. Pelos meus cálculos, apenas um grama desse componente seria o bastante para matar 2,5 milhões de pessoas.

Portanto, uma bolsa de 200 gramas da toxina, ainda não tratada para o envase, tem potencial para eliminar 500 milhões de pessoas. Sim, meio bilhão de seres humanos, mais de duas vezes a população do Brasil. Isso é extremamente assustador. Quase que o dilúvio em frasquinhos. Não há dúvidas de que esse é o veneno mais poderoso do mundo. Esse assunto me fascina. É tão impressionante que meus pensamentos engatam a quinta marcha e vão longe. Tão longe que nem percebi a Ana chegar. Quando me dou conta, ela já está há alguns instantes ali parada na minha frente. Além da surpresa ao notá-la quase que se divertindo com a minha viagem, também me chama a atenção que algo, ou muita coisa, está diferente em minha amiga.

Os cabelos parecem mais compridos, mas penteados da mesma forma que da última vez em que nos vimos. Ana carrega a mesma bolsa e a mesma pasta vermelha em que guarda documentos. Mas as novidades eram nítidas. Primeiro, a maneira de se vestir. Enquanto eu preferia roupas que não chamassem a atenção, o anonimato certamente não era uma pretensão de Ana. Vestia uma calça bem justa, o que não era comum, e uma blusa muito decotada. O decote era enorme, e parecia ainda maior porque não usava sutiã, era perceptível. Seus peitos podiam ser vistos de longe, imagine então ali bem na minha frente. Era um desafio hercúleo ser discreto, e confesso que falhei com louvor, tamanho o magnetismo daquela visão. Ana poderia me acusar de assédio, se quisesse, mas parecia se divertir com meu desequilíbrio entre curiosidade e constrangimento.

Parte da mudança estava bem clara: Ana botou silicone. Ela não tinha esses peitos antes. Estão muito grandes e lindos. O decote só reforça meu diagnóstico, o objetivo era mesmo a exibição. Iniciamos nossa conversa, mas eu ainda pareço hipnotizado, é mais forte do que eu. Ana se diverte fingindo não perceber minha condição. Até simula uma tentativa de reduzir o decote, como se de fato quisesse corrigir a rota do meu olhar.

Tenta de certa forma cobrir, mas não tinha como fechar, era muito escancarado e aí ela fica fazendo movimentos com o braço, mexendo o ombro, de certa forma para pôr o braço e cobrir um pouco o seu decote. Seguimos falando, conversando, mas os olhos vão sozinhos, é como eu disse, magnético, magnético, não há como evitar.

Nunca imaginei que Ana colocaria próteses de silicone nos peitos. Primeiro, porque nunca achei que ela precisasse, segundo, porque ela não me parecia ser vaidosa a tal ponto. Mas vaidade não é algo que se possa medir, que tenha dimensões exatas. Sei bem do que estou falando, pois toda minha operação é movida pela gula da vaidade, pela carência extrema das pessoas de parar e retroceder os efeitos do tempo. Em alguns momentos, tenho a impressão de estar servindo de cobaia para Ana. Às vezes ela move o corpo, com muita sutileza, é verdade, mas que evidencia ainda mais o que há ali. Não sei se já era minha mente me pregando uma peça, mas tive a impressão de ver parte das auréolas, aquele comecinho de círculo tão maravilhoso. Foi uma dura batalha até que realmente conseguíssemos ter a conversa que precisávamos. Na verdade, eu preciso bem mais do que ela.

Compreendi toda a dificuldade dessa etapa da operação, os pontos mais complicados de serem checados e que, realmente, teria de assumir alguns riscos. Em certos momentos, bem poucos, seria necessário avançar com probabilidades, pela impossibilidade da exatidão. Sem problemas, o risco é perigoso, pode comprometer todo o planejamento, no entanto, eu já contava com isso e estava preparado para isso. Vou buscar as respostas com outra fonte para me cercar melhor. Tem gente graúda nesse meio me devendo alguns favores.

Aproveito para questionar Ana sobre outras atividades que vamos precisar, sobretudo referente aos reservatórios de água, as adutoras que abastecem as cidades, o mecanismo principalmente do processo de tratamento dessa água. Tenho de saber em que momento entra cada componente nesse procedimento, em que ponto são feitas as análises sobre a pureza da água, como são normalmente as etapas, se tudo isso é igual para reservatórios que tratam com água vinda do subsolo ou que recebem água captada de chuvas, rios e lagoas.

Como não posso dar bandeira, justifico esse trecho da conversa dizendo que as informações serviriam de subsídios para um artigo científico e um futuro livro, já em planejamento. É provável que Ana nem esteja preocupada com isso, mas, como dizem, "o seguro morreu de velho".

Ao final de nosso papo, outra surpresa. Ana se mostra ainda mais receptiva e sugere que nosso próximo encontro fosse um jantar, e que não demorasse muito para acontecer. A proposta me deixou animadíssimo, tal encontro seria muito promissor. Concordo de imediato. Assim que nos despedimos, o pensamento sobre a noitada, quero dizer, o jantar, logo dá lugar para a preparação da próxima viagem.

No dia seguinte, partiria para os Estados Unidos. É chegada a hora de conferir a valorosa equipe que já está formada por lá. Volto para casa a pé, por um caminho que estrategicamente passaria pela loja de calçados de meu amigo Aristeu. O danado sabe agradar os clientes como ninguém, e conhece bem meu fascínio por sapatos. Assim que me vê, já me saúda com uma sugestão:

— Seja bem-vindo, meu amigo. Chegou em boa hora! Acabo de receber um mocassim preto que você vai amar.

Ele tem razão. Chego em casa com um novo par de sapatos para minha coleção.

Acordo abruptamente com o impacto do trem de pouso na pista do aeroporto em Nova Iorque. Fico só observando o avião correr lentamente e começar a deslizar pela pista. Sempre acabo cochilando nesse tempinho em que a tripulação inicia o procedimento de aterrissagem e os passageiros ficam em silêncio, já com os cintos devidamente afivelados, e até um tanto quanto tensos. Invariavelmente, sou despertado pelo trem de pouso tocando a pista. Aí me resta ficar observando a longa pista, que ainda demanda bastante tempo de taxiamento.

Para compensar a demora entre a aterrissagem e o desembarque, garanto meu lugar entre os primeiros a saírem do avião. Assim que as portas se abrem e somos liberados, aperto o passo e, conforme o espaço permite, vou desviando de quem ainda está na minha frente. Já começo a pensar na imigração, que é sempre uma loteria nos Estados Unidos, mas só de azar. Você pode pegar uma fila grande, e perder uns 40 minutos até ser liberado, ou uma fila imensamente grande, e dizer adeus a pelo menos 2 horas da sua vida.

Eram 300 e poucos passageiros no meu voo, nem fodendo que eu ia ficar para trás. Além de toda a estratégia que já armei, ainda vou fazendo umas rezas e superstições mentais para garantir que eu seja um dos primeiros a chegar na imigração. Parece que deu certo até demais. Quando viro no fim do corredor que desemboca na sala, ali onde já estão as cordinhas separando as filas, tomo um susto: há no máximo dez pessoas aguardando e quatro policiais entrevistando. Fantástico, fantástico! Nunca vi isso.

Não deu nem quatro minutos de fila e já fui chamado. O comissário que me atendeu não perguntou nada. Ou quase nada. O policial apenas quis saber onde eu ficaria, quando deixaria o país e o que tinha ido fazer na cidade. Foi tudo muito rápido, e logo meu passaporte já estava sendo carimbado, meu primeiro sinal de "boas-vindas".

Próxima etapa: resgatar a bagagem. Pois é, desta vez não pude abrir mão da segunda mala. Aproveitando que a maré está boa, apelo outra vez às rezas mentais na esperança de ser rapidamente contemplado. E não é que acontece isso mesmo? Minha mala é uma das primeiras a aparecer na esteira. Em menos de 25 minutos já estava na rua, um verdadeiro recorde aeroportuário.

Daqui para frente, o êxito logístico fica por conta de Seraphim, o motorista que sempre me atende em Nova Iorque. Vou para o ponto de encontro e lá estava ele, sempre sorridente, atento e solícito. Nem mal o cumprimento e já está colocando as malas no carro. O trajeto até o hotel, na ilha de Manhattan, serve como uma preparação para os primeiros passos.

Seraphim me atualiza sobre os fatos da cidade, o que pode ter acontecido de mais estranho, se há algum evento marcante, alguma visita importante, se abriu algum novo restaurante, quais são os sucessos em cartaz na Broadway. Ele sempre vai nos pontos certos. Conta-me até quais brasileiros estiveram com ele recentemente. Seraphim é o meu resumo de notícias.

Saindo do Aeroporto Internacional JFK, normalmente a gente entra em Manhattan pela Queensboro Bridge, que é uma atração à parte. A ponte, também conhecida como 59th Street Bridge, tem mais de um quilômetro de extensão e entrou em operação em 1909. E continua deslumbrante, recebendo quase 200 mil veículos por dia. Também passam por ela milhares de ciclistas e pedestres diariamente.

A visão é sempre encantadora, seja durante o dia, seja à noite. Quase na metade do percurso, surge aquela vista maravilhosa do perfil da ilha com todos os prédios se descortinando. Abandono a conversa com Seraphim para ficar olhando, admirando. Vou reconhecendo os edifícios, sim, estou chegando em Manhattan, estou chegando em Nova Iorque.

Não falta nem trilha sonora, porque de imediato minha mente já seleciona a música mais apropriada para tal momento. A inconfundível melodia do coro de metais toma conta:

Tan tan tã nã nã
Tan tan tã nã nã…

Em seguida, a voz de Frank Sinatra, ainda mais inconfundível, completa o clima:

Start spreading the news
I'm leaving today
I want to be a part of it
New York, New York
These vagabond shoes
Are longing to stray
Right through the very heart of it
New York, New York

Essa é exatamente a sensação de chegar em Nova Iorque.

Seraphim me leva até o hotel. Costumo ficar ali pela altura da 52nd Street, próximo da Fifth Avenue, 5th Avenue ou simplesmente Quinta Avenida. É uma região na qual se consegue visitar muitos lugares e fazer muitas coisas caminhando, o que é sempre mais agradável.

Algumas coisas não mudam nunca em Nova Iorque. A multidão de turistas andando pelas ruas, por exemplo; os trechos de vias interditados por conta de alguma reforma; as esquinas da Quinta e da Sexta cheias de carrocinhas e trailers de comida mexicana, hambúrgueres, cachorro-quente e tudo quanto é fast food que deixa aquele cheiro característico da região. Agora também temperado com "ervas", após a liberação do consumo de maconha pelas ruas da cidade. Fui ganhando tanto tempo até aqui que acabo chegando ao hotel bem antes da liberação do quarto. Deixo as malas na recepção e saio para uma caminhada até que a hospedagem seja liberada. Durante os primeiros passos, organizo mentalmente meu trajeto. Imagino seguir pela 52nd até a Broadway, avançar por ela até encontrar a Time Square, pegar a 45th rumo à Sexta para voltar em direção ao Central Park.

Sigo meu GPS mental e calmamente aprecio o caminho. Contabilizo os pontos que reconheço, confiro se há alguma novidade interessante, reparo o ritmo e o visual das pessoas. Saboreio a oportunidade de andar assim, sem muito compromisso, apenas contemplando o passeio. Essa sensação só se dissipa quando chego à Times Square.

Cada vez que a visito, tenho a impressão de que a praça está mais decadente. É compreensível que um dos locais mais famosos do mundo atraia tantas pessoas, mas já está ficando insuportável essa multidão de turistas. É um tanto de gente se amontoando na escadaria para tirar suas malditas selfies, e outro tanto de gente mal-encarada que gera desconfiança. Sem contar aquela quantidade de outdoors que até incomoda por tanta informação ao mesmo tempo. Realmente, não gosto deste lugar.

Passo rápido por ali e já sigo rumo à Sexta. Dependendo da disponibilidade de tempo, talvez eu até pare no Rockfeller Center, antes de retomar a direção do Central Park. Quem sabe… De repente, em meio a esses devaneios, vejo o Bryant Park. Nunca tinha olhado para o parque a partir da Sexta, até porque poucas vezes ando por ela. Já visitei o Bryant Park pelo acesso da Quinta, que já dá de cara com a bela entrada da Biblioteca Pública de Nova Iorque. Aproveito, então, a oportunidade de conhecer o acesso pelo quarteirão dos fundos.

Ao me aproximar, vejo que há ali uma estátua voltada para a Sexta Avenida, como se fosse a anfitriã do local pela postura simpática. Curioso, chego mais perto, e me surpreendo, pois estou certo de que conheço aquela figura, principalmente com aquele cabelinho dividido ao meio e as pontinhas voltadas para cima, um *mullet* que contorna todo o penteado. Sou um grande apreciador de biografias, sobretudo dos brasileiros mais ilustres, e tal imagem é muito familiar.

A dúvida desaparece quando chego bem perto. Nem preciso ler a identificação, é uma estátua de José Bonifácio de Andrada e Silva. De toda maneira, confiro a placa, mais pela satisfação da comprovação do acerto. Nunca imaginei que pudesse existir tal homenagem a um célebre brasileiro em plena Sexta Avenida, conhecida como Avenida das Américas. Que surpresa formidável. Ainda mais porque gosto muito de José Bonifácio, conheço toda sua história.

José Bonifácio é o cidadão mais ilustre da cidade de Santos. Ao menos entre os que de fato nasceram lá, pois a figura mais notável da baixada é Pelé, o eterno Rei do Futebol, mas que nem paulista era, pois nasceu em Três Corações, interior de Minas Gerais. José Bonifácio e seus irmãos, Martim Francisco e Antônio Carlos, são patrimônio e orgulho da cidade.

Os Irmãos Andradas são homenageados inclusive com estátuas, nomes de praças, há o Pantheon dos Andradas, ponto turístico no centro da cidade, onde estão enterrados os ossos de José Bonifácio, entre outras referências. Eu já sabia desse tributo dos santistas a ele, mas uma estátua em Nova Iorque...

De tão impactado pela surpresa, até me sento num banco em frente à estátua, só para ficar ali relembrando alguns fatos históricos da sua vida. Como pode, uma estátua dele na Sexta Avenida? Essa foi demais. Costumo me gabar de saber fatos de sua vida pouco falados, que muita gente não conhece. E, de repente, sou abalroado por essa visão.

Quantas pessoas devem saber que este é o único brasileiro homenageado com uma estátua no coração de Manhattan? É muita distinção. Tudo bem que ele era um cara fantástico, estudioso, muito culto, maçom, cientista e intelectual, mas, ainda assim, com todos seus diferenciais, uma estátua aqui é surreal.

José Bonifácio nasceu em 1763, em uma família rica, e seguiu nessa linha, tornando-se um dos homens mais ricos de sua cidade natal. Ele e os irmãos ganharam grande relevância na história de Santos e do Brasil. Deixou a baixada santista ainda na adolescência, rumo à capital paulista, para avançar nos estudos. Depois, foi para Portugal, com Martim Francisco e Antônio Carlos, mais precisamente para Coimbra, onde sua vida acadêmica ganhou novas dimensões.

Tornou-se naturalista e um grande mineralogista, passou a lecionar metalurgia na Universidade de Coimbra, cátedra criada especificamente para ele. Foi inevitável ampliar o interesse por materiais como aço e ferro. Em 1790, inclusive, recém-casado com Narcisa Emilia O'Leary, partiu com ela para uma viagem de dez anos por toda a Europa, conhecendo diversos países, várias cidades, sempre com o foco no estudo e na descoberta de minerais. Já previa a importância econômica global que o aço viria a ter.

Ao retornar de Portugal, em 1819, com toda a experiência acumulada, não lhe faltaram convites para ocupar posições profissionais de destaque. Afinal, regressou a Santos como uma celebridade influente, praticamente um diplomata da ciência, mundialmente respeitado. Também encontrou no Brasil um terreno fértil para difundir os conceitos da maçonaria, nos quais se aprofundou enquanto estudante em Portugal.

Tanta relevância lhe abriu espaço junto à monarquia que ainda reinava no Brasil. Em 1821, passou a integrar o governo de Dom Pedro I, chegando a ser ministro, e teve uma atuação extremamente importante em todo o processo de quebra da submissão à coroa portuguesa. Daí o título histórico de "Patriarca da Independência".

A convivência com os maçons, que nutriam o pensamento monarquista, ajudou-o a se aproximar – e muito – do Imperador. Tornou-se um conselheiro. Mas nem tudo eram flores nesse *affair*. José Bonifácio tinha o temperamento tão forte quanto sua capacidade intelectual. Dom Pedro I também não ficava atrás. Mais ainda pelo fato de não ter intimidade com os caminhos da cultura, gostava mesmo era de caminhar pelas trilhas da sacanagem. Ou, usando o "português" bem claro, o Imperador era um homem da putaria pesada.

O choque entre o intelectual e o putanheiro os levou ao rompimento. Mais que isso, o conselheiro deixou o país novamente rumo à Europa, só que dessa vez exilado. O povo logo passou a questionar a decisão do Imperador. Aquela punição parecia desproporcional, até porque o condenado em questão era uma das personalidades mais admiradas naquele período. As teorias da conspiração não demoraram a surgir.

Se Dom Pedro I era um sujeito bruto e autoritário, sua esposa, Maria Leopoldina, era fruto de uma educação abrangente e primorosa, como se desde criança fosse preparada para estar no topo da nobreza. Não por acaso, ela foi uma grande influenciadora da jornada brasileira rumo à independência.

Naturalmente, era irrisório o tempo que Maria Leopoldina passava em companhia do marido, sempre ocupado com seus fervorosos encontros, sejam de cunho político, sejam para mera fornicação. Uma mulher com tantos atributos, vivendo em uma condição de quase abandono, certamente poderia despertar a curiosidade e o desejo de homens mais cultos.

Se existisse uma casa de apostas em adultério, choveriam palpites para os nomes de José Bonifácio e Maria Leopoldina. Inclusive porque o intelectual até compartilhava de certas predileções de Dom Pedro I, mas, elegante como era, evitava expor suas façanhas e constranger suas companhias. José Bonifácio ficou exilado na França e só voltou ao Brasil em 1831, quando seu algoz se preparava para transferir o posto de governante do país a seu filho, Dom Pedro II, ainda uma criança. Apesar das desavenças, o recém-chegado intelectual foi escalado para ser o tutor do futuro todo poderoso.

Veja só a ironia da história: José Bonifácio briga com o Dom Pedro pai, é exilado, volta e vira babá de Dom Pedro filho. Essa situação rendeu uma série de chacotas que corriam pelos corredores do Palácio de São Cristóvão. Uma delas era um trocadilho com seu nome. Em segredo, vários empregados o chamavam de "Facinho", apelido que sugeria uma abreviação de Bonifácio, mas era claramente um adjetivo.

O tom de piada só aumentou, pois o período no cargo de tutor de governante mirim não passou de dois anos. Após ser demitido, José Bonifácio se afastou de vez da vida pública e foi morar em Niterói, onde passou a viver uma espécie de isolamento, evitando os numerosos contatos que tinha anteriormente. Até que em 1835, ele e Martim Francisco, seu irmão, ilustre deputado pela província de São Paulo, resolveram passar uma semana juntos em Santos, porque não se viam há mais de três anos.

Decidiram homenagear suas origens e os bons amigos. Ficaram hospedados em um casarão, praticamente um palacete, que pertencia a uma família muito importante na época, os Magalhães. Eram pessoas curiosas, pois apesar de abastados tinham um posicionamento mais progressista, tanto que seus empregados eram ex-escravizados alforriados, alguns até moravam com eles, mas com um vínculo empregatício.

Um dia, reunido com o irmão e os membros da família Magalhães, José Bonifácio contou-lhes sobre uma experiência do período em que estava exilado na França. Em 1830, havia sido convidado por um projetista, chamado George Stephenson, para ir ao Reino Unido acompanhar a inauguração da primeira ferrovia intermunicipal do mundo, a Liverpool and Manchester Railway.

Fascinado pelos horizontes que o aço abria, José Bonifácio ficou impressionado ao ver a máquina que puxava um único vagão sob os trilhos, uma traquitana enorme bem diferente da locomotiva como vemos hoje. Em meio a plateia do Palacete dos Magalhães, destacava-se um sobrinho que ouvia aquela história hipnotizado. Era o "Foquinha", que ganhou esse apelido porque ao fazer a travessia da ponta da praia até a Praia da Pouca Farinha, nadando com os amigos, movimentava-se mesmo com uma foca.

Mas a principal habilidade de Foquinha era desenhar. O rapaz, que tinha não mais que 20 anos, passou a rabiscar no papel enquanto ouvia a história, como se fizesse um retrato falado. José Bonifácio achou o desenho muito parecido com o equipamento que viu no Reino Unido. E comentou que a tal *railway*, naquela forma linear, lembrava uma linha puxada por uma máquina, e por isso achava que deveria ser chamada de linha da máquina, e não ferrovia ou estrada de ferro. Pois foi o que Foquinha escreveu na parte de baixo de seu desenho, como se fosse uma legenda. A arte ficou tão bonita que a família Magalhães resolveu emoldurá-la, preservando-a por décadas. Curiosamente, alguns anos depois, no fim da década de 1840, Foquinha resolveu criar aquele que seria o primeiro jornal da baixada santista, a Revista Comercial.

A capa da primeira edição daquele periódico semanal, que tinha oito ou dez páginas, trazia a ilustração feita por Foquinha, com o nome "linha da máquina" e a explicação do que se tratava. Aquela manchete chamou bastante a atenção do público, até porque o trem só chegaria a Santos em 1867, com a inauguração da ferrovia Santos-Jundiaí. E, claro, o já consagrado jornalista Foquinha estava lá, garantindo a manchete da edição seguinte.

A chamada foi: "Finalmente a linha da máquina chegou a Santos". Foquinha não usou o termo "ferrovia". E é exatamente a expressão "linha da máquina" que os santistas usam até hoje para se referir à ferrovia. Mais uma das influências de José Bonifácio para a cidade.

Outro fato marcante que conecta os irmãos Andradas à cultura de Santos aconteceu naquela mesma semana de 1835. Durante uma das refeições, os Magalhães pediram a Dejanira, neta de sua cozinheira, que providenciasse um pão, pois era uma de suas especialidades. Ao comunicar à família que estavam sem farinha de trigo, a garota recebeu a orientação para que tentasse outra opção de farinha, talvez de batata ou algo assim. Dejanira informou que o único ingrediente disponível era cará.

Martim Francisco deu um pulo da cadeira e gritou: "Excelente". Quando ainda era deputado, esteve uma vez em Pernambuco e ficou hospedado na casa de uma família que lhe serviu pão de cará. Mais do que isso, mostraram como era a receita e todo o preparo, inclusive a maneira de ralar o tubérculo. Orientada pelo irmão de José Bonifácio, Dejanira assou o tal pãozinho de cará, que ficou delicioso e passou a integrar o cardápio dos Magalhães. A receita foi passando de geração em geração na família de Dejanira até chegar a seu neto, o Almeida. Mais do que dar sequência a essa tradição, ele literalmente fez a multiplicação dos pães. Na década de 1900, montou uma padaria e lançou comercialmente o pão de cará. A iguaria caiu tão bem no paladar dos santistas que atravessou os séculos, tornando-se um ícone e até patrimônio cultural e imaterial da cidade.

José Bonifácio faleceu em 1838. Portanto, aquela semana foi a última vez em que os irmãos se viram. Após o encontro em Santos, cada um foi para um lado, tocar a sua vida. E eu, depois de concluir esse passeio pela história, retomo a rota para também cuidar da minha própria vida. Retomo a caminhada rumo às obrigações porque um jantar muito importante me aguarda.

Como o hotel está na mesma direção do Central Park, opto por seguir pela Quinta Avenida. Sete quadras depois, tenho a certeza de ter feito a melhor escolha, pois começo a me aproximar do Rockefeller Center, certo de que seria impossível não o revisitar. Que local fantástico! Aquele grupo de construções maravilhosas está perto de completar 100 anos. O corredor de jardim logo na entrada é muito convidativo, e nos leva direto à pista de patinação, com centenas de lojas ao redor. É tudo muito charmoso, muito bonito.

Uma atração à parte por ali é o Top of the Rock, um mirante no prédio mais alto de onde se tem uma visão incrível de Nova

Iorque. É um olhar bem de cima, surpreendente. Só não é mais impressionante porque, nos últimos anos, outros edifícios também gigantes já comprometeram a amplitude da vista. Antes dessas novas construções era possível observar todo o Central Park.

A boa lembrança da loja de doces que há no piso de baixo, no mesmo nível da pista de patinação, altera meu caminho, em direção a uma deliciosa fatia de bolo. Mas outra imagem saborosa chama a atenção enquanto atravesso o local. Pela parede de vidro que separa as áreas interna e externa, vejo uma linda mulher, superelegante em seu vestido de bolinha. O chapéu branco de aba larga cobre seu rosto, mas, assim que seu olhar desgruda do celular, consigo identificar aquele rosto. Jessica!

É ela, a Chanelzinho Vermelho, que estava em Paris e em São Paulo. Se havia alguma dúvida de que ela estava me seguindo, agora acabou. Preciso saber quem é ela e o que pretende me perseguindo. Dou um passo para trás e me escondo atrás de uma coluna. Ela corre os olhos ao redor, como se tivesse perdido algo ou alguém. Era exatamente o que estava acontecendo.

Se por um lado eu buscava o máximo de cautela, por outro, queria mesmo é chegar perto daquela mulher, bem perto, muito perto. Ela é linda demais, deslumbrante, impossível não a devorar com os olhos. Até se parece com a Julia Roberts, ou melhor, Vivian, sua personagem no filme *Uma linda mulher*. Que coisa! Só falta o Roy Orbison tocando "*Oh, Pretty Woman*". Na verdade, tenho de me aproximar para tentar acabar com esse mistério. Disfarço e tento chegar até Jessica pelo lado externo da pista. A estratégia é boa, mas a execução... Para variar, na hora de sair me atrapalho, tem a escada rolante, e mais outra escada, não sei por qual piso saio. Acabo perdendo tempo, e quando finalmente consigo sair onde precisava, vejo a linda mulher já andando do outro lado do ringue. Vou em sua direção.

Fica nítido que ela também me viu. Olha firme, percebe minha intenção e começa a me despistar. Apressou o passo e entrou em uma grande loja de brinquedos no pátio. Também começo a andar mais rápido, quase a correr, na verdade. Quando entro na loja, percebo que a missão não será fácil. Além de ser um espaço amplo, ainda tem mezanino. Subo, vou para um lado, vou para o outro e após uns cinco minutos andando feito doido em meio a crianças, um bando de turistas, dou-me por vencido: ela me deixou no vácuo.

A única coisa que consegui foi pensar em um novo pseudônimo para minha *pretty woman*, vou chamá-la de Jessica Roberts. Estou impressionado e bastante preocupado, pois é a terceira vez que a vejo me seguindo e não consigo surpreendê-la. Vai saber se ela não me seguiu em outros momentos e eu nem percebi. É bem possível, pois está claro que ela é diferenciada, altamente treinada. E o fato de ser tão linda me assusta ainda mais. O que ela está fazendo? Por quê? Qual é o motivo dessa perseguição?

Preocupado ou não, sigo para o hotel, e aperto o passo, porque logo mais terei o meu jantar com Tom. Ao menos, em relação a ele, estou seguro de que não haverá surpresas, pois está exatamente sempre igual. Tom vem de uma família rica, que fez fortuna com o comércio em diferentes segmentos, mas principalmente intermediações de negócios – compra e venda – com todos os tipos de imóveis. Agora, estão investindo em start-ups.

Em todas as vezes que encontrei Tom, ele estava sempre de blazer. Não necessariamente de terno. Era o blazer, azul com xadrezinho, nunca liso nem de outra cor; calça e sapatos sociais; gravata; e lencinho no bolso. Nunca o vi usando jeans ou calçando um sapato esportivo. Também não abre mão do gel, muito gel no cabelo, para não ficar um fio fora do lugar.

Se o Tom aparecer diferente no jantar, vou achar que o substituíram, ou que talvez seja minha mulher misteriosa disfarçada. Enfim, chego ao hotel, entro e subo rápido para tomar um banho ligeiro. Saio um pouco atrasado, mas tudo bem, porque o restaurante que escolhi é relativamente próximo. Fica entre a Quinta e a Sexta, umas duas quadras do parque. Marquei em um restaurante grego, muito bacana, em uma mesa no andar de baixo, bem no canto, bem discreto. Só não há discrição para o incrível aroma de azeite e de pão, que já me envolve assim que abro a porta.

Já na mesa escolhida, aguardo Tom, que aparece em menos de quatro minutos. E chega impecavelmente elegante, como eu imaginava. Blazer azul, xadrezinho, gravata, calça social, lencinho no bolso, sapato social e muito gel no cabelo. Fazia um bom tempo que não nos víamos. E a primeira coisa que percebo é sua motivação.

Não poderia ser diferente, pois Tom sabe que vai ganhar um bom dinheiro. Embora não tenha a exata noção da quantidade de vítimas que faremos, não saiba a profundidade do problema, está controlando bem a situação. Vamos direto aos negócios, aos detalhes da operação.

Ele logo passa a me apresentar, com detalhes, o time escolhido para a etapa norte-americana da operação. A função de Castor, aquela pessoa que tem acesso a tudo dentro da fábrica, foi dada a Michael Moorhouse, que já está infiltrado lá dentro.

Figura bastante conhecida e de muito prestígio nos meios acadêmicos de Chicago, Michael Moorhouse é um exímio conhecedor de biotecnologia. A combinação desses fatores – a expertise, a rede de contato e o quanto é benquisto – é o que o levou a ocupar o cargo de expert técnico e atuar dentro de todo o rigor no comando da produção da empresa em questão.

Michael é muito respeitado, mas também um doidinho. Ele deve ser o precursor dos nerds, um cara genial e muito louco. Motivado por bons desafios, é capaz de qualquer coisa. Se disser a ele que algo é difícil demais de ser realizado, que é impossível de se fazer, aí é que faz questão de entrar na jogada. Esse é um de seus grandes estímulos, integrar o time que contrariou todas as expectativas e realizou o improvável. A vida dele é encarar essas loucuras.

Por ter amigos no Brasil, Michael visitou o país duas vezes durante o verão de Salvador. Coincidentemente, ambas envolveram o dia dois de fevereiro, quando acontece a festa de Iemanjá. Ele pirou ao ver toda aquela movimentação, as pessoas levando suas oferendas para o mar, era algo totalmente inusitado para quem estava acostumado com o frio de Chicago.

Pois não é que, em sua loucura, Michael criou seu próprio "dois de fevereiro" e passou a realizar todo ano, nesta data, uma "Corrida de Iemanjá"? As pessoas se reúnem no Millennium Park, na borda mais próxima do lago Michigan, tiram suas roupas e correm completamente nuas até o Monumento do Feijão, que fica no meio do parque, contornam a escultura e retornam para a beira do lago.

Os caras estão em pleno inverno, com temperaturas sempre abaixo de zero, muito vento e neve. Como é que saem correndo pelados nessas condições? Se no verão já seria uma loucura, nessa época é quase um suicídio. É essa maluquice que chamam de "Corrida de Iemanjá". E é esse o perfil do Castor norte-americano. Michael é assim, quer fazer o impossível. Mas quer fazer direito.

Ele trabalha com o produto que é a matéria-prima da operação, sabe dos cuidados que precisa tomar para que isso não caia em mãos erradas. Sabe das teorias que podem dar certo ou errado, embora sempre ache que tudo é muito improvável. Agora que chegou sua chance de participar de algo assim, não quer ficar fora do time. E muito mais por fazer parte do que pelo dinheiro. Estou convencido de que temos um bom Castor.

É a vez do Canguru, o responsável por receber o material e distribuir, por fazer esse transporte. Tom convocou José Ramos, um colombiano criado em Miami, no berço das gangues da cidade. Sua família tem uma escola de salsa em Weston, região oeste da cidade. Mas o negócio de Ramos é outro. Cresceu em meio à sangrenta guerra entre quadrilhas de venezuelanos, porto-riquenhos, cubanos e colombianos. Sua vida inteira foi enfiada nisso.

Em uma das centenas, ou milhares, de brigas entre gangues que Ramos participou, acabou levando uma facada de um porto-riquenho e perdeu um dedo. O perigo não o assusta, ele gosta do risco. E de velocidade. É um bandidinho abusado e destemido, e que tem as habilidades necessárias para a função.

Tem muita agilidade ao volante e vai se valer dessa qualidade para integrar a logística de nosso plano, fazer parte da distribuição. Ramos já foi até campeão de disputas de *lowrider*, aqueles carros com as suspensões alteradas, permitindo controlá-las isoladamente e movimentar o carro de maneira muito particular, inclusive saltando a parte da frente.

Quanto às Abelhas, nenhum grande destaque. Jones Stewart e Eddie Kewis, dois norte-americanos que, coincidentemente, têm a mesma origem. São traficantes de drogas, ou *drug dealers*, como se diz em inglês. Um vem da região da Filadélfia e o outro, lá dos lados de San Diego. O terceiro membro dessa equipe é descendente de ítalo-americanos, Nick Mastraeni, mais especializado em pequenos delitos, incluindo alguns pequenos sequestros. Nick é o mais perigoso e atua na região de Nova Iorque.

A melhor parte é que o intelecto não é primordial nessa missão. Só preciso mesmo é do comprometimento, que na verdade está sendo comprado, e da malandragem deles. E que respondam prontamente aos comandos, executando suas funções com precisão. Isso me basta para que tenhamos uma boa cobertura neste setor, sem grandes riscos.

Nossa Hiena, que vai entrar em ação quando necessário – e se necessário –, é uma pessoa especial. Margarita Cortez é uma mexicana que vive legalmente nos Estados Unidos desde que chegou ao país e que, de alguma forma, sempre esteve profissionalmente envolvida com o setor de matérias-primas farmacêuticas, ainda que representando empresas menores. Por isso garantiu um trânsito muito bom entre instituições que trabalham com medicamentos.

Margarita inclusive desenvolveu um conhecimento mais profundo sobre certas matérias-primas, aprendendo detalhes que podem ser muito úteis agora. E sua motivação para fazer parte da operação é gigante. A Hiena tem um afilhado que entrou nos Estados Unidos ilegalmente, inclusive com sua ajuda para encontrar coiotes de "confiança", o que é um tremendo paradoxo, pois em muitos casos eles é que são a ameaça.

Os atravessadores indicados por Margarita cumpriram o combinado. Mas já em solo norte-americano, o caminhão que levava os imigrantes ilegais foi parado pela polícia que vigia a fronteira. E a intervenção foi um desastre. Assim que abriram o baú do veículo, os policiais começaram a atirar e até lançaram uma granada. Foi um massacre que deixou 22 mexicanos mortos, entre eles o afilhado da nossa Hiena. Mais do que justiça, Margarita busca vingança, a pior que puder alcançar.

Após essa rodada de descrições, regada a drinques, chegou o momento da rodada gastronômica. Enfim, pude ir até a banca dos pescados escolher o peixe que seria o prato principal daquele jantar. Eu já sabia o que desejava, apenas precisava apontar qual exemplar me parecia mais interessante. A escolha era o *monkfish*, conhecido no Brasil como tamboril.

Um dos motivos de eu ter optado por esse restaurante é porque servem esse peixe raro e saboroso. Porém, horrendo. Sim, ele é muito feio. Parece ter sido atropelado por um rolo compressor e se transformado numa sola de sapato, como se fosse um desenho animado. Sua boca é enorme, com dentes assustadores, não parece com algo que se espera ver num prato. Até por isso, costumam retirar sua cabeça e expor apenas a cauda, que é a parte saborosa, já limpa e visualmente mais agradável.

Após saborear aquele peixe maravilhoso, pago a conta e nos despedimos. Volto caminhando para o hotel com a sensação de que a operação está bem controlada e avançando. Isso me tranquiliza, mas ainda há outra tarefa importantíssima que precisa ser resolvida o quanto antes. Tenho dúvidas sobre os procedimentos para pagar todas essas pessoas. O esquema de Luxemburgo como principal ponto de referência me parece um tanto quanto frágil e está me deixando preocupado.

Como sempre, chegando ao hotel já aproveito para anotar os pontos mais importantes dessa passagem. Por incrível que pareça, um deles nem tem relação com a operação. Encontrar a estátua do José Bonifácio realmente me surpreendeu. Como pode, tamanho destaque, tamanha projeção, ali em Manhattan? Incrível.

A aparição da Jessica Roberts está me deixando muito preocupado. É um ponto de atenção total, preciso descobrir quem é aquela mulher, para quem ela trabalha e por que está me seguindo. Não posso desperdiçar outra oportunidade de cercá-la e acabar com esse mistério.

Já em relação à formação da equipe, zero preocupação. Os detalhes da conversa com Tom me deixaram bem satisfeito, não tenho dúvidas de que temos um grupo eficiente e devidamente motivado para a operação. Agora, preciso descansar, pois amanhã à tarde embarco de volta. Quem sabe até dê tempo de mais uma caminhada pelo Central Park, ou de ir até o Chelsea. Veremos.

CAPÍTULO
5

A aliança asiática

De volta a São Paulo, o tempo de folga será curto, pois terei poucos dias antes de já começar a me preparar para a missão seguinte. Essa nova etapa será bastante complexa e exigirá muito de mim, pois envolve três fábricas no oriente asiático. Duas plantas estão na Coreia do Sul e a terceira, na China. Vou concentrar as reuniões em Seul, capital coreana, até para facilitar a logística e manter o orçamento bem controlado, pois assim evito deslocamentos e custos desnecessários. Além de otimizar a organização de todas as atividades que acontecerão do outro lado do planeta.

A Coreia vai me exigir uma atenção especial, porque o país se transformou no paraíso da toxina botulínica. Há mais de cinco empresas por lá fabricando produtos de boa qualidade. Se por um lado a disponibilidade de matéria-prima é altamente favorável ao meu plano, por outro, os níveis de segurança em torno dessa indústria também aumentaram consideravelmente. Vou me concentrar nas duas principais companhias, que têm a maior produção e são mais reconhecidas. A unidade chinesa não fica atrás, é uma empresa já bastante antiga, que se tornou uma potência nesse mercado.

Não tenho dúvidas de que será uma viagem de muito trabalho. A começar pelo fato de que terei de lidar com os detalhes da ação de três equipes, três grupos diferentes. O único ponto comum, e envolvendo apenas as empresas coreanas, é que usarei um só Leão para duas das equipes. Na verdade, uma só Leoa. Conheço uma mulher espetacular na Coreia, perfeita para a missão. Ela reúne todas as qualidades e os defeitos necessários para assumir a liderança das atividades no país e ser responsável pela superação nessa etapa.

A dois dias da minha viagem para Seul, decido reforçar a preparação para essa nova operação com uma ambientação. E não poderia ser de outra forma senão com uma boa caminhada pelo bairro da Liberdade. Dizem que o Brasil possui a maior comunidade nipônica fora do Japão. Mas é bom estar atento, porque apesar dessa predominância japonesa, as origens asiáticas por ali são diversas – chinesa, coreana, tailandesa, vietnamita – e todos detestam ser confundidos.

A Liberdade é um lugar impressionante, oferece uma ampla e rica mescla de culturas e costumes, apresentada em roupas, objetos, sonoridades, odores e muitos sabores – quentes ou frios, doces ou salgados. É com essa diversidade que logo dou de cara na chegada à Praça da Liberdade, na área colada à saída da estação do metrô, que por motivos óbvios tem o mesmo nome. As diversas barracas de comidas típicas são um convite quase que irrecusável aos sentidos.

A gastronomia não é exatamente minha prioridade neste passeio antropológico, mas uma das barracas me chamou a atenção. O principal produto ali era o *tsujiura senbei*, o tradicional biscoitinho da sorte, e apenas uma pessoa se encarregava dele. Era uma senhorinha muito simpática, uma anciã de sorriso discreto, curioso e até envolvente. Bastou que eu desse uma espiada barraca adentro para que ela estendesse o braço me mostrando uma caixa com os biscoitinhos, para que eu escolhesse um.

A atitude dela e minha curiosidade me convenceram a aceitar a oferta. Ao abrir o biscoito e ler o que estava escrito no *omikuji*, o papelzinho com a sorte, a curiosidade se transformou em outra coisa, talvez perplexidade. A sugestiva mensagem dizia o seguinte: "Em certas situações da vida, você deve deixar o acaso te guiar". Ao ver minha reação, a senhorinha acenou lenta e afirmativamente com a cabeça, como se soubesse o que se passava na minha mente. Talvez ela faça esse gesto para todo mundo, mas me deixou intrigado.

Todo meu plano de bioterrorismo gira em torno do uso de medicamentos, cada operação desse atentado só será possível por causa das evoluções médicas e dos avanços da indústria. Ainda que a ciência seja a base de tal desenvolvimento, o acaso está muito presente em tudo isso. Assim como esteve quando Justinus Kerner percebeu a condição de intoxicação por uma salsicha preta, que poderia ter levado a um surto de botulismo em sua cidade, Ludwigsburgo, na Alemanha.

No entanto, a pessoa do universo da ciência mais ligada ao acaso foi Alexander Fleming, grande estudioso de bactérias que tinha extrema preocupação com o tema infecções e descobriu a penicilina, o primeiro antibiótico do mundo. O feito rendeu ao médico e microbiologista escocês um Prêmio Nobel de medicina e até o título de Cavaleiro da Corte Britânica. Até hoje, a penicilina está entre as maiores descobertas da medicina. Quem diria, naquela época e também agora, que a façanha ocorreu acidentalmente?

Pode-se dizer que foi muito mais uma consequência da desorganização que reinava no laboratório de Fleming do que de algo intencional. O médico realizava pesquisas com cultivos de *Staphylococcus aureus*, tentando descobrir algo que o levasse à resposta de como eliminar essas bactérias. Em um dia em que estava resfriado, alguma coisa escorreu de seu nariz durante o trabalho e pingou numa placa de cultura.

A reação causada fez com que ele descobrisse não um antibacteriano, mas o princípio da proteína lisozima, o que já lhe rendeu muito mais reconhecimento e respeito nessa área. Passados alguns anos, Fleming resolveu dar uma pausa em suas permanentes pesquisas em busca de caminhos que o levassem a uma ação bactericida, e sempre em meio à desordem de seu laboratório. Era hora de tirar uns dias de férias.

Naquele período, o médico mantinha dezenas de potes com cultura de bactérias. Na pressa de sair para aproveitar seu merecido descanso, não se deu conta de que não havia fechado corretamente esses recipientes, nem a janela. Ao retornar, um dos frascos estava todo embolorado, tomado por uma quantidade enorme de fungos. Favorecidos pela umidade do ar que atravessou a janela e pela ótima condição encontrada na placa de cultura, os fungos se multiplicaram sem preguiça. Fleming lamentou, pois teria que jogar todo aquele material fora.

Mas quando estava prestes a descartar o frasco com aquela placa, observou que em volta do fungo existia um alo grande onde as colônias de bactérias haviam sumido. Foi então que despertou para a possibilidade de existir ali alguma atividade antibacteriana e mudou de ideia, manteve o recipiente. Essa situação ocorreu por volta de 1928, quando Fleming se debruçou totalmente sobre a nova pesquisa, passando a chamar o fungo recém-descoberto de *Penicillium*.

O médico foi aprimorando aquele trabalho, e chegando cada vez mais próximo de um composto que pudesse matar os *Staphylococcus aureus*, que era o foco na época. Depois soube que o remédio também eliminava diversas outras bactérias. A confirmação plena dessa condição só veio praticamente dez anos depois, quando Fleming conseguiu, com a ajuda de colegas, sintetizar e purificar algum composto para que pudessem começar a obter resultados efetivos, com provas científicas e clínicas do funcionamento do produto.

A vida de Fleming é cheia de outras histórias e de fatos que resultaram do acaso. Alguns mais ou menos duvidosos e outros que são mais ou menos controversos. Mas sempre ligados ao acaso. Quando garoto, Fleming foi passar o dia com o pai, que trabalhava como jardineiro na propriedade de uma família muito abastada. Andando por uma área que já havia sido tratada por seu pai, avistou no lago que enfeitava o espaço outro jovem que nitidamente começava a se afogar. Embora fosse mais novo e menor, não hesitou, correu em direção à água, nadou até o menino e conseguiu tirá-lo dali são e salvo.

Quando o pai do garoto recém-resgatado chegou apressado ao local para prestar socorro, ficou surpreso e plenamente grato ao constatar que Fleming havia acabado de evitar que seu filho, Winston Churchill, morresse por afogamento. Como forma de agradecimento, Lorde Randolph Churchill se ofereceu para assumir os custos da vida acadêmica do pequeno "salva-vidas". Ainda que sob questionamentos, rejeições e até protestos de muita gente, essa história sugere que, sem Fleming, não haveria Churchill, e aí também não haveria a formação médica de Fleming e, quem sabe, nem a penicilina.

Outro desdobramento dessa conexão ocorreu muitos anos depois. Churchill era o primeiro-ministro da Inglaterra, no período em que o país padecia da Segunda Guerra Mundial e os estudos preliminares com a penicilina, recém-sintetizada, ainda estavam começando. Em 1943, ao contrair uma pneumonia violentíssima, Churchill voltou a flertar com a morte. Fleming foi consultado sobre o medicamento e, para o alívio dos aflitos, afirmou que o produto já estava em condições de ser aplicado, ainda que experimentalmente.

Para Churchill, na verdade, não importava se o tratamento seria de forma experimental, ele só precisava de algo que o mantivesse vivo. E assim aconteceu. Pela segunda vez, Fleming evitava que o tempo do então primeiro-ministro britânico na Terra fosse interrompido. A resposta do enfermo ao medicamento foi ótima.

Também em relação a esse episódio surgiram controvérsias. Céticos duvidavam que a cura de Churchill tivesse sido resultado da aplicação da penicilina, dizendo que o medicamento ainda estava em um estágio anterior ao do uso clínico. Muitos apostavam que teria sido efeito de uma das sulfonamidas, outro grupo de antibióticos que estava surgindo naquela época, descoberto pelos alemães.

Detalhe: Inglaterra e Alemanha estavam em guerra. Independentemente de essa hipótese da sulfonamida ser ou não verdadeira, os ingleses jamais dariam esse crédito a seus inimigos. Ou seja, de qualquer maneira teriam noticiado à imprensa que Churchill foi salvo pela penicilina, medicamento 100% britânico, desenvolvido por Alexander Fleming.

Se os incrédulos duvidaram de uma façanha médica, o que diriam então sobre Sir Fleming se esbaldar em uma gafieira no bairro da Barra Funda, na cidade de São Paulo? Em 1954, o Pai da Penicilina veio ao Brasil. O propósito era meramente acadêmico, inclusive sendo condecorado na Faculdade de Ciências Farmacêuticas da Universidade de São Paulo (USP), com o título de doutor *Honoris causa*. Mas havia uma certa combinação de fatores no ar que daria mais motivos para aquele momento se tornar inesquecível.

A começar pelo vigor de Fleming. Mesmo já tendo entrado na casa dos 70 anos, o renomado doutor se sentia renovado, e parecia mesmo estar remoçado, como se tivesse encontrado uma fonte da juventude. Muito dessa condição era por conta do desfrute de seu segundo casamento. A esposa, Amalia Koutsouri-Vourekas, uma colega médica nascida na Grécia, apresentou a ele uma ampla lista de prazeres, entre os quais estavam as delícias da culinária de sua terra. Fleming estava forte, saudável, até sua libido havia sido recuperada.

Toda essa disposição foi colocada à prova quando terminou a cerimônia de sua condecoração. A linda cerimônia foi transferida para outro lugar e com bem menos formalidades. Alguém sugeriu que continuassem a comemoração com um jantar em uma casa noturna, e assim aconteceu: foram parar na tal gafieira da Barra Funda. Ou, melhor dizendo, no lugar que deu origem a uma das mais famosas gafieiras da capital paulista, a São Paulo Chique. Também naquele espaço reinava a elegância, nas roupas e nos movimentos, mas os festejos tinham outras dimensões.

Fleming achou tudo aquilo bom demais, e se jogou. Aproveitou a disposição de seu "rejuvenescimento" e se deixou levar pela animação da gafieira. O próprio doutor não se lembrava de já ter vivido tamanha empolgação, e pelo estado etílico em que se encontrava dificilmente se lembraria de qualquer coisa. Os drinques a mais ainda aguçaram sua visão de predador.

Assim que botou os olhos em Leonor, uma das dançarinas da gafieira e a estrela daquele lugar, Fleming ficou hipnotizado. Aquela mulher negra, belíssima, parecia flutuar pelo salão, com um sorriso tão brilhante quanto cativante. O admirador não se conteve, se aproximou de Leonor, queria entender se todo aquele encanto era real. Ela, com uma simpatia única, se mostrou disponível para dançar, afinal de contas, era para isso que estava ali.

Se apenas apreciando à distância o médico já parecia entorpecido, ao tocar as mãos de Leonor e ter o corpo dela tão próximo ao seu ficou enlouquecido. Jamais havia estado a uma distância tão minúscula de uma mulher tão espetacular, que exalava sensualidade. Aquelas coxas grossas e ágeis e aquela bunda empinada, que parecia ter vida própria, não passavam despercebidas de forma alguma.

Ali, na gafieira, a dançarina era conhecida por Leonor A Gata, Leonor Mulata, Leonor Me Maltrata. Claro, eram outros tempos. Atualmente, tais "elogios" já não têm espaço, e com certeza – e com justiça – seriam o estopim de uma grande confusão. Fato é que a maravilhosa dançarina também se encantou com o médico, a ponto de terminarem a noite juntos. A empolgação foi tamanha que apenas se entregaram ao sexo por completo, sem regras, sem senões, sem talvez. E sem proteção.

Se hoje em dia há quem resista aos preservativos, imagine naquela época e naquela situação. Outros métodos contraceptivos também não eram comuns. Como toda escolha tem consequências, Fleming teve logo duas com as quais se preocupar. A primeira veio um pouco mais cedo. Dois dias após aquela noite mágica com Leonor, a sensação de felicidade ao recordar tal experiência foi interrompida por um baita susto. Em uma das vezes em que foi urinar, o médico viu pus saindo de seu pênis.

Outra mudança de sensações: após o impacto imediato daquela visão, veio a constatação de que era gonorreia. Saber que contraíra uma doença venérea era uma péssima notícia, mas conhecer o problema e, sobretudo, a solução, trazia certa tranquilidade. Fleming era o Pai da Penicilina, então sabia do que precisava naquele momento. Paradoxalmente, para tratar do pênis, tomou uma agulhada na bunda, com uma boa dose de benzetacil. E esperava que Leonor também recebesse o mesmo cuidado. Provavelmente, a dançarina nem sabia que estava infectada, pois não apresentava qualquer sintoma da doença quando estiveram juntos.

A segunda consequência da noite de amor com Leonor foi que Fleming deixaria de ser pai apenas da penicilina e de Robert Fleming, filho de seu primeiro casamento, com Sarah Marion McElroy. O condecorado doutor veio a saber, mais tarde, que Leonor havia engravidado e, ainda que sob olhares controversos, tudo indicava que teria sido naquela noite da estreia de Fleming em uma gafieira. O médico deixou o Brasil antes que pudesse haver uma confirmação sobre a paternidade e, pior, morreu no ano seguinte. Quando a criança nasceu, já era falecido, e Leonor não tinha condições de afirmar que ele era o pai. Na dúvida, a criança foi batizada de Leonardo Fleming de Souza.

Após 20 anos, um novo acontecimento reavivou as lembranças daquele romance casual. A Faculdade de Ciências Farmacêuticas da USP decidiu comemorar as duas décadas da passagem de Fleming pelo Brasil e da concessão do título de doutor *Honoris causa*. A cerimônia foi chamada de "O dia em que Fleming esteve na Barra Funda". Talvez pudessem ter trocado "O dia..." por "A noite...". Faria mais sentido, até para casar com o horário em que ocorreu a tal celebração. A direção da faculdade tentou, sem sucesso, trazer ao país algum descendente de Fleming. Poderiam ter economizado esforços, porque de alguma forma essa presença já estava garantida.

O local da comemoração não poderia ser outro senão o próprio salão da gafieira, naquela época já chamada de São Paulo Chique. Óbvio que ali a história do romance entre a dançarina e Fleming era conhecida por todos. A casa era ligada a uma escola de samba da qual Leonor sempre fez parte, e também sabiam do enredo todo daquela noite encantada que aconteceu 20 anos antes.

A USP foi representada por membros da sua diretoria e por alunos do Centro Acadêmico da Faculdade de Ciências Farmacêuticas. A São Paulo Chique também marcou presença com sua diretoria. Entre as atividades programadas para a festa, estava até a inauguração de um quadro de Fleming. Leonor estava na lista de convidados, porém, chegaria mais tarde que os demais. E, em teoria, por um bom motivo.

Exatamente na noite daquela quinta-feira, 11 de julho de 1974, seu filho Leozinho – ironicamente chamado de "Fleminho" em sua comunidade, e nem é preciso explicar a razão – faria sua estreia como jogador de futebol profissional pelo Sport Club Corinthians Paulista. E em uma semifinal do Campeonato Brasileiro, contra o Operário Futebol Clube, time da cidade de Campo Grande, que até então pertencia ao estado de Mato Grosso. A divisão que deu origem a Mato Grosso do Sul só seria reconhecida em 1977, e oficializada pelo presidente Ernesto Geisel em 1979.

Leonor não perderia aquela partida por nada, a gafieira iria esperar, com toda certeza. A expectativa de ver seu filho no estádio Paulo Machado de Carvalho, o histórico Pacaembu, correndo ao lado de nomes como Wladimir, Adãozinho, Vaguinho e Pita, era um sonho que estava prestes a se realizar. Leozinho, um atacante novato, uma promessa, começaria o jogo no banco de reservas. A fé alvinegra de Leonor lhe dizia que a estreia viria naquela noite, e seu filho brilharia.

Curioso é que, até o início da partida, não se sabia exatamente como constaria o nome do jogador na súmula. Por uma questão formal, deveria ser Leonardo ou até Leozinho, mas ele era conhecido mesmo por Fleminho. Diante da indefinição do próprio time, a arbitragem acabou anotando "Souza" na súmula. Não parecia um bom sinal para uma estreia ser chamado por um nome que parecia ser de um desconhecido. Ao menos o histórico do confronto era favorável ao Corinthians. Nas três partidas anteriores contra o Operário, o time do Parque São Jorge venceu duas e empatou uma.

Após um primeiro tempo truncado, sem alteração no placar, Leonor enfim viu seu filho entrar em campo. A segunda etapa já estava em andamento, e Leozinho, Fleminho ou Souza, teria a chance de mudar aquele zero a zero. Em sua primeira participação, recebeu um lançamento pela esquerda, invadiu a área adversária, ficou cara a cara com o goleiro, tentou o drible, mas se atrapalhou e ainda pisou na bola, literalmente. O arqueiro só faltou agradecer a Leozinho.

A torcida reclamou alto naquele instante, mas decidiu ter paciência e apoiar o garoto, que merecia um voto de confiança. Afinal, tinha o peso da camisa e da estreia, acabara de entrar, talvez ainda não estivesse suficientemente aquecido. Menos de dois minutos depois, veio a chance de se redimir. Em um ataque veloz, o Corinthians consegue acertar uma bola na trave. A redonda espirra e volta exatamente no pé de Leozinho, sozinho embaixo do gol, mas ele fura e chuta o vento.

A torcida não perdoou. O técnico enlouqueceu, gritava enfurecido no banco. E não se tratava de qualquer um, o comando do time estava nas mãos de Luizinho, o "Pequeno Polegar", ídolo da fiel torcida corintiana. O garoto acusou o golpe e logo mostrou que aquela não era sua noite. Na terceira vez em que foi na bola, deu uma entrada violentíssima em um dos adversários e recebeu o cartão vermelho, direto. Em poucos minutos, a estreia/teste no Corinthians se transformou em frustração, expulsão e uma saraivada de vaias.

O caminho para o vestiário parecia ser interminável, parecia durar para sempre. E o jovem estreante só conseguia pensar na decepção para sua mãe, que tanto o apoiava. Mal sabia ele que o desprazer ainda não havia terminado. Naquela época, era costume os preparadores físicos deixarem, para os atletas, laranjas descascadas, já cortadas ao meio, em um balde cheio de gelo. Na falta de isotônicos, era o que aliviava a sede e ajudava na recuperação.

Para extravasar a raiva, Leozinho pegou aquele balde e se virou para jogá-lo contra a parede. Só não se deu conta de que um diretor de futebol do Corinthians vinha atrás dele, exatamente para dar apoio e tentar consolá-lo. Resultado: além de levar um banho, o dirigente ganhou um corte no supercílio, causado por uma das pedras de gelo. Ali terminava a carreira relâmpago do jogador no clube, nunca mais o chamaram. Leonor ficou sem entender o que foi aquela apresentação pífia do filho, que durou menos de dez minutos, e nem soube o que ocorreu no vestiário. Era hora de ir para o salão da gafieira. No mínimo, lá seria mais animado. E foi mesmo.

Leonor foi recebida com enorme alegria, pois ali ela era a estrela, a celebridade mais do que querida pela comunidade. Naquele período em que Fleming esteve na Barra Funda, além de ser o destaque na gafieira, ela era passista, madrinha de bateria da escola de samba. Vinte anos depois, passou a fazer parte da Ala das Baianas. E que Baiana! Leonor continuava a ser um mulherão da porra, gostosa, maravilhosa, não passava sem ser notada.

Logo após algumas palavras dos dirigentes da faculdade e de alguns alunos, chegou o momento tão esperado de inaugurar o quadro, de descerrar a cobertura e revelar a pintura que fazia alusão àquele momento festivo de duas décadas atrás. Para surpresa de todos, a imagem gravada ali era de Leonor e Fleming dançando. A arte era linda, fiel à emoção daquela noite e ao envolvimento do casal. O artista não economizou na valorização da beleza de Leonor, principalmente de seus dotes físicos.

Leonor sorriu, achou graça – e se vangloriou – ao ver sua bunda estampada na tela daquela forma, suas pernas lindas desenhadas com tanto cuidado, valorizadas pelo brilho dourado das sandálias plataforma. A gravura também era reveladora em relação a Fleming, mostrando o mesmo olhar e a expressão de desejo sobre aquele bigode branco. Se dependesse daquela imagem ali eternizada, não haveria dúvidas de que Fleminho era filho do casal.

O quadro ficou exposto na parede do corredor da escadaria que leva ao salão superior do São Paulo Chique até meados dos anos 1980, quando o clube fechou. E fez muito sucesso. Com certeza, poucas pessoas que subiam aquela escada para uma noite de gafieira faziam ideia do que aquela pintura realmente representava, de que ali estava o inventor de penicilina, que salvou a vida de milhões de seres humanos, e a mulher que o tirou de órbita.

A celebração da noite conhecida como "O dia em que Fleming esteve na Barra Funda".

Após tamanha viagem no tempo, a fome começa a apertar. O biscoito da sorte foi só um estímulo para aguçar ainda mais o desejo de comer. O que não falta na Liberdade é restaurante interessante, com imensa variedade de espaços, cardápios e preços. Embora predomine a gastronomia japonesa, há opções asiáticas diversas. E essa é a melhor oportunidade para eu já ir me ambientando com a culinária coreana, para preparar e adaptar o paladar.

Minha escolha foi pelo BOFS, com o nome estampado em uma grande placa na entrada. Em letras menores, está escrito Korean Food, certamente para assegurar ao público, sobretudo turistas, tal distinção. A estratégia parece mesmo ter dado certo, pois a movimentação dentro do restaurante era considerável. Dois terços do salão estavam ocupados, e a maioria dos clientes, como era de se esperar, eram asiáticos.

Arranjo uma mesa em um canto um pouco mais discreto, o que foi ótimo para poder observar o local e as pessoas sem parecer invasivo. Ouvindo os clientes com mais atenção, consigo reconhecer que boa parte era mesmo de origem coreana. Basta escutar com cuidado para perceber aquela acentuação característica de esticar a última sílaba das frases, com um som de "éééé" ou "êêêê". É muito curioso, parece até que estão reclamando de alguma coisa.

Enfim, surge um garçom para me entregar o cardápio, que era bem sortido. Entre as diversas atrações da casa, além das comidas típicas, encontro ali o Lamb BOFS, uma famosa iguaria dessa rede de restaurantes coreanos, que pode ser entendido como um "cordeiro" especial. Na verdade, o prato é famoso entre um grupo bem específico de clientes, porque há um segredo por trás desse nome, é praticamente um código secreto.

Sabe-se que na China existe o hábito de consumir carne de cachorro, e por muitos anos o governo chinês vem tentando eliminar essa prática. Hoje em dia, com o mundo todo conectado, a pressão para acabar com esse costume vem crescendo fortemente, e vinda de várias partes do planeta. Boa parte da população do país inclusive se envergonha pelo fato de isso ainda existir. Mas a prática é comum, antiga e ainda muito forte, tanto que existem pequenas fazendas onde os cachorros são criados para o abate e para abastecer os restaurantes.

Essa não é uma exclusividade dos chineses. Na Coreia, também há o costume de consumir carne de cachorro. Na época da Olimpíada de Seul, em 1988, houve uma movimentação para evitar o impacto desse hábito sobre os estrangeiros.

Durante os Jogos Olímpicos, restaurantes que serviam carne de cachorro nas áreas mais acessíveis não puderam funcionar naquele período. Tiveram de fechar as portas ou abrir temporariamente em outras localidades mais afastadas, onde o público do evento não tivesse acesso. Só voltaram à normalidade – claro, a normalidade deles – quando a Olimpíada acabou. Ainda hoje, é possível encontrar restaurantes renomados que servem cães, mesmo que não se fale sobre isso oficialmente.

Na Coreia, o cachorro preferido para essa culinária é o poodle, aquele de porte maior, certamente porque rende mais. De maneira geral, o animal é preparado e servido como um tipo de ensopado. Às vezes, até grelhado, que pode ser a paleta, como se fosse de cordeiro mesmo, ou as costelinhas. Como os coreanos se espalharam pelo mundo, e com uma colônia bem representativa em alguns países, tal hábito também foi disseminado.

Nas principais cidades onde os coreanos se instalaram, não é difícil encontrar uma unidade da rede de restaurantes BOFS. Nos Estados Unidos, um dos países que mais têm coreanos fora da Coreia, há uma unidade em Nova Iorque e outra em Chicago; na China, existe uma em Shanghai; no Japão, em Tóquio; no Canadá, em Toronto; na Rússia, em São Petersburgo; na Austrália, em Sydney; e no Brasil, claro, em São Paulo, no bairro da Liberdade.

Aliás, o nome dessa rede de restaurantes já é um indicador do que podem encontrar ali. Na Coreia, o prato com carne de cachorro é conhecido como *boshintang*. Daí, criou-se o nome BOFS, que é a sigla de "Boshintang Only For Specials", um código de identificação para esse seleto grupo de apreciadores da iguaria, quase que um clube fechado.

Em todos esses restaurantes, quando alguém pede o Lamb BOFS, os garçons discretamente buscam identificar se a pessoa sabe de verdade que prato é aquele. Basta um aceno de cabeça ou um quase sorriso para deixar claro que estão na mesma sintonia. Caso o cliente não faça parte desse clã, e apenas queira experimentar e conhecer a iguaria, o garçom simplesmente comenta que será uma saborosa surpresa, sem qualquer informação a mais. Até hoje não há notícias de alguém que tenha se queixado do Lamb BOFS.

Eu conheço bem essa história, mas não arriscaria pedir um prato com carne de cachorro no Brasil, de maneira alguma. Sabe-se lá de onde vêm esses animais, onde e como são criados.

Vou deixar essa experiência para quando estiver na Coreia, pois lá é possível conhecer a procedência do "rebanho" canino, sei que são produzidos em fazendas apropriadas, como se faz com porcos, carneiros ou bovinos. Parece que mais alguém no restaurante conhece esse segredo, só que não tem a mesma preocupação que eu, pois passou na minha frente um pedido pronto do famoso cozidão de carne de cachorro.

Prefiro uma opção bem básica, o *kimchi*, quase um "arroz com feijão" dos coreanos. É uma acelga fermentada, meio rosada e apimentada, com um sabor bem típico. O acompanhamento é uma carne de churrasco específica da cozinha coreana que vem sempre cheia de nervo e gordura, às vezes eles até picam com uma tesoura para colocar no seu prato. A sobremesa é o *hotteok*, uma panquequinha doce bem frita, que tem a massa crocante por fora e pegajosa por dentro. Esse contraste acontece por causa do recheio, com açúcar mascavo, canela, mel e nozes picadas.

Para fechar, um bom café e um chá tradicional da casa. A refeição toda sai por algo em torno de 40 reais, um valor bem em conta, se comparado ao que encontrarei na Coreia. Saindo do BOFS, decido dar mais uma última caminhada antes de voltar para casa, já pensando nos longos voos que terei de fazer dentro de dois dias, com escala em Paris.

Acordo assustado com o impacto das rodas do avião na pista do Charles de Gaulle. Como sempre, acabo cochilando quando a aterrissagem se aproxima e perco os últimos segundos que separam a aeronave da terra firme. Quando de fato desperto, só vejo a pista passando rapidamente pelos meus olhos. A viagem para Seul é longa e em etapas. É praxe a conexão em algum país da Europa ou mesmo da Ásia, não dá para ir direto.

Já que a parada é obrigatória, melhor aproveitá-la. Escolho passar a noite em Paris. Imagine, fazer uma conexão de apenas 2 ou 3 horas e já embarcar novamente, são 12 ou 13 horas em cada pernada. Ou cada voada, sei lá. É longo demais, preciso de descanso. E, cá entre nós, um respiro em Paris cai muito bem. Saio do aeroporto, dou uma circulada na cidade, durmo e volto no dia seguinte para seguir viagem. Muito mais saudável e com bem menos risco de ter problemas durante o voo.

A ideia é não perder tempo, chegar no hotel, deixar as malas e sair logo para movimentar as pernas, fazer o sangue circular, arejar a cabeça e tirar o assento do avião das costas. O plano começa bem, está tudo certo com a reserva do hotel. Também está garantido o recepcionista com aquele fantástico mau humor, característico do francês. Esses caras devem passar por algum treinamento para ser assim, não é possível, são profissionais em bufar e revirar os olhos enquanto atendem. Bem-vindo a Paris!

Deixo minhas coisas no quarto e saio logo, em direção ao Jardin des Tuileries. Caminho admirando a paisagem, desviando dos turistas, que sempre estão por ali, garantindo a movimentação do local. Sigo em direção ao Boulevard Saint-Germain, em busca de um daqueles famosos cafés. Quando escolho o lugar, não tenho dúvidas do que pedir: um expresso e um croissant.

Sentado como os parisienses, de cara para a rua, fico pensando como será puxado esse evento na Coreia. Terei apenas dois dias, um para acertar o time da China e outro para acertar o time coreano. Na verdade, os times da Coreia. Isso que me preocupa, porque ainda não estão definidos os países que serão atingidos por uma das equipes coreanas. Deixei essa escolha para a Young, minha Leoa.

Com o primeiro time será possível cobrir Coreia e Japão, já o outro tem de ir um pouco além. E essa amplitude depende das opções de Young, que também são fundamentais para a definição de quem seria a Abelha, alguém que realmente passaria despercebido. A escolha tem de ser por outro país porque, se o objetivo é promover uma contaminação em massa, é preciso alcançar o maior número possível de pessoas. Se bem que, tendo a água como vetor da contaminação, não há a pretensão de atingir o país inteiro de uma vez. Mas tenho que partir de cidades que serão o epicentro do estrago todo.

Na missão dos Estados Unidos, fica fácil decidir, basta pegar duas cidades populosas e famosas, como Nova Iorque e Chicago. São mais de 15 milhões de possíveis vítimas. Já Washington, é mais por sua importância do que pela população. Com sorte, atingiremos até alguma cabeça coroada na Casa Branca.

Na França, também não dá para pegar muitas cidades, então a escolha óbvia é Paris, simbólica, fantástica e populosa. Ainda na Europa, em Londres e Genebra temos a vantagem da facilidade do traslado de trem. Genebra também nem é tanto pela população, mas pelo que simboliza. É a sede da ONU e da OMS e abriga representantes do mundo inteiro, o que vai nos garantir uma projeção global da ação. Sem contar que, por ser uma cidade pequena, é muito mais fácil contaminar toda a rede adutora.

O foco na Alemanha é Berlim. Mas, para potencializar os impactos, preciso de uma triangulação com um Abelha em Istambul e outro em Moscou. O deslocamento aéreo não tomará muito tempo e vai permitir o alcance da tragédia, somando uns 30 milhões de pessoas à população de 5 milhões que atingiremos em Berlim.

A definição dos pontos de partida na China também não teve segredo, até porque lá é possível atingir uma população enorme em qualquer ponto. Mas com Shanghai, Pequim e Chongqing o número de possíveis vítimas é próximo de 80 milhões. O primeiro time da Coreia vai agir em Seul, óbvio, onde podemos alcançar cerca de 10 milhões de habitantes, e no Japão, nas cidades de Tóquio e Osaka, acrescentando 60 milhões de vítimas. Fantástico!

Falta definir o destino do segundo time da Coreia. Young tem o desafio de escolher países com grande impacto populacional e que gerem repercussão na mídia global. Como os locais mais próximos já foram selecionados, é possível que essas opções sejam mais distantes.

Meu pedido chega. O café e o croissant estão deliciosos. Enquanto aproveito esse saboroso mimo, observo as pessoas passando apressadas e sempre elegantes. É impressionante como na França não se vê aquelas senhorinhas parecendo uma vírgula, já curvadinhas de tanta idade. Pelo contrário, as idosas francesas parecem ter aulas diárias de pilates, com a coluna ereta, o olhar para frente, como se ainda vislumbrassem um amplo futuro. Aqui em Paris elas batem uma perna lascada, e ainda no salto alto, exibindo suas rígidas panturrilhas. A dieta certamente faz diferença nessa construção e na saudável longevidade. Pago minha conta e volto caminhando ao hotel, já pensando onde jantarei.

Após jantar um maravilhoso falafel no bairro Le Marais, tenho uma belíssima noite de sono. Tudo avança muito bem. O embarque para Seul é absolutamente tranquilo, assim como o voo e a chegada. Parece um bom presságio para as menos de 48 horas que ficarei na Coreia, lidando com uma das etapas mais difíceis de todo o plano. Não é comum uma viagem de 12 horas quase que totalmente em céu de brigadeiro.

Essa tranquilidade foi importante, porque a chegada a Seul me reservava outros deslocamentos longos. O aeroporto fica afastado da cidade, é quase outra viagem, mais de uma hora em autoestrada. E a reunião acontece em três horas. Por sorte, consegui um hotel muito perto, inclusive integrado ao complexo onde será o encontro.

Young é muito perspicaz, marcou nossa conversa na Lotte World Tower, o primeiro edifício da Coreia a ter mais de 100 andares – são 123 andares e mais de 550 metros de altura. É a quinta torre mais alta do mundo, mas, diferentemente das outras, tem um complexo hoteleiro agregado e um centro de compras como não se encontra facilmente em nenhum lugar do mundo. É um shopping com uma ala que reúne todas, reforço, todas as lojas e as grifes de luxo do planeta. Algumas são até exclusivas.

O local exato da reunião é no topo da torre, onde há um clube privê para 150 sócios apenas, com salas de reunião deslumbrantes, uma paisagem maravilhosa, um restaurante com aquela vista deslumbrante dos 550 metros. O penúltimo, inclusive, é reservado apenas para o mirante, com uma visão incrível e um serviço impecável.

Confesso que não esperaria menos de Young, pois ela é um caso à parte. Trata-se de uma mulher extremamente bem preparada, que atua em diversos setores. Fez muito sucesso no setor imobiliário, durante o *boom* que houve na Coreia, e transita com extrema facilidade pelo setor de estética. Principalmente em meio ao monopólio das clínicas coreanas em cima dos chineses.

Na região do Gangnam, existem clínicas imensas que atendem uma quantidade absurda de chineses em um volume assustador, tanto que é muito comum ver "pacientes" ou "clientes" andando para cima e para baixo com curativos no rosto nesse complexo da Lotte.

Young se beneficia desse trânsito e do acesso a médicos, fabricantes dos produtos que abastecem as clínicas e a novos materiais. Os caminhos ficam ainda mais livres pelo fato de ser conhecida, reconhecida e respeitada pela sociedade política. Quem tem tal influência? Pouquíssimas pessoas. Ela é realmente um fenômeno. Ainda bem que, fisicamente falando, não tenho atração alguma por ela, ou correria o risco de misturar as coisas e comprometer a missão. Imagino o problema que seria se ela tivesse a aparência da Jessica, eu estaria perdido.

Não digo que minha Leoa não atraia olhares de admiradores e até admiradoras, só que não faz o meu tipo. Young tem quase 1,80 m de altura, o que é bastante para uma mulher, ainda mais asiática. É bem esguia, praticamente não tem peitos, nem bunda, características que ficam mais evidentes por estar sempre vestindo um terninho com corte mais justo. Os cabelos, extremamente lisos, ficam sempre amarrados para trás, o famoso rabo de cavalo, e divididos formando uma risca no meio de sua cabeça.

Esse conjunto todo tem seu charme, ampliado pela expressão fechada, com o semblante sério e o olhar penetrante. É uma mistura de mistério, que atrai a curiosidade e, de alguma maneira, transmite sensualidade. Mas isso não me importa, estou imune a essa atratividade. Nem mesmo o jeito tão peculiar com que Young fala me pega. Ela vai pontuando as palavras como se esculpisse as frases para torná-las mais envolventes, combinadas com aquele olhar. Young sabe usar bem essa mistura e mexer com a atenção de quem está à sua frente. Claro, não é o meu caso.

O que eu desejo é resolver logo a questão dos dois times que vão tratar das toxinas, o da Botulex, que é a maior vendedora entre as coreanas, e a Neurox, a segunda. Ela chega justamente como nas outras vezes em que nos vimos, do mesmo jeitinho que descrevi. Ao me ver, ela logo vem em minha direção, como se estivesse em uma passarela.

— *Senhor Roberto, que imenso prazer em revê-lo. Com tantas reuniões, uma vida tão atribulada, me impressiono com o fato de que algumas pessoas, à primeira vista, já me causem tão boa impressão. O senhor é realmente um homem diferenciado.*

Eu que me impressiono com seu jeito de pronunciar as palavras, combinado com aquele olhar fulminante. Parece até uma forma de magia, uma espécie de hipnose, porque, na minha cabeça, aquelas boas-vindas soam de outra maneira:

— Senhor Roberto, que imenso prazer em revê-lo. Na verdade, um prazer gigantesco, o senhor é o tesão da minha vida. O que estamos esperando para ir logo trepar?

Por não ter interesse sexual algum por Young, sustento a formalidade da conversa, deixando claro que a prioridade é a operação.

— Que prazer revê-la também, sempre tão jovial, dinâmica e bem vestida, com esse penteado irretocável.

Se ironia matasse, eu estaria correndo um sério risco ali. Sigo com a parte não irônica.

— Hoje temos muito trabalho, muito sobre o que falar durante o jantar, Young.

— Senhor Roberto, estou certa de que vai se surpreender. Os times escolhidos são excepcionais, tanto o da Neurox, que atuará mais distante, quanto o da Botulex, que ficará na região da Coreia e no Japão. Os integrantes foram criteriosamente selecionados, com base nas melhores e nas piores habilidades que precisamos. São pessoas moldadas para essa missão.

Não tenho dúvidas da capacidade dela para estar nessa posição de comando, mas o que me surpreende mesmo é o jogo de sedução no ar. Uma perda de tempo, porque não vou entrar nessa. Young apela ainda mais para o olhar fulminante, passa a língua entre os lábios e completa sua análise.

— O senhor vai entender que, muitas vezes, eu sou uma mulher surpreendente.

Pronto, já vem a flechada da sensualidade, que dentro do meu cérebro ecoa de outra maneira:

— *Quando eu me livrar dessa roupa, o senhor vai ver o que é uma missão bem-sucedida. Vai descobrir os segredos que estão aqui dentro, e vai me chamar de gostosa a noite inteira.*

No entanto, estou suficientemente protegido dessa viagem maluca. Até parece que eu teria alguma coisa com a Young. O que a gente precisa é tratar logo do que temos de resolver. Já na nossa mesa, pedimos inicialmente uma água, e já nos trouxeram também um vinho. Curioso, aqui é o vinho que acompanha a água. Young já começa a me falar do time da Botulex.

— *Senhor Roberto, o Castor será o senhor Shao Park, que tem uma vasta carreira na indústria de biotecnologia. É uma pessoa séria, que entrou nessa puramente por dinheiro.*

Young me explica que Shao Park enfrentava sérios problemas de saúde na família, seus pais e seu filho estavam muito doentes, e precisava de recursos para cuidar de todos. De fato, é um motivo mais do que justificável. E até por isso era certo que não faria nada de errado, muito pelo contrário. Antes de continuar a descrição, Young para, respira fundo, me encara bem nos olhos e solta mais uma patada:

— *O senhor vai ver como eu sei escolher homens.*

Pronto, já veio querendo me acertar de novo. Mas estou preparado, e me esquivo rápido.

— *Fique tranquila, Young. Não tenho a menor dúvida de que sabe escolher os homens certos para uma missão como essa.*

É bom deixar bem claro para ela que meu único envolvimento aqui é a operação. Ela entendeu o recado e segue com a apresentação do time, falando do Canguru, que vai distribuir o material de dentro da indústria para as Abelhas. Ela recrutou Jonathan Kim, profissional experiente do setor de medicamentos, suplementos infantis e algumas fórmulas. O Canguru também trazia uma característica extra e bem curiosa.

Jonathan Kim é um grande conhecedor dos melhores restaurantes de Seul, praticamente um *sommelier* do circuito gastronômico da capital coreana. Mais do que os lugares, ele conhecia muito bem as pessoas, tinha amizade com todos os maîtres, era muito influente nesse meio.

Além disso, por alguns motivos, aproximou-se de Shao Park, criando uma relação muito próxima. Tudo isso o ajudaria com a distribuição. Sua motivação era fazer algo incrível, que ninguém nunca fez, e ter boas histórias para contar. Para isso, teria de agir com muita seriedade.

Ao apresentar as Abelhas, Young volta a fazer aquela pausa suspeita, me olha profundamente e diz:

— *Senhor Roberto, as três Abelhas que escolhi são especiais. Vou explicar a razão, e assim que terminar o senhor terá a certeza de que eu também entendo bem como lidar com pequenas coisas que têm o poder de dar uma picada e causar reações inesperadas.*

Puta que o pariu! Achei que já havíamos passado dessa etapa, mas lá vem ela novamente com uma cantadinha barata. E, novamente, não passo recibo.

— *Young, por favor, vamos lá, me diga quem são as Abelhas.*

Ela espera o garçom se afastar. Ele havia se aproximado para avisar que já podíamos mudar de mesa, pois a comida já seria servida. Vem, então, a apresentação. Na operação da Botulex, o material retirado será transportado pela Abelha que atuará em Seul. As outras duas atuarão em Tóquio e Osaka. Por conta do deslocamento, ainda que com voos curtos, Young naturalmente procurou Abelhas conectadas ao Japão.

O responsável por Seul é Steve Park, profissional da área de comunicação que trabalhou bastante com eventos. É muito esperto, ágil, atuante, participou de uma das edições do Big Brother em Seul. Para Tóquio, a Abelha é Kunyaki Akiho, um japonês que mora em Seul, o que facilitará o trânsito na terra do sol nascente. Fora isso, não parecia apresentar nada de tão especial, embora Young pudesse pensar diferente.

— *Senhor Roberto, às vezes, de onde menos se espera podem surgir segredos muito especiais. Uma pessoa que parece não ter nada de atraente pode surpreender, atrair e proporcionar prazeres jamais esperados.*

Ela é incansável. Desta vez, mudo um pouco o tom do jogo. Seguro de que não terei nada com ela, olho firme em seus olhos e lanço uma resposta mais enigmática.

— *Young, quem sabe um dia eu realmente não me interesse por tais segredos? As coisas que está me falando me fazem pensar.*

A última Abelha que ela me apresenta é Dílson Kitaday, que cobrirá Osaka. Também descendente de japoneses, Dílson foi professor de escola de segundo grau e de um curso preparatório para a Faculdade de Medicina. Tem boa relação com Jonathan, o que contribui para a escolha. Young finaliza apresentando a Hiena, que está preparada principalmente para atuar tanto na Coreia quanto no Japão. Por isso, também alguém com ascendência japonesa: Lincoln Wada.

Exatamente como eu, Lincoln Wada foi estudante de medicina, em Tóquio, e também foi expulso da faculdade por mau comportamento. No caso dele, agressividade sexual contra as colegas do curso. Prefiro nem entrar nos detalhes. Mas Young dá um jeito de estender a prosa sobre o assunto, mas com uma abordagem diferente.

— *Senhor Roberto, perceba como é importante a gente lidar com o sexo de uma maneira bem pensada e ponderada, sem exageros, para que nos traga prazer e não problemas. E eu sei fazer isso melhor do que ninguém.*

Não há como a mensagem ser mais clara. Na verdade, até é possível, mas ali o recado já estava explícito o bastante. Esbocei um sorriso, sem entrar naquela armadilha, e fui salvo pelo gongo, ou melhor, pela presença do maître, nos avisando que a refeição iria começar. Na sequência, ainda precisaremos falar sobre o segundo time.

O maître nos guia até a sala onde a comida será servida, é uma área privada maravilhosa, bem reservada e chiquérrima, como todo o complexo. Ele comenta que será um jantar especial. Em seguida, já nos oferece uma garrafa de um vinho típico da Coreia, que não é feito de uva, mas de uma fruta chamada *schisandra*, parecida com um pequeno morango. Experimento, não acho excepcional, mas é até interessante. Young começa a me apresentar o time que representaria a Neurox.

Na função de Castor, outra mulher. É Ju Hyun Lee, que trabalhou a vida inteira na Neurox e foi gravemente ferida por uma facada nas costas. O golpe foi no sentido figurado, mas a marcou como se fosse literal. Ju Hyun Lee viveu um longo e desastroso romance com um dos sócios da empresa. Há males que vem para o bem, ao menos para mim, neste caso. Aquela decepção amorosa foi transformada em uma potente motivação para dar o troco.

— *Senhor Roberto, não vai acreditar em quem selecionei para o posto de Canguru.*

A animação de Young me deixou curioso. Olho atentamente aguardando a revelação.

— *Lembra-se do cirurgião plástico John Ding?*

— *O nome me parece familiar, mas não me recordo exatamente quem é.*

Lembro, claro, de ter ido algumas vezes à Coreia quando trabalhei com a toxina, mas John Ding... Não consigo ligar o nome à pessoa.

— *Certamente o senhor se recorda do Gangnam Blepharos Challenge.*

Lógico! Assim que Young faz o comentário, parece abrir uma tela na minha mente.

— *Claro que lembro, Young. Com toda certeza.*

Naquela época, John Ding era um dos cirurgiões plásticos mais famosos – talvez o número um – da Coreia, com reconhecimento global. Mas lidar com a vaidade não é algo fácil, ainda mais quando levada ao extremo. Os exageros fizeram com que John Ding perdesse o direito de exercer o que ele chamava de "medicina da autoestima". O sacana foi cassado por excesso de publicidade e por abusar do mercantilismo.

O tal Gangnam Blepharos Challenge era um torneio anual organizado por John Ding. Ele reunia as principais clínicas do

Gangnam em uma competição muito curiosa, para dizer o mínimo. A meta era fazer o máximo de cirurgias de ocidentalização de pálpebra dentro de um período de quatro horas. Essa operação consiste em deixar os asiáticos com os olhos bem mais abertos, bem mais arredondados, às vezes até demais.

Para isso, abre-se mais o ângulo interno do olho, suspende-se mais o canto externo, tira-se um pouquinho da gordura abaixo da pálpebra superior e acentua-se o sulco formado na pálpebra superior quando a pessoa abre e fecha o olho. Se pensar nesse processo já parece bizarro, imagine uma competição, uma maratona da ocidentalização. Até esse termo parece uma aberração. Mas não diante da competição que é a vaidade humana.

Pois bem, as clínicas inscreviam suas equipes com os melhores profissionais de cirurgia, anestesia e instrumentação. Curioso é que esses integrantes esperavam ansiosamente a oportunidade de estar ali naquela "olimpíada". Os pacientes ficavam em macas, uma ao lado da outra, como se fosse uma linha de montagem. Quando era dada a largada, o primeiro da equipe já passava anestesiando; o segundo, cortando; o terceiro, fazendo os detalhezinhos, o "acabamento"; e o último, realizando a sutura final.

Como em qualquer prova de velocidade, cada segundo era essencial. Por isso, os integrantes das equipes de cirurgia faziam apenas uma troca de luvas quando mudavam de paciente. Normalmente, conseguiam completar cinco ou seis operações por hora. O grupo que conseguisse mais cirurgias naquelas quatro horas, e com o melhor resultado, seria o campeão.

Como responsável por aquele torneio, John Ding manteve uma relação bastante estreita com o pessoal da Neurox. Ele vivia na empresa, tinha trânsito fácil e muita moral. Conseguiu regalias e vultuosos incentivos financeiros. Tudo isso acabou se voltando contra ele mesmo, contribuindo para sua cassação. Ainda assim, manteve sua proximidade com o alto escalão da Neurox, e essa condição fazia dele o Canguru ideal. Ainda mais porque, após perder o faturamento com as cirurgias, precisava de mais recursos para manter o alto padrão de vida com o qual estava acostumado.

Chega a hora de saber sobre as Abelhas.

— *Formei um time muito especial, senhor Roberto, uma equipe de alto nível, com capacidade de sobra para levar o material para fora da Coreia.*

A primeira Abelha é Sanjay Kapur, responsável pelo transporte até a Índia, sua terra natal. Morando há dez anos na Coreia, Sanjay trabalhou um pouco com a matéria-prima e muito com ácido hialurônico. Ele fazia o trajeto entre Itália e Coreia e, depois, levava para a Índia. Acostumado com a rota Coreia-Índia, conhecia bem o pessoal das companhias de viagem, não teria qualquer problema de trânsito. É mesmo a pessoa ideal.

O alvo da segunda Abelha é a Itália, daí surge Liliana Lippi. Ela foi representante de empresas que trabalham com fios de sustentação, segmento em que a Coreia é líder. Liliana é quem levava esse material para as clínicas italianas. Tal atribuição não teria nada de tão impressionante, não fosse pelo fato de que esses fios não tinham registro na Itália, nem autorização de uso pela agência de saúde do país.

Ou seja, todo o processo era ilegal, inclusive a parte realizada por nossa Abelha. Se precisássemos de alguém com habilidade para burlar a imigração e intimidade com a rota Coreia-Itália para ingressar com a toxina pura, já tínhamos encontrado a pessoa certa.

Por último, Song Sun Sing faria o tráfico para Bangladesh, onde trabalhou por muito tempo no setor automobilístico, antes de se mudar para a Coreia. Com o forte desenvolvimento da indústria coreana no segmento de carros, cresceu também o interesse de Song em levantar um bom dinheiro com o compartilhamento de segredos industriais sobre novos modelos e futuros lançamentos. Bangladesh vinha evoluindo em vários campos industriais. O farmacêutico, por exemplo, já progredia nos mesmos níveis do que se via na Índia. No entanto, o automobilístico ainda engatinhava. Song Sun Sing viu aí uma chance de faturar alto, sem saber que oportunidade seria ainda maior.

Chega um dos pratos. É o abalone, um saboroso marisco que custa uma fortuna fora da Coreia. Não que ali fosse barato, o patamar de preço era apenas mais aceitável. Essa iguaria é quase venerada, principalmente por ser considerada afrodisíaca. O abalone é grande, bem maior do que os mariscos comuns, e seu formato lembra uma vagina, o que contribui bastante para tal fama. E para que Young, mais uma vez, se divertisse com seu joguinho malicioso.

— Senhor Roberto, já tinha experimentado abalone?

— Sim, Young. Já havia experimentado.

— O senhor reparou a impressionante semelhança que esse marisco tem com uma vagina?

Ela faz uma pequena pausa, olhando-me como se estivesse sentada no meu colo, de frente para mim, e faz mais uma pergunta.

— *O senhor gosta?*

Respondo rápido, na tentativa de quebrar a ceninha de sedução.

— *Sim, gosto. Acho a consistência muito boa e o sabor é ótimo.*

— *Será que entendeu bem minha pergunta, senhor Roberto? Referia-me a vaginas.*

Não é possível, a mulher não perde uma chance. Será que ela não percebe meu total desinteresse nessa brincadeira? É um desperdício de malícia e sensualidade com alguém que não tem atração alguma por uma mulher como ela. Sem contar que jamais me permitiria entrar nessa armadilha, diante da missão que temos pela frente. Não dá para misturar trabalho com prazer. Ela não vai me pegar nessa.

— *Young, viemos aqui por uma única razão, falar sobre nossa ação, nossa operação. Vamos nos concentrar no trabalho. Por favor, termine de me contar sobre a equipe. Ainda não me disse quem será a Hiena.*

Ingenuidade minha achar que Young desistiria tão fácil.

— *Não, não, não. Primeiro, precisa me responder. O senhor aprecia ou não uma vagina?*

Do jeito que ela combinava o olhar e as palavras, estava vendo a hora em que ia me mostrar a própria vagina e dizer: "Isso aqui, senhor Roberto. É disso que estou falando, o senhor gosta disso aqui?". Se ela pensa que vai me dobrar, está muito enganada, é hora de acabar com essa história de uma vez por todas.

— *Ok, Young. Vamos seguir focados em nossa missão, mas, só para colocar um fim nessa distração, vou responder. Claro que eu aprecio uma vagina, e muito. Satisfeita? Agora vamos voltar ao que interessa. Quem é a nossa Hiena?*

— Luigi Rosso.

Pela resposta imediata de Young, acredito ter colocado um ponto final na ceninha de sensualidade. Luigi Rosso é um italiano que também mora na Coreia há um bom tempo. Trata-se de um mau caráter nascido em uma família que há décadas tem atividades mafiosas em Nápoles. Inclusive, fazem lavagem de dinheiro usando a Coreia como base. Luigi é uma figura desprezível, e perfeito para integrar a equipe.

Fim da refeição, fim da vergonhosa sedução. É hora de deixar aquele maravilhoso lugar. Ao sairmos da sala, já me preparava para admirar novamente a vista incrível na passagem pelo corredor, porém havia mudado completamente. Uma camada de nuvens baixas cobriu totalmente a visibilidade que teríamos do solo. Acima delas, ainda estava bem ensolarado, e esses raios solares ajudavam a formar o que os coreanos chamam de *yellow dust*. Dizem se tratar de uma camada de poluição vinda da China e que, periodicamente, invade o ar de Seul. Lamento não poder ver a paisagem. Só nos resta descer.

Já na área que pertence ao shopping, despeço-me de Young e estendo-lhe a mão para cumprimentá-la. Ela faz questão de me beijar o rosto, um beijo bem prolongado.

— Senhor Roberto, por favor me ligue. Não vá embora da Coreia sem falar comigo de novo. Preciso lhe dizer que não vou conseguir dormir direito esta noite, pensando no que mais poderíamos ter feito além desse encontro.

Faço de conta que não entendi, agradeço pelo encontro e pelas informações e vou embora, quase que fugindo de uma caçada. Agora, é me concentrar para conhecer o time que vai representar a China e terminar minha jornada na Coreia.

Esse último dia de missão na Coreia será um marco. Ao final dessa etapa, terei todos os times em ordem, todo mundo já controlado, saberei exatamente quem é quem. No caminho para reunião derradeira, que será com o Leão Qi Zhao, aproveito para conhecer Cheonggyecheon, uma região de Seul que estava degradada, tinha um rio canalizado e resolveram revitalizá-la, inclusive revertendo essa canalização. A partir de um belo projeto de urbanismo com plantas, trocaram o antigo encanamento por pequenas corredeiras. O lugar ficou lindo.

Coincidentemente, no restaurante onde vou almoçar com Qi Zhao serve *boshintang*. Com certeza vamos comer um cachorrinho, porque sei que meu Leão gosta. Bela programação: visitar uma nova região de Seul, comer carne de cachorro e conferir como está meu time chinês. Essa equipe estará encarregada de contaminar as três maiores cidades que teremos em todo o processo: Shangai, Pequim e Chongqing. Só em Chongqing são mais de 30 milhões de habitantes. Somando as três cidades, poderemos atingir até 80 milhões de pessoas. É uma grande responsabilidade a desse time.

Ainda não conheço Qi Zhao pessoalmente. Tenho informações de que é alguém bastante formal, com aproximadamente 50 anos, mas com aparência bem mais jovem. Trabalhou no mercado financeiro e ajudou no financiamento de alguns empreendimentos no setor de cassinos em Macau. Esse mercado de jogos é forte na cidade. Devido a alguns contratempos, Qi Zhao teve que se afastar do negócio por um tempo, mas continua sendo muito competente.

Chegando ao restaurante combinado, já vejo Qi Zhao vestido formalmente, de terno e gravata. É um sujeito pequeno, magro, de cabelos lisos, com uma pequena franja caindo sobre parte da testa e um bigodinho bem fino e ralo. Lembra até um personagem daqueles filmes antigos de Bruce Lee. Paradoxalmente ao ponto central de nossa operação, estou certo de que a função desse visual é fazê-lo parecer uma pessoa mais velha. É inacreditável como Qi Zhao não aparenta ter 50 anos. Mesmo com aquele bigode ridículo mantém um aspecto muito, muito jovem.

Chego perto dele e me apresento. E tomo um susto quando ele começa a falar. Parece um carro velho pegando no tranco, pois as palavras vão saindo devagar e blocadas, aos socos. Isso mesmo, aos socos, não têm uma fluência.

— *Senhor Roberto, vou apresentar aquele que talvez seja o melhor time que o senhor terá. Escolhi muito bem as pessoas e faço questão de descrevê-las, uma a uma, para ouvir sua opinião.*

Qi Zhao começa pelo Castor, o sr. Jason Liang, fera em biotecnologia, graduado e pós-graduado nos Estados Unidos. Também estudou medicina. É uma pessoa de muito destaque. Foi para a China para trabalhar na indústria de biotecnologia. Jason Liang está nessa para alimentar seu próprio ego. É uma questão de vaidade, mas não física, ele quer realizar algo grande, marcante, que lhe dê satisfação interior. Está cagando para ideias políticas, questões raciais, ideologias, só quer uma chance para se gabar de ter feito algo inalcançável para pessoas comuns.

— Senhor Roberto, na posição de Canguru, temos uma mulher com enorme destaque na região de Shangai. Seu nome é Lilly Liu.

Nossa Canguru ganhou notoriedade por ter fundado uma associação de portadores de distonias e distúrbios do movimento, doenças tratadas com toxina botulínica. Essa entidade cuida especificamente de distonia cervical, uma contração que ocorre na lateral do pescoço, deixando-o bem torto para um dos lados, dificultando a realização de qualquer atividade. O filho de Lilly Liu, um adolescente, apresentou esse problema. Ela busca, a qualquer custo, uma solução para ele. Sua associação surgiu exatamente com esse intuito, e consequentemente acabou colocando-a no caminho das indústrias de toxina. Essa proximidade lhe garantiu acesso aos principais executivos dessas empresas. Lilly se tornou fonte constante da mídia para falar sobre o trabalho com os portadores de distúrbios e distonias cervicais.

Qi Zhao foi bastante criativo na escolha das Abelhas.

— Senhor Roberto, fui buscar a água pura na fonte.

Surgiu em Pequim um curso voltado a executivos para aprenderem a lidar com o Ocidente, envolvendo as diferenças culturais de idioma, mas principalmente para superarem o fato de os chineses terem uma fama questionável ao redor do mundo. Não é só isso, nem poderia, o povo chinês está sempre um passo à frente, sabe que está a caminho de dominar o mundo, de comandar a globalização. Esse curso, de nível superior, apenas ajuda a pavimentar essa estrada.

As Abelhas escolhidas por Qi Zhao são três irmãos que estavam fazendo esse curso: Cherie Chen, Yana Chen e Hyman Chen. Duas mulheres e um rapaz, treinados na mesma escola, ligados na mesma família, que por sua vez é ligada à aventura. O trio já fez várias viagens radicais, e está pronto para encarar mais uma. Lógico, muito bem atento ao dinheiro que a operação vai render.

Por fim, Qi Zhao me apresenta Tian Baijin, a Hiena. O cara nunca havia trabalhado com nada relacionado a medicamentos ou à área de humanas, é um ex-gerente de uma indústria automobilística. Mas está precisando de muito dinheiro, sempre uma forte motivação. Ambos se conheceram por meio de um cunhado de Tian Baijin. Ainda estávamos no meio da apresentação quando chega nosso prato, uma costelinha. Lembrava as costeletas de carneiro, só que menores.

— *Senhor Roberto, estou seguro de que meu time vai cumprir a missão. Estamos todos muito empenhados, são pessoas de extrema confiança.*

A formalidade de Qi Zhao me passou segurança, era notório que não dizia aquilo da boca para fora. Estava muito confiante. Só faltava cuidar da parte "da boca para dentro".

— *Agora podemos saborear o nosso cachorro, senhor Roberto.*

Imagino o rebuliço que causaria aquela frase dita em voz alta em qualquer restaurante de São Paulo, mesmo em algum coreano da Liberdade. Mas aqui na Coreia, apenas aceno com a cabeça para Qi Zhao, aceitando o convite. Quero mesmo saborear o prato, até porque é a última etapa dessa minha missão no país. Amanhã já começo o meu longo caminho de volta.

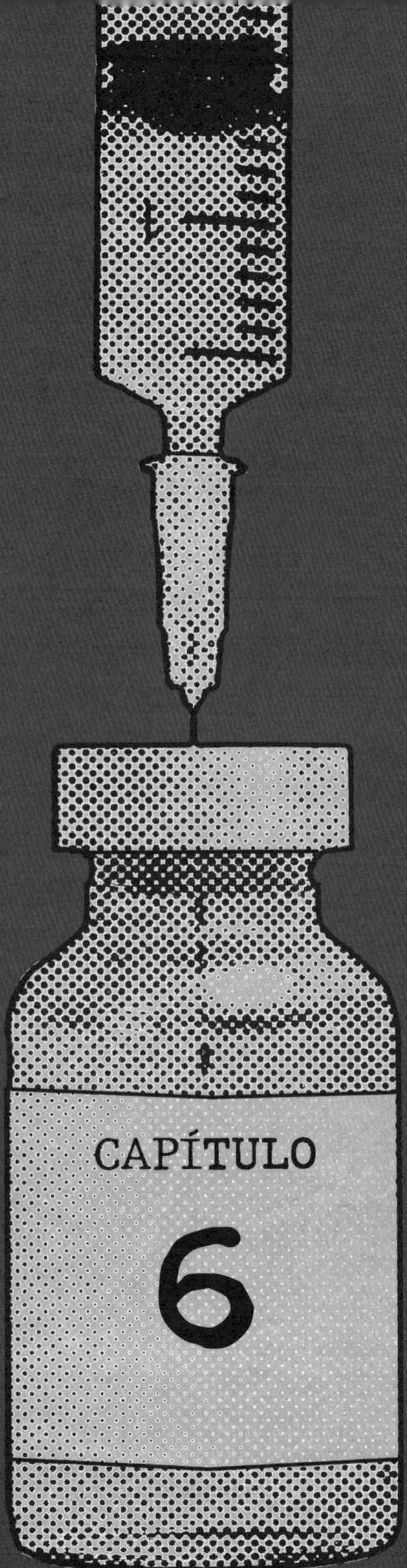
CAPÍTULO
6

De volta à Europa

Com uma agenda de viagens repleta de longos e demorados trajetos, acordar em São Paulo passa a ser uma rara e desejada satisfação. Principalmente quando não tenho nada de tão relevante programado para os próximos dias. É o cenário perfeito para me dedicar àquela caminhada sem compromisso, nos sentidos literal e figurado, apenas para arejar as ideias. Nem preciso pensar muito, decido logo ir para os lados da Avenida Paulista, região onde trabalhava. Quem sabe, além de rever o local, também encontre algumas antigas amizades por ali.

Quando chego ao belo cartão-postal da pauliceia, minha primeira parada não poderia ser outra: o antigo Bar do Jacaré. Com um pouco de sorte, consigo reencontrar meu amigo garçom crocodiliano. Entro, escolho uma mesa, sento-me e *touché*. Lá vem ele, o bom e velho Jacaré. Assim que se dá conta da minha presença, vem logo gritando:

— Roberto Dias! Há quanto tempo não o vejo. E sempre elegante, não é, meu caro?

— Claro, Jacaré. Você também – retribuo a gentileza. – Veja só, sempre esguio, esse bigode sempre muito bem aparado. E o que me conta de novo?

— Ah, senhor Roberto, aqui o movimento é o mesmo. Nada de grandes novidades. Mas... E o senhor? Voltou a trabalhar com as toxinas, voltou a trabalhar na área de estética?

— Voltei e não voltei. Não sei se voltei, mas nunca larguei.

Aposto que a pergunta dele era meramente protocolar, só estava sendo simpático, puxando assunto. Mas era nítido em seu olhar que minha resposta acabou deixando-o curioso. Como já conheço a astúcia de Jacaré para arrancar histórias de seus clientes, trato logo de mudar de assunto.

— O que temos aí para comer? Qual é a boa do dia?

Ele entende minha virada de mesa ali, mas, como bom anfitrião que é, entra na jogada.

— Que tal um sanduichinho de pernil? Estamos acabando de fazer. Pode acompanhar com uma cerveja. Fantástico, não é? O que acha?

— Perfeito! Eu topo. Pode preparar.

Quando o Jacaré se vira e vai cuidar do meu pedido, fico pensando no sentido do que lhe respondi. E aí? Larguei ou não larguei? Isso é um trabalho? O que estou fazendo com a toxina? Trabalho ou não trabalho com a toxina? Na verdade, trabalho. E agora, ainda mais próximo, porque visando a garantir que as fábricas tenham uma boa quantidade de toxina para que eu possa fazer a contaminação, resolvi aplicar um conhecimento que mais para o fim do século passado era chamado de Agenda Setting.

E tinha esse nome porque se imaginava que os meios de comunicação tinham a capacidade de determinar algumas pautas públicas a partir das notícias que dão. Ou seja, o fato de ficarem repetindo, falando com persistência sobre um determinado assunto induz as pessoas a mudarem o comportamento e a aderirem ao que estava sendo dito. Inclusive mudando maneiras de pensar, modos de agir.

Imagine hoje, então, com tantos blogueiros, com tantos – entre aspas – formadores de opinião, com tantos – aí bem entre aspas mesmo – criadores de conteúdo e influenciadores, veja como é fácil. Você publica um vídeo, faz um post, ou qualquer coisa do tipo, planta uma notícia no meio e essa galera ávida por conteúdo vai repetindo e reproduzindo esse material. Apuração para quê? E se essa corrente de informação vem no rastro de um grande evento, de um grande acontecimento internacional, então, a dimensão só aumenta.

E é por isso que, baseado nos conhecimentos que eu tinha de profissionais que trabalhavam na sala de toxina, de médicos experientes, de reais formadores de opinião, de companheiros de profissão, hoje com boas posições em empresas ligadas nesse setor, é que resolvi incentivar, articular nos bastidores, dois grandes eventos internacionais. Venho movimentando as peças, como em um tabuleiro de xadrez, para que aconteçam, e vão sair nos próximos meses.

Um grande evento europeu de medicina estética, focado exclusivamente em toxinas para os diversos procedimentos estéticos de terço superior, terço inferior, da face, pescoço. E tudo isso em Viena. Três dias de encontros com os principais nomes da estética, da dermatologia e da cirurgia plástica do mundo. Será algo realmente grandioso, com microfones e palanques, pensado para um público superior a cinco mil pessoas. Imagine a repercussão, todos multiplicando as ideias semeadas ali. O desejo da população de usar a toxina vai crescer de forma bem natural – também entre aspas.

Por outro lado, ainda pensando no aumento da busca pela toxina, insuflei por trás um evento, que seria na região de Milão, em uma cidade próxima, à beira do lago Maggiore, e falaria dos usos terapêuticos. Aí estimularia também o desejo de neurologistas e fisiatras a aumentarem o uso da toxina botulínica nas diversas afecções de espasticidade, de distúrbios do movimento.

Em um curto espaço de tempo, com a mídia bombando a divulgação desses eventos, criadores de conteúdo reproduzindo essas informações, já daria um aumento de pelo menos uns 10% no volume. Os fabricantes rapidamente ficariam interessados nessa história, afinal de contas, para eles não há beleza maior do que inflar a lucratividade. Com a possibilidade de surgir uma nova onda de consumo da toxina, se apressariam em conferir se os níveis de produção estão em dia ou se teriam de preparar lotes extras para garantir que não seriam surpreendidos.

Tudo isso fazia muito sentido. E pensando nesses itens da Agenda Setting, estava totalmente comprometido com esses dois eventos, que eu iria acompanhar bem de perto nos próximos dias, para ver como tudo transcorrerá. E essas duas viagens cairiam muito bem, porque Viena e Milão são bastante agradáveis.

Meus pensamentos voltados às toxinas são interrompidos pela aproximação de Jacaré, que vem caminhando feliz e muito bem acompanhado por aquele pãozinho francês crocante que se vê de longe. Os fiapinhos do pernil saborosamente sobrando para fora do pão. E uma cerveja com a garrafa esbranquiçada, de tão gelada. Grande Jacaré! Vou saborear essa maravilha como deve ser, sem pressa, até a última casquinha de pão.

Satisfeito, pela refeição e por rever meu amigo, acerto a conta, despeço-me e retomo minha caminhada pela Paulista. É uma experiência ímpar poder circular por esta que é uma das avenidas mais importantes da cidade na sua própria frequência, sem se deixar ser tomado pela velocidade da maioria das pessoas, que em muitos casos nem precisariam acelerar tanto, apenas seguem o fluxo. Não é meu caso, estou bem tranquilo, ainda que a mente esteja repleta de ideias para serem processadas.

E quando avisto o MASP, resolvo ir ainda mais devagar. Na verdade, a ideia é parar mesmo. Sento-me na muretinha na parte de trás do museu, onde se tem a visão para a Avenida Nove de Julho, que passa por baixo de toda aquela riqueza cultural – dentro e fora do prédio –, no Antigo Vale. Há pouco tempo, não mais que seis meses, estava exatamente neste mesmo lugar, meditando sobre tudo o que tinha de fazer, os últimos passos.

Quanto já caminhamos nessa empreitada, quanto já estamos próximos da ação propriamente dita, quanto já está acertado. De lá para cá, tudo foi definido; os respectivos times que agirão em cada país já estão aprovados; os Leões muito bem afinados; Castores dentro das fábricas; Cangurus e Abelhas em perfeita sincronia para a distribuição do material; e as Hienas prontas para fazer o que for necessário – e se for necessário – para limpar a cena.

Nosso mapa da contaminação está pronto, com as coordenadas das cidades-alvo. Vamos contabilizar milhões e milhões de mortes e celebrar a imediata repercussão global desse feito. Não foi simples nem fácil dar conta de toda essa preparação, acertar o detalhamento da dose, o potencial de contaminação, quanto vamos retirar de cada bolsa de toxina, o potencial de mortes, mas está tudo caminhando como deveria. Estamos muito perto, faltam apenas detalhes para conseguirmos dar a largada.

Com esses dois megaeventos globais e todo seu impacto no consumo da toxina, não vai se falar em outra coisa. Mas é preciso acompanhar de perto para garantir o resultado que queremos. Estou tranquilo e confiante, vai dar tudo certo. Agora, um detalhe ainda pendente, e que merece uma análise minuciosa, é o local exato entre o manancial de água, o reservatório mesmo, e a rede adutora. Passando pelas partes de tratamento, em que ponto, precisamente, deveremos implantar a bolsa com a toxina?

Essa definição é primordial para que possamos alcançar a maior contaminação possível com a menor chance – quanto mais próximo de zero, melhor – de qualquer detecção do ataque em meio aos inúmeros controles de rotina feitos na água tratada antes de ser distribuída à população.

O melhor ponto é no reservatório de tratamento, no reservatório de coleta, na saída para a adutora? O formato da bolsa e sua fixação já estão certos, só dependemos desses detalhes, que precisam ser definidos com carinho. Se é que a palavra "carinho" se aplica a tudo o que estamos preparando.

E com o cronograma avançando, temos de nos apressar em marcar a data exata da ação. Aqui está outro grande desafio, pois a contaminação será global e simultânea, acontecerá em todas as cidades no mesmo instante. Cada etapa a ser realizada em cada uma delas deve estar rigorosamente alinhada com as demais, nem um minuto a mais, nem um minuto a menos. Já se levando em conta os fusos horários.

Temos de avaliar qual o melhor dia da semana, qual o melhor horário que permita a retirada em todos ao mesmo tempo, que dê condições de realizarmos as ações de forma concomitante, principalmente para que os Cangurus e as Abelhas consigam se deslocar e tenhamos êxito na contaminação final. Já pensamos em umas quatro ou cinco hipóteses bem plausíveis e estou analisando detalhadamente cada uma. Por isso, quando avalio o que ainda precisamos avançar e tudo o que já caminhamos, a satisfação enorme pela certeza de que falta pouco, muito pouco.

Alguns pontos ainda me preocupam. Por mais cuidado que tivemos na escolha de cada equipe, não está descartada a possibilidade de alguém falhar durante a missão. E se queremos entrar para a história ao promovermos o maior genocídio do mundo, ou com certeza um deles, não podemos cometer erros. Caso contrário, a ação vai perder impacto.

Outra coisa que me preocupa: quem é essa mulher que tenho visto com frequência como se estivesse me espionando? A minha misteriosa Jessica. Ou seja lá qual for o nome dela ou que personagem ela seja. Não pode ser coincidência, alguém está de olho em mim. Mas de onde vem isso? Por que isso está acontecendo? Que perigo essa situação representa para mim ou para toda a operação?

Como se não bastasse, há ainda outra questão que está tirando a minha paz. É a frequência com que me deparo com pensamentos ruins e pesadelos em relação às mortes consequentes da contaminação. Quando dei o primeiro passo da operação, causar milhões e milhões de mortes era um desafio mesmo, uma prova que eu precisava cumprir para ter minha premiação, meu troféu. É como mostraria ao mundo do que sou capaz, do mal que posso provocar. Estou incomodado com o fato de que ultimamente me pego questionando a razão ou a utilidade de tudo isso, na tragédia que será e no sofrimento das pessoas. Um ato terrorista, não há como descrever de outra forma.

Aí começo a me comparar com outros terroristas e me dou conta de que a história não foi benevolente com nenhuma dessas pessoas. A mesma coisa no caso dos grandes atentados, mais cedo ou mais tarde, os responsáveis foram descobertos e punidos. Por que estou tão certo de que sairei impune fazendo tudo o que pretendo fazer? Mais ainda: ficarei impune também em relação à minha consciência? Será que ficarei em paz com tudo isso, sem ser atormentado por qualquer sensação de culpa? Ou carregarei esse peso nas costas e viverei rodeado de fantasmas?

Nada disso chega a me tirar o sono, pelo menos ainda não, mas me incomoda a frequência com a qual tenho sonhado com sofrimento, com mortes. A ponto de, em duas ou três vezes, chegar a me questionar se isso vale mesmo a pena. Seria melhor parar? Ainda estaria em tempo. Há um ponto em que ainda é possível frear tudo e sumir. Mas muito bem sumido, ou estaria morto em 24 horas.

Apesar dessas incômodas e desnecessárias ponderações, sigo convicto de que a missão será histórica. Faremos isso de verdade e ficará marcado para sempre. Não vou desistir. Pelo contrário, vou me preparar para a próxima etapa, em Viena. Já fui informado de que há mais de sete mil inscritos para o Congresso, isso é incrível. As principais empresas produtoras estarão lá, a nata da medicina e da estética também – médicos, dermatologistas, cirurgiões plásticos. Teremos cobertura total de mídia, de diversos veículos de imprensa, com inúmeros jornalistas, blogueiros e influenciadores.

Já aproveitando essa onda e a presença de todos esses grupos que muito nos interessam, na semana seguinte será a vez de Milão, com mais de 2.500 pessoas confirmadas para o evento voltado a usos terapêuticos e para outras doenças. Esse encontro desperta igualmente o interesse da mídia porque há cada vez mais novas indicações terapêuticas. Não tenho dúvida de que isso vai repercutir e, em menos de um mês, as empresas terão disparado ordens para produzir mais, acumular mais, e assim estarem preparadas, com suas bolsas prontas para enviar ao mercado assim que possível. Estamos chegando lá, isso está ficando muito bom.

Tive um longo voo, com direito a uma também longa escala em Frankfurt, onde aproveitei novamente a oportunidade de tomar um cafezinho no saguão, sentado ao lado de meu amigo Goethe. Nem foi preciso trocar uma palavra, a presença dele já é suficientemente inspiradora. Ao chegar em Viena, quero logo me movimentar para aliviar a musculatura, descomprimir as vértebras e as juntas. Preciso me sentir vivo. Saio para caminhar e poucos minutos são suficientes para recordar como a cidade é agradável, praticamente uma mini Alemanha.

Faço uma parada no trajeto, e a escolha do local foi motivada pela fase na qual me encontro, repleta de expectativa, mas também com respingos de receio. Entro na Catedral de St. Stephan, na Stephansplatz. Ou, na forma aportuguesada, São Estêvão. Diz a história que foi o primeiro mártir do cristianismo. Viveu nas primeiras décadas depois de Cristo e foi nomeado pelos apóstolos como diácono, quase um sacerdote, para mediar injustiças denunciadas pela comunidade naquele período. A principal reclamação dava conta de um desequilíbrio na distribuição de assistência e benefícios entre os cristãos, com o favorecimento de uns em detrimento de outros.

Estêvão foi o primeiro de um grupo de sete clérigos a receber aquela indicação. Homem de fé, com reputação ilibada, conquistou a atenção e o respeito das pessoas, foi se tornando uma celebridade do cristianismo. Ainda que não tivesse a intenção da fama, ela veio e, como não poderia deixar de ser, incomodou invejosos. Tomadas pela mesquinharia do ciúmes, essas pessoas passaram a difundir falsos testemunhos, que hoje chamamos também de fake news, sobre o bom cristão.

Acusado de blasfemar contra Deus e contra tudo o que parecia sagrado para as autoridades, Estêvão negou a culpa e discursou provando que conhecia muito bem as escrituras. Resultado: foi condenado à morte por apedrejamento. Ainda que as situações sejam bem diferentes, acredito que St. Stephan compreenderia as razões do meu plano. Se ele aprovaria, já é outra conversa. Já sobre a beleza e a exuberância da igreja, não há a menor dúvida. O lugar é esplendoroso, tem um dos telhados mais conhecidos no mundo todo, é uma imagem linda.

Enfrento certa dificuldade para entrar na igreja, em meio àquele monte de turistas, mas encontro uma brecha e um lugar em um dos bancos. Dou uma boa olhada em todo o redor, tanto para admirar aquela estrutura sagrada quanto pela atenção com a segurança, que nunca é demais. Quando satisfeito, abaixo minha cabeça, fecho os olhos e faço uma rápida oração. Penso no que estou fazendo e no que vai acontecer em pouco tempo. De certa forma, é como se estivesse entregando meu destino a alguma força superior, terceirizando meu destino e esperando que tudo seja feito do melhor jeito que puder.

Ao terminar minha prece, levanto-me e mais uma vez disputo espaço com os demais visitantes para deixar a igreja. Retomo a caminhada, agora rumo ao Palácio Imperial de Hofburg, uma construção enorme, fantástica. Em um ritmo tranquilo, não levo mais do que dez minutos. É outro lugar espetacular de Viena, com grandes atrativos em todas as áreas, na parte de visitação interna, no orquidário, nos cafés, nos estábulos, enfim, é tudo muito impressionante.

No tempo do Império Austro-Húngaro, uma das maiores personalidades a habitarem aquele palácio foi a imperatriz Maria Teresa Valburga Amália Cristina da Áustria, ou apenas Maria Teresa da

Áustria. Ela teve extrema importância na geopolítica europeia, até porque seu império era composto por territórios que hoje formam, além de Áustria e Hungria, Itália, Alemanha, Polônia, Eslováquia, Romênia, Croácia e Sérvia.

Maria Teresa da Áustria já marcava território com o empoderamento feminino quando nem de longe se pensava nessa expressão. E não pense nisso apenas no sentido figurado. A Imperatriz austro-húngara estendeu sua influência até a França, quando sua filha Maria Antonieta se casou com o rei Luís XVI. Representantes de gerações seguintes também chegaram ao poder, a bisneta Maria Leopoldina e o tataraneto Fernando Maximiliano José Maria de Habsburgo-Lorena.

Quando se puxa o fio dessa meada, é preciso prestar muita atenção para desenrolar a história. Maria Leopoldina era filha de Maria Teresa de Nápoles e Sicília, assim como Francisco Carlos da Áustria, pai de Maximiliano. E a mãe de ambos era filha de Maria Carolina da Áustria, que era filha de Maria Teresa da Áustria. Esse emaranhado de conexões genéticas e geográficas não só lembra roteiro de novela mexicana como chegou bem perto.

Ferdinando Maximiliano passou a ser chamado de Maximiliano I do México, ao "conquistar" o posto de Imperador mexicano. Já Maria Leopoldina era aquela mesma, a primeira esposa de Dom Pedro I, que veio de Portugal e morou na Casa de Orleans e Bragança, influenciou o processo de independência do país e teve uma suposta e demasiada aproximação com José Bonifácio.

Melhor voltar a falar do maravilhoso palácio. Na parte de trás há um teatro chamado Albertina. Pode até nem parecer, mas faz parte do complexo. É uma instalação que termina em um bico entre o palácio e a Ópera de Viena. Em meio a todas essas grandiosas construções, há uma pequena e notável barraca de cachorro-quente, a Bitzinger Würstelstand, um trailer instalado na larga calçada que integra todos aqueles pontos turísticos.

Para mim, ali se faz um dos melhores cachorros-quentes da Europa, de uma maneira diferente, e tenho certeza de que não estou sozinho nessa opinião. O pão é bem característico, até meio adocicado, mas com um tamanho relativamente maior e preparado com o auxílio de uma haste que pode ir de lado a lado, mas sem atravessá-lo totalmente. Apenas o suficiente para formar um túnel, semelhante ao que se faz no sanduíche buraco quente.

Esse furo é preenchido com a mostarda, o ketchup, a maionese e, por fim, as salsichas. Assim mesmo, no plural, pois você escolhe dois ou três tipos dessa iguaria embutida. Fica fantástico! Além de bem saboroso – afinal de contas, são as tradicionais e deliciosas salsichas de Viena –, o cachorro-quente é muito fácil de comer, não fica vazando nada, não faz aquela meleca.

E o mais engraçado desse programa é que você pode comer seu cachorro-quente em pé, em um trailer, acompanhado de uma cerveja, que toma no bico da garrafa mesmo. Depois, atravessa a rua e entra na doceria mais chique de Viena, talvez da Europa, onde se faz a famosa torta de chocolate, uma receita doce das mais replicadas no mundo. A sobremesa acaba custando mais do que o próprio lanche. Mas vale a pena, não posso perder essa chance.

Entro na doceria, sento-me e, enquanto aguardo a minha torta de chocolate, retomo a análise das operações. Volto a pensar no melhor local para fazer a contaminação da água. Já está praticamente certo, porque embora os sistemas de abastecimento das cidades apresentem muitas variáveis, como processo, como princípio, é praticamente igual.

Há uma rede que mantém o principal manancial. A fonte de água às vezes é subterrânea, às vezes é um rio, um lago, uma represa. Venha de onde vier, é essa água que começa a ser tratada. No caso da segunda opção, a água passa primeiro por uma filtragem grande para a retirada de galhos, folhas e tudo o que for maior. Só após essa etapa é que entra na estação de tratamento de fato.

É nessa estação que ocorrem os diversos e necessários processos para deixar a água absolutamente potável, segura para o consumo. Uma vez que entra ali, passa por nova filtragem, um sistema simples formado por diversas camadas de grades, com malhas de diferentes tamanhos que vão diminuindo até conter todos os sólidos pelo caminho. Então, a água é conduzida com o auxílio de bombas, até a estação de tratamento propriamente dita, passando por algumas etapas.

Uma delas é a de coagulação. Aqui, as impurezas são pequenas e leves demais para sedimentar, então permanecem suspensas. Para tornar essas partículas mais pesadas, adiciona-se à água sulfato de alumínio, um coagulante insolúvel que promove a união desses elementos.

Feito isso, inicia-se um processo de agitação mecânica e as impurezas se juntam em flocos maiores e mais pesados, permitindo a floculação. Essas partículas de impurezas, agora aglutinadas, maiores e mais pesadas, acabam sendo depositadas no fundo do tanque, facilitando sua remoção na etapa seguinte, que é a decantação. Depois, esse material é descartado em aterros sanitários.

Já livre de todas as partículas sólidas, a água passa então por um processo de filtragem, de limpeza física, que há séculos é realizado da mesma maneira. O sistema é composto por camadas de areia grossa, areia fina, cascalho, pedregulho e carvão. Quando sai do outro lado, na extremidade final, a água está limpa, mas não potável.

Para chegar à condição de consumo, ainda tem de passar pelas etapas de desinfecção e fluoretação. Ocorre a correção do pH da água, é feita a adição de cloro para eliminar micro-organismos e a aplicação de flúor. A partir daí é que se tem a certeza que a água está pronta para ser ingerida. Essa parte do tratamento precede os reservatórios das adutoras, que são a parte final. Depois disso, já vai para as tubulações que levam até as casas das pessoas.

Os reservatórios das adutoras são a última etapa com processo que é administrado e tem controle. E antes que passe dali, essa água ainda é submetida a várias bacterioscopias, para análise de *Escherichia coli*, *Salmonella*, *Shigella*, *Pseudomonas*; verificação de adenovírus, vírus de hepatite, rotavírus; avaliação se há protozoários, como *Giardia* e amebas. São diversas checagens feitas a cada dois ou três dias.

Basicamente, esse esquema funciona em todos os reservatórios e com todos os processos. Há pequenas variações, mas, conceitualmente, é o que ocorre em qualquer país, em qualquer cidade. E, antes de entrar na adutora, no reservatório final, a água vai para um tanque, não muito grande, que é a última caixa de controle de qualidade.

Ali, com pequenas variantes, há um acesso, através de uma válvula grande, pelo qual pode-se coletar amostras para uma análise final daquela água. Isso acontece a cada três ou quatro dias, para que se tenha uma amostragem que permita conferir se até ali o processo está em ordem. Os resultados de alguns exames podem ser obtidos rapidamente, outros levam de dois a três dias para serem concluídos.

Um ponto importantíssimo a ser salientado sobre essa etapa é que em nenhum desses processos rotineiros se faz análise para *Clostridium botulinum*. Só passaria a ser feita em situação de suspeita muito forte. E, mesmo assim, ocorreria nessa caixa de controle de qualidade. Outro fator relevante: em termos de polegada, a saída desta caixa para a rede adutora, e dali para toda a tubulação, o calibre normalmente é o mesmo, para facilitar o fluxo da água, a vazão.

Isso torna mais simples também a acoplagem do nosso fixador ao redor da bolsa contendo a substância botulínica que será despejada na água. Salvo alguma mudança de última hora, este será o ponto de contaminação, exatamente na saída de toda a rede de tratamento, após a caixa de controle de qualidade e na entrada da rede adutora já para seguir pela tubulação rumo às casas, indo para todos.

Termino minha torta, tomo meu café e retomo minha caminhada, agora em direção à imponente Igreja de São Carlos Borromeu, conhecida como Karlskirche. É outro templo religioso muito famoso. E de igreja em igreja, vou lidando com essa fase de flerte com um certo arrependimento.

Na Igreja de São Carlos Borromeu, existe um elevador panorâmico e interno que em 40 segundos leva as pessoas, em pequenos grupos, até uma plataforma encostada na alta abóbada. Durante a lenta subida, é possível apreciar a arquitetura da igreja e ver quem está lá no solo ficar cada vez mais pequenininho. Quando chegam ao topo, os visitantes têm de descer na plataforma, para observar a abóbada onde há um afresco muito bonito. E já tem gente esperando para descer.

Tinha feito esse trajeto uma única vez na vida, então decidi reviver a experiência. Havia ali um misto de emoções, da lembrança da primeira visita com o significado desta e com as expectativas do que está por vir. Dentro de um elevador, no interior de uma igreja como aquela, acabo saindo do estado de alerta. Até que, não mais que quatro metros acima do piso térreo, deparo-me com uma visão frequente – e estonteante – nesse período todo. Sim, era ela, Jessica, só que agora com cabelos curtos.

E vestindo uma espécie de jaqueta, dessas blusas acolchoadas bem quentinhas, em um tom cinza chumbo, meio prateado, que lembrava uma armadura de guerra. Com esse figurino e o cabelinho curto, ela parecia Joana d'Arc. Minha mente logo processou a informação e a definiu como Jessica d'Arc. Como o elevador subia lentamente, ela me viu e notou que eu a percebi.

Dessa vez, não disfarçou, nem saiu, ficou olhando mesmo, com as mãos na cintura, observando-me subir, como se não tivesse a menor vontade de deixar o local. Ela estava segura de que nos próximos 30 segundos eu não tinha outra coisa a fazer a não ser esperar, até porque não sei chegar ao topo da plataforma de outra maneira. Assim, fui vendo Jessica cada vez menorzinha, impassível, olhando-me.

Ao chegar no topo da plataforma, recusei-me a descer, falei que precisava voltar, mas o funcionário ali no elevador não queria saber. O austríaco é praticamente um alemão, e não tem conversa, não existia aquela possibilidade, se subiu até ali tem que sair para que os outros, que já estavam esperando, pudessem entrar e descer. Mas eu também tinha minhas prioridades e não desisti, ficou aquele bate-boca, aquela confusão, até que o convenci de que não sairia. Alguém teve de esperar a próxima viagem, porque continuei no elevador.

Ao iniciar a descida, vi que Jessica permanecia ali, olhando-me. Era impressionante, o elevador se aproximando lentamente, ela imóvel me observando. Até que, quando estávamos a mais ou menos 20 metros de altura, o que duraria mais uns 20 segundos, ela me olha, coloca dois dedos na testa e faz uma saudação como um sinal de até logo, o famoso "hasta la vista" do personagem vivido por Arnold Schwarzenegger em *O exterminador do futuro*. Mas, diferentemente do androide de Hollywood, ela saiu sorrindo. Andando apressada, e sorrindo.

Ela sabia que, por mais que eu corresse após sair do elevador e da igreja, não a alcançaria. Foi o que aconteceu, olhei para todos os lados e não consegui mais avistar minha Joana, digo, minha Jessica d'Arc. Como se já não bastassem todos os pressentimentos que venho tendo sobre o número de mortes causadas pela operação, de como vou carregar isso para a vida, ainda surge outra vez essa mulher que me mata de curiosidade. O que ela quer de mim?

Por que está fazendo isso? Quem a mandou? Isso tudo me deixa bastante inseguro, em um estado de alerta total.

Ainda distante das respostas, preciso seguir em frente. Retorno ao hotel para trocar de roupa e ir ao Centro de Convenções de Viena, passar o dia lá vendo o que posso fazer; checar os contatos tanto de indústria como dos médicos de quem ainda me lembro; avaliar como está o ambiente, como está a cobertura da imprensa; tentar ajeitar isso tudo antes de poder sair. E quanto mais cada etapa vai se aproximando, e parece que tudo está engatilhado, mais vai me dando uma sensação de inquietação, de excitação e, também, de bastante medo.

Já devida e adequadamente trajado, em uma versão muito chique, chego ao Centro de Convenções. É um espaço maravilhoso, bem localizado, com acesso fácil pela estrada, por trem, por metrô, por qualquer opção. O lugar impressiona, porque apesar de ser enorme e apresentar tantos atributos, ainda é simples. E está lotado.

Fico surpreso com a imponência dos estandes. Embora trate-se de um segmento com um número controlado de toxinas por empresas, o ambiente de cada expositora é enorme. Nos espaços menores estão as fornecedoras de produtos dedicados aos procedimentos estéticos e outros acessórios usados em associação, como *fillers* e fios de sustentação.

Enquanto passeio pelo local, vou logo reconhecendo alguns médicos do tempo em que eu estava ativo, da forma convencional, no setor. Na verdade, já esperava vê-los, pois quando se fala em estética e, principalmente, na toxina botulínica, o Brasil é referência. Temos as pessoas mais experientes, com a maior bagagem de informação e conhecimento e, além de tudo, com renome internacional. Brasil e Estados Unidos andam juntos, disparados em primeiro lugar.

Mas esse panorama vem mudando. Os coreanos cresceram muito nesse mercado, os italianos sempre foram bons também. Agora, os médicos turcos vêm atuando com muita agressividade nessa área, posicionando a Turquia como um dos polos mundiais de medicina estética.

Ao passar pelo imenso estande da toxina norte-americana, uma ou duas pessoas me reconhecem e me cumprimentam rapidamente. O mesmo acontece com os franceses, com os alemães e em dois dos ambientes dos coreanos. Ainda conheço algumas pessoas chave nesse meio. O que é muito importante, pois o lugar está repleto de médicos. A expectativa de receber cerca de sete mil profissionais se concretizou.

A sala de imprensa é enorme, como deveria ser, para ajudar a termos a cobertura que precisamos e – por que não dizer? – merecemos. Grandes emissoras de TV, como CNN e NBC, estão no local, além de outras empresas de cobertura nacional, veículos como revistas e jornais. A estratégia de Agenda Setting está dando resultado. Também pudera, os temas relacionados à área de estética ganharam outras dimensões e uma relevância absurda, inclusive econômico-financeira.

No início, o assunto era tratamento de rugas na testa; rugas da glabela, aquelas entre as sobrancelhas, que deixam a pessoa com cara de brava; os famosos pés de galinha; algumas aplicações para suspender o canto externo da sobrancelha e reduzir o semblante de tristeza, mas com cuidado para não exagerar e virar o Jack Nicholson em *O Iluminado*, com aquela cara de espertalhão, ou paranoico mesmo. Essas eram as intervenções básicas.

Depois a coisa foi sendo ampliada, ao ponto do tratamento estético também servir para levantar o canto da boca, retirar rugas do queixo, suspender a ponta do nariz, amenizar rugas no pescoço e até do colo. Essa parte do corpo ganhou significativa atenção principalmente para as mulheres, pois vai do pescoço aos seios e é um forte indicador da idade. Às vezes a pessoa fez todo um rejuvenescimento do rosto e do pescoço, mas se usa uma roupa decotada o colo revela que há uma incompatibilidade estética ali.

Atualmente, já há grande experiência até para tratar aquele sorriso gengival, também conseguem suspender a lateral do rosto. O refinamento é tamanho que existem cuidados inclusive para pequenas retrações da pele, da derme propriamente dita. Tem médicos usando a toxina botulínica no pós-operatório de cirurgias estéticas, como de abdômen ou mama, com injeção de pequenas quantidades em todo o percurso da cicatriz para melhorar a qualidade da movimentação.

Também aplicam em cicatrizes de feridas, na prevenção de queloides e de cicatrizes hipertróficas, em pacientes que têm rubor facial, em começo de acne. Pacientes com problemas mais graves de acne já estão mostrando resultados. Os de sudorese axilar, então, nem se fala.

As possibilidades são muito diversas. Até para o "código de barras", aquelas ruguinhas que surgem acima do lábio superior.

E esta é uma região de muito cuidado, porque ainda não existe padronização nem da quantidade exata de pequenas doses a serem aplicadas, nem precisão dos pontos onde fazer a inserção da toxina, o que amplia a possibilidade de complicações.

Mas a grande novidade é mais embaixo, literalmente falando. A moda agora é estética genital. No universo feminino, já se faz preenchimentos, hidratação, melhora da mucosa, da cor, *peeling*, aplicação de laser para deixar a pele mais rosada. E a toxina é usada para evitar o vaginismo, que é um certo aperto durante a relação, reduzir a sudorese inguinal, na região da virilha, e deixar a área mais seca e a pele ficar mais clara.

Para a estética masculina, a preocupação clássica: aumentar o tamanho do pênis. Seja no comprimento, seja na largura. Há quem já use a aplicação toxina na base do pênis para facilitar a entrada de sangue durante a ereção. E, acredite ou não, tem gente que vai além, utilizando essa alternativa para diminuir as rugas escrotais. Para ser mais claro, esse pessoal quer deixar o saco mais lisinho, menos enrugado. Essa porra está tomando uma dimensão que não tem fim. Eu quero mais é que se dane. Isso tudo só aumenta o poder destrutivo da minha operação.

Resolvo conferir outras opções da programação e aproveito para assistir a uma aula. O responsável era um médico turco que falava sobre o uso do terço inferior da face e citou, justamente, o caso de uma complicação ocorrida na terra dele que resultou na maior indenização que um médico já teve de pagar por danos causados a uma paciente durante uma cirurgia plástica: meio milhão de euros. Era um desses casos das tais ruguinhas periorais do "código de barra".

Uma senhora buscou o tratamento com um médico que tinha razoável experiência, já havia feito a aplicação em várias pacientes com baixíssimo grau de complicação. Uma ou outra ficou com o lábio um pouco paralisado, mas no caso dessa mulher houve paralisia total do lábio superior, de forma que ela não conseguia fazer bico. Nem para dar beijo, nem para soprar o ar.

E veja como as coisas são. A tal senhora era tutora de uma border collie, uma cachorra muito meiga e superpremiada na Turquia, muito famosa, estrela de alguns comerciais. Quando a mulher levava a cachorra para passear na rua, não precisava de coleira nem guia, pois a raça é bem obediente. Quando se aproximavam das esquinas, a maneira de a senhora indicar se a cachorra poderia ou não atravessar a rua era o assobio. Se ela assobiasse, a cadela não cruzava a via.

Certa vez, já depois da fatídica paralisia, por um instante a senhora esqueceu que estava nessa situação quando saiu na rua com a cachorra. Ao tentar assobiar para que a cachorra não atravessasse a rua, entrou em desespero, pois o som não saía. Começou a gritar, chamou a atenção das pessoas ao redor, mas a cachorra era muito obediente e bem treinada, não parava com gritos. Sem ouvir o assobio, avançou no meio-fio, foi atropelada e morreu.

Muita gente viu, chegaram a gravar a cena, que foi parar na internet e, claro, viralizou nas redes. O assunto foi exaustivamente comentado. E, para uma infelicidade maior do médico, a cachorra tinha acabado de ser contratada pela Associação dos Comerciantes do Grand Bazar, para estrelar uma campanha publicitária. No comercial, a cachorra atrairia e guiaria os clientes até o famoso mercado coberto de Istambul. Havia muito dinheiro envolvido naquela ação de marketing, somando o que já estava programado, o que ainda viria, e a possibilidade de premiações.

Não havia como negar que a cachorra sofreu o acidente porque sua tutora não conseguiu assobiar. E menos ainda como negar que isso aconteceu porque a toxina foi aplicada de maneira indevida. O cirurgião teve de pagar a indenização de meio milhão de euros, contou o médico turco que estava dando a aula, revelando se tratar de um amigo seu. Mas é aquilo, todo mundo que faz uma tremenda cagada costuma dizer que "foi um amigo", que "aconteceu com um amigo". Não duvido nada que estivesse falando de si mesmo.

Acho muito interessante cada vez que vejo esses episódios de uso da toxina, sempre tem alguma coisa que me surpreende e que acho fantástica. Sigo rodando pelo evento, passo na sala de imprensa e o local está lotado, todo mundo produzindo uma grande cobertura, tem foto, tem vídeo, tem texto. Converso com uma repórter da CNN e ela me fala que dentro de dois dias seguirá para Milão cobrir a parte terapêutica também.

Fico muito contente, porque é mais um ponto positivo para a Agenda Setting. Valeu a pena a empreitada para agregar esse conhecimento todo. E tem mais, cada jornalista ainda compartilha o material em seus perfis nas redes sociais, espalhando o assunto para seus seguidores. A divulgação está explodindo, é o assunto do momento, está no *trending topics*, como se diz agora.

Meu horário já deu, ao menos por hoje. Retorno ao hotel, mas comprometido a voltar amanhã, dar mais uma passada, ver se encontro outros amigos para bater papo. E em dois dias sigo para Milão, talvez até encontre novamente a repórter.

Programar bem uma viagem é praticamente uma benção. Mais ainda nessa fase avançada da grandiosa operação. Aos poucos, a ansiedade e a tensão vão ganhando novas proporções. Por isso, chegar a Milão com tempo suficiente para relaxar é mais do que necessário. Para variar, invisto na caminhada para arejar a mente, dar uma refrescada nas ideias e abrir espaço para novas análises.

O destino é a zona dos canais de Navigli, ou Naviglio di Leonardo, a rede de canais com eclusas projetada por Leonardo da Vinci. Mais do que isso, ele acompanhou a fase de construção, que aconteceu antes da colonização do Brasil. Era por essas vias que chegava à cidade todo o mármore utilizado na construção da famosa Catedral de Milão, a Duomo di Milano, que é, seguramente, a igreja mais linda que existe. A valiosa matéria-prima vinha da cidade de Candoglia, a quase 100 quilômetros de distância ao norte, e atravessava o lago Maggiore.

Admirado com a precisão daquelas eclusas, com toda a estratégia aplicada ali, só consigo pensar que os portugueses ainda nem haviam chegado ao Brasil e Leonardo da Vinci já fazia tudo isso. Não foi por acaso que ele passou a ser considerado um polímata, uma figura que estudou de tudo na vida, que coleciona conhecimento de diversas ciências, ou seja, um gênio. Não bastasse ter sido inventor, arquiteto, botânico, poeta, músico, anatomista, ainda encontrou um tempinho para se dedicar à engenharia hidráulica e de navegação. Só de imaginar já cansa.

E vale lembrar que durante o período de planejamento e construção dessa rede de canais, Leonardo da Vinci ainda conseguiu se dedicar a outras tarefas que "talvez" tenham ficado na história. Claro, a observação contém ironia. Ele simplesmente foi à igreja Santa Maria delle Grazie e pintou, na parede do refeitório, a "Última Ceia", que acabou ficando mais conhecida como "Santa Ceia". Um trabalhinho à toa (ainda contém ironia), apenas uma das pinturas mais famosas do mundo, que levou quatro anos para ficar pronta.

A obra é surpreendente, cobre uma parede inteira. E, quando se vê de pertinho, quando se aproxima para admirar, fica ainda mais impressionante, porque é uma obra em terceira dimensão. Isso mesmo, a Santa Ceia, pintada entre 1494 e 1498, é 3D. Leonardo da Vinci era assim, impossível.

Quase não se fala, mas foi ele quem inventou o guardanapo. Até então, mesmo em grandes banquetes, a maioria das pessoas limpava a boca na toalha. E o Leonardo, que costumava ser convidado pelo duque de Milão para ser mestre de cerimônia das festas, ajudava na decoração e na escolha dos pratos, criou essa pequena toalhinha com a qual cada um limpava a boca e as mãos. Em meio a tantas façanhas, parece até exagero acrescentar que ele também pintou o quadro da Monalisa.

Sigo meu caminho até a Duomo para rezar. Já se tornou um hábito quando vou a Milão. Costumo ir até o altarzinho da *Madonna*, deixo lá minha contribuição de um euro para pegar a velinha, acender, fazer minha oração e agradecer. Na verdade, é o que eu costumava fazer. Agora, esse mesmo euro alimenta uma máquina que acende uma lampadazinha de LED lá dentro e pronto, sua "vela" está acesa. Automatizaram a fé em Milão. Para mim, não é a mesma coisa. Só espero que a *Madonna* que vai ouvir minhas preces seja mais tecnológica do que eu nessa questão, ou estaremos mal.

Nesse momento de reflexão, percebo que é quase como se eu estivesse pedindo uma luz. Já estou chegando ao ponto que não tem mais volta, e quanto mais me aproximo desse limite, maior fica minha insegurança. Ao mesmo tempo em que desejo demais que a operação seja um sucesso, sou assombrado pela dúvida se quero entrar para a história sendo um grande canalha. Ainda que não venha a ser descoberto.

No início dessa história, a única hipótese era a de ser considerado um gênio por realizar algo tão pessimamente grandioso e não ser descoberto. Eu seria a prova viva de que o crime perfeito é possível. Mas, agora, vira e mexe, deparo-me com essa crise de consciência, preocupado em apenas me tornar um filho da puta a mais, só que mais ousado e mais maldito. Se já não bastasse a enorme e constante preocupação com a revisão dos processos, para me assegurar de que não haverá um só rabicho que possa me denunciar, ainda preciso lidar com essa porra dessa incerteza de "vale ou não vale a pena?", "vou fazer ou não vou fazer?".

O pior é que não dá para disparar, comer etapas para poder passar por cima desses questionamentos. Esse sofrimento vai comigo. Fico mais de meia hora ali com a *Madonna*, pedindo um sinal, uma luz, alguma coisa. Nada! Nenhum aceno que eu pudesse associar. Uma boa maneira de amenizar essa confusão mental é direcionar a atenção para o apetite.

Saio da catedral como se fosse guiado por um GPS, com direção certeira para um restaurante sardo, uma ótima casa especializada em frutos do mar e que ainda tem um sensacional licorzinho de mirtilo, o Mirto da Sardenha. Mas nem esse atrativo cardápio dá conta de afastar aqueles pensamentos, que insistem em me atormentar e ainda vão ficando maiores. Já começo a me questionar se acabarei me tornando responsável pelo maior genocídio da história.

No ranking mundial de genocidas, onde quer que se pesquise, o primeiro nome da lista é Mao Tsé-Tung, que com a rigidez de seus programas de governo, provavelmente, causou a morte de mais de 50 milhões de pessoas entre 1958 e 1976. Ou seja, em menos de 20 anos de um regime baseado na força conseguiu matar esse número assustador de chineses, muito mais por fome, maus-tratos e doenças do que pela apuração do governo.

Tudo bem que, para uma população já na casa de bilhão, muita gente morreria mesmo durante quase duas décadas. Também há sempre a tendência de o pessoal do Ocidente querer mostrar uma situação pior do que realmente era, que havia muito mais atrocidades. Esses fatores fazem questionar se realmente o número de mortes beirou ali os 50 milhões. Será que foi tudo isso mesmo? Não sei.

O segundo nome nessa lista é o de Genghis Khan, que comandou a invasão mongol tomando grande parte da Europa Oriental e do território árabe. Calcula-se que a trilha de destruição do Imperador da Mongólia deixou algo em torno de 40 milhões de mortes, essas provocadas pelo conflito direto, com o aniquilamento de vilas, cidades, tudo. Nessa história também há margem para dúvidas. Afinal, para o século XIII, 40 milhões de pessoas representavam 10% da humanidade. Será que esse dado está correto de verdade? É difícil cravar.

Dois séculos mais tarde, aparece o nome de Tamerlão, ou Tīmur ibn Taragay Barlas, último grande conquistador nômade da Ásia Central de origem turco-mongol. Ele tentou fazer a mesma coisa, tomar uma grande parte da mesma região por onde Genghis Khan andou, mas seu alcance de extermínio foi menor, com aproximadamente 15 milhões de pessoas. Também pode ser questionado, era século XV, tudo muito distante. Então, na verdade, os dois grandes genocídios dos quais se tem números mais confiáveis são os chamados holocaustos.

O mais conhecido é o da Alemanha nazista de Hitler, amplamente documentado e que provocou a morte direta de aproximadamente seis milhões de pessoas, na maioria judeus, em um período de cinco ou seis anos (1939 até 1945), durante a Segunda Guerra Mundial.

Esse genocídio deixou uma marca absurdamente terrível na história da humanidade. A própria população alemã faz questão de sempre lembrar desse período, de todo sofrimento que Hitler impôs ao povo judeu e a outros grupos, como um alerta para que jamais volte a ocorrer.

O segundo, menos divulgado, porém com número de mortes até superior, próximo de dez milhões, aconteceu no continente africano, no Estado Livre do Congo, atual República

Democrática do Congo. Foram quase dez anos de barbárie na virada do século XIX para o século XX, provocada pelo rei da Bélgica, Leopoldo II, que simplesmente dominou o território congolês para explorar recursos naturais. Claro, com mão de obra escravizada, sempre submetida a extrema violência e tortura, uma coisa deplorável.

Esses acontecimentos estão mais vivos na nossa cabeça, são mais recentes e muito bem notificados pela imprensa. Toda a crueldade dos dois episódios é inquestionável, por isso sempre volta à tona, é necessário que aconteça dessa forma. Até porque, mesmo com todas as informações que se tem sobre a tragédia causada por Leopoldo II, o nome dele acaba ficando meio afastado dos holofotes que esçancaram esse tipo de crueldade.

A Bélgica é um país novo, que proclamou sua independência da Holanda em 1830. Constituída ainda como monarquia, precisava ter um rei, e começaram com um "importado" da Alemanha, o Leopoldo I, um monarca de pouca expressão, sem grandes marcos. Talvez, sua maior realização tenha sido a preparação de seu sucessor.

Leopoldo II, sim, foi preparado para reinar, estudou e treinou para assumir o trono. No entanto, com o enfoque dado nesse processo, virou um rei tomado pela visão da crueldade. Ele costumava dizer que a Bélgica era um país pequeno, de gente pequena, e por isso precisava crescer explorando os outros.

Diferentemente de outros povos europeus, como franceses, portugueses, espanhóis e alemães, os belgas não tinham colônia na África, nem em outros continentes. Na verdade, nem marinha eles tinham, como conquistariam uma colônia? A solução encontrada, de certa forma, era a semente do conceito das ONGs. Se for ver bem, o Leopoldo II pode ter sido o precursor desse movimento. O problema é que essa conexão só foi até a página dois, não passou da ideia inicial.

Primeiro, tenha uma causa nobre e justa. A dele começava pelo fim do tráfico de negros e da escravidão, e todas as pessoas mais esclarecidas eram completamente contra a escravidão. Depois, vinha o compromisso de levar o progresso àquelas tribos, outra atitude absolutamente nobre. Para completar a equação, passou a agregar pessoas que supostamente tinham uma ótima reputação, que naquele caso eram os grandes desbravadores da África. Leopoldo II foi agregando essa gente para pegar dinheiro de quem pudesse.

O rei belga fez excursões por toda Europa e Estados Unidos, arrecadando recursos para a missão "nobre" que ele vendia. Com isso, enfiou o pé no Congo, foi tomando tudo e matando geral, encampando uma exploração de marfim e de borracha como nunca havia se visto. Era barbárie em cima de barbárie. Quando queria derrotar uma tribo, a primeira coisa que fazia era capturar alguns dos guerreiros. Mas não os matava, decepava suas mãos e os devolvia.

Imagine o impacto, pois se um guerreiro sumisse é porque poderia ter sido devorado por uma fera, ter sofrido outro tipo de acidente, qualquer coisa. Mas voltar à tribo sem as duas mãos era algo inacreditável. Aquele povo vivia na selva, tinha de caçar todo dia para comer, precisava lutar contra inimigos, perder as mãos daquela forma era uma crueldade terrível. O fato é que Leopoldo II se tornou um dos maiores milionários de todos os tempos. Há menos de 20 anos, uma mansão localizada na costa azul francesa, que pertenceu ao monarca belga, com todas suas estátuas enormes, foi vendida por dois bilhões de euros.

Usando palavras de ordem como progresso e justiça, Leopoldo II conseguiu transformar a Bélgica em um país rico, e com aquele slogan de que tudo o que precisassem fazer de ruim seria no país dos outros. Assim, produziram soda cáustica e passaram a vender o melhor chocolate do mundo sem nunca terem plantado um pé de cacau. O espírito era sempre esse, explorar o território alheio para enriquecer o seu próprio.

Pode-se acreditar ou não, pode-se concordar ou não, mas todos esses métodos são estratégias de governo, são ações planejadas, com uma trajetória bem definida. Foi assim que ocorreram esses dois genocídios, tanto o holocausto alemão quanto o extermínio do Congo.

Essa não é exatamente a minha motivação, e o poder destrutivo da minha estratégica operação também é diferente. Por baixo, a contaminação alcançará uma população de 250 milhões de pessoas. Com 8% de êxito, esse ataque já será o maior genocídio dos últimos tempos, com 20 milhões de mortes. Se chegar a 20%, então, já desbanco até Mao Tsé-Tung, porque os meus resultados serão mais precisos, e poderão ser verificados.

É assustador. Principalmente para mim, pois se, no começo dessa jornada, achava que isso era um marco fantástico, hoje tudo me assusta e me deixa realmente em dúvida. Não sei, não sei.

Termino meu jantar, o garçom me serve o Mirto geladinho, que faço questão de degustar com muita tranquilidade antes de seguir em frente. Amanhã, irei me dirigir para a cidade de Stresa, para acompanhar o evento de terapêutica.

Stresa é uma cidade belíssima, localizada à margem do lago Maggiore, um lugar lindo com uma paisagem deslumbrante. E fica próxima a Milão, são menos de 90 quilômetros, um pouquinho mais do que uma hora de carro. Quando encosto na recepção do hotel, uma médica italiana para do meu lado, também para fazer o check-in. O rapaz que nos atende vai pegando as fichas para o cadastro, começa a verificar a disponibilidade dos quartos, olha para nós dois com um agradável semblante de surpresa e comenta:

— *A senhora e o senhor estão com muita sorte. Recebemos o cancelamento de dois apartamentos com vista avançada ao lago. Ambos têm um terraço bem de frente para o Maggiore. Esses apartamentos podem ser geminados ou separados.*

Como havia uma demanda grande por apartamentos comuns, ele nos ofereceu um upgrade, o que nos deixou muito contentes, claro, "*molto fortunato*". Aproveitei a deixa para conhecer a doutora, que se chamava Alida. Conversamos rapidamente e logo nos conduziram até os apartamentos. Já no quarto, não poderia deixar de conferir a paisagem antes de sair para uma caminhada naquela charmosa cidadezinha, para um passeio ao redor do lago.

Mas foi jogo rápido. Retornei logo porque precisava me preparar para a cerimônia de abertura do evento, com um coquetel que começaria no fim da tarde. Em seguida, haveria um jantar para os participantes do Congresso em Isola Bella, uma ilha que fica no lago, há 400 metros da margem de Stresa. Para ser justo, não é apenas uma ilha, o local faz jus ao nome, e com louvor, é a mais linda entre as ilhas Borromeu. Já foi falada, cantada, pintada.

Os barcos que nos esperavam eram maiores do que os convencionais que faziam essa travessia, até porque eram cerca de dois mil participantes. E em meio a tantas pessoas, coincidentemente, senta-se ao meu lado a dra. Alida. A conversa no trajeto não me deixa dúvida de que ela é realmente uma grande médica, especialista em espasticidade. Disse a ela que embora não fosse médico, tinha ciência do assunto, e ela ficou bastante impressionada com os meus conhecimentos da parte técnica da toxina, achou fantástico.

Acabou sendo natural que nos sentássemos à mesma mesa, e pudemos continuar papeando, sem deixar de circular e falar com os demais participantes, o famoso *networking*. Por fim, acabamos retornando na mesma embarcação, nos despedimos e fomos dormir. Precisávamos descansar porque no dia seguinte já começariam as atividades do Congresso.

Acordo bem cedo, e quando abro o blecaute da cortina para ver o terraço, o dia estava começando a amanhecer. Lindo! O raio de sol vindo no lago era uma coisa fantástica. Não poderia deixar de admirar aquele momento. Abro a porta do terraço, que era daquelas de correr, saio só de cueca, que foi como passei a noite, e me sento, assim mesmo, para apreciar o dia nascendo.

De repente, começa a subir uma fumaça vindo da borda do lago. Vejo que era um funcionário colocando fogo nos matinhos que havia capinado ali. Para que a fumaça não entrasse no quarto, mesmo sentado e sem olhar, boto a mão na porta e a empurro, apenas para que corresse e encostasse. Só que, quando encosta, ouço um barulho, um *treck*. Imediatamente penso: *A porta travou.*

Viro para conferir e, de fato, estava travada. Pior, não tinha qualquer mecanismo para acionar, nenhuma maçaneta. Simplesmente a porta bateu e travou. Também não encontro interfone no terraço, meu celular ficou do lado de dentro, era uma situação ridícula. Quem imagina uma cena dessa, você está em um dos lugares mais lindos da Itália, vivendo um momento mágico, único, e com um simples empurrão na porta transforma tudo em uma comédia-pastelão. Não tinha como sair dali, a única comunicação era o quarto ao lado.

E tudo poderia piorar. A mureta que separava os apartamentos, ali no terraço, dava uma ligeira avançada, exatamente para que uma pessoa não pudesse ver a outra no outro lado. Mas não o suficiente para impedir que, em uma manobra um tanto quanto arriscada, se segurando bem, fosse possível fazer uma báscula para chegar ao terraço vizinho. Isso, em teoria. Na prática, parecia loucura.

Olhando bem a altura daquela acrobacia, se desse errado seria queda certa. Se alguém de baixo me visse de cueca tentando invadir, seria queda certa também. E qual seria a reação da mulher hospedada do outro lado quando eu caísse? O que eu diria para a dra. Alida quando ela se deparasse comigo ali, só de cueca, no terraço dela? Como é que eu explicaria tão patética cena? Espero 20 minutos, 30 minutos, 40 minutos, até concluir que não aconteceria nada, não apareceria ninguém para me tirar dali. Resolvo fazer a manobra.

O quadro fica ainda mais constrangedor. Eu já previa mesmo que poderia piorar, e foi muito curioso. Assim que mergulho no meu momento Cirque du Soleil, me cagando de medo, e pulo no terraço do lado, a dra. Alida abre a cortina e aparece enrolada em uma toalha, claramente recém-saída do banho. Que sincronismo! Aquilo parecia ter sido ensaiado. Mas como não foi, ela toma um susto enorme ao me ver, fica puta da vida, eu naquela condição ridícula acenando com as mãos pedindo para ela se acalmar.

Para minha sorte, ela abre a porta para brigar comigo e aí tenho a chance de explicar o que aconteceu, conto toda a história e ela entende. Ainda bem que havíamos conversado bastante na noite anterior e ela teve uma boa impressão de mim. Aí veio a parte mais difícil, ela tinha de me emprestar alguma roupa, porque ainda precisava ir até a recepção pedir outro cartão para entrar no quarto. Mas não sem antes contar outra vez essa papagaiada toda, que não era muito fácil de se acreditar.

A gente acaba dando muita risada, com a Alida ainda enrolada na toalha, veja que situação. Felizmente, ela encontra lá uma calça larga que me serve, boto uma camisa por cima e vou até a recepção. Tudo acaba resolvido sem maiores consequências.

Confiro a programação de aulas do evento e desço para ver as palestras. O campo da terapêutica vem crescendo muito, ficou absolutamente enorme. Tínhamos desde como começou a aplicação da toxina em humanos, com os casos de estrabismo e alguns espasmos de pálpebra, nos quais ainda se usa muito. Mas também em contraturas de pescoço, em tremores de membros, em Parkinson.

Avançou depois para as pessoas que têm contraturas e espasmos pós-AVC; enveredou para a área da dor, tratando enxaqueca, dor lombar, fibromialgia; foi para o lado de glândula, hipertrofia de próstata, fissura anal, hipertrofia do piloro, que é a entrada do estômago; casos de bruxismo, quando a pessoa range os dentes enquanto dorme; hiperidrose, que é o excesso de sudorese; e outras tantas opções de aplicação que vêm surgindo.

Andando pelo pavilhão do complexo do hotel, encontravam-se os mesmos expositores, mas com estandes não tão grandes, pois o público era menor, e quando o tema não é estética já não há o mesmo glamour, quando se está falando de doenças. Para minha satisfação, a sala de imprensa está cheia, a Agenda Setting está mesmo funcionando.

Há muitos médicos famosos, inclusive brasileiros, alguns que eu até conheço. Os destaques, claro, são os europeus e norte-americanos, por todo o conhecimento, toda a experiência, têm muita propriedade sobre os assuntos. E está lá a dra. Alida, que não é palestrante, mas trata-se de uma profissional muito reconhecida na Itália.

Eu só ficaria aquele dia por lá, veria o que tinha de ver e já começaria a me preparar para a viagem de volta no dia seguinte. E no balanço de toda essa programação, das conversas e das abordagens da mídia, fica a certeza de que a toxina continua a ser um tema palpitante, com um número cada vez maior de indicações, seja na estética, seja na terapêutica, podendo beneficiar mais e mais pessoas, envolvendo mais médicos, especialidades, chamando mais a atenção do público. Acredito que o objetivo foi cumprido.

Na jornada toda, me chamou a atenção, e marco bem nas minhas anotações, o que fazia a Jessica d'Arc na igreja de São Carlos Borromeu. Quem é essa mulher? Que riscos ela me oferece? Que perigos ela pode me trazer? Também o episódio com a fantástica dra. Alida, ela enrolada na toalha e eu só de cueca. Uma cena como essa poderia facilmente acabar na polícia, com todo mundo em cana. Ou, quem sabe, ter um desfecho bem mais interessante, com todo mundo na cama.

Volto com a convicção de que o ponto de decisão, onde não há mais volta, está cada vez mais próximo. Pouca coisa falta, o golpe está pronto. É agora, ou vai ou não vai. É a hora que o inseto sente se vai ter a picada ou não.

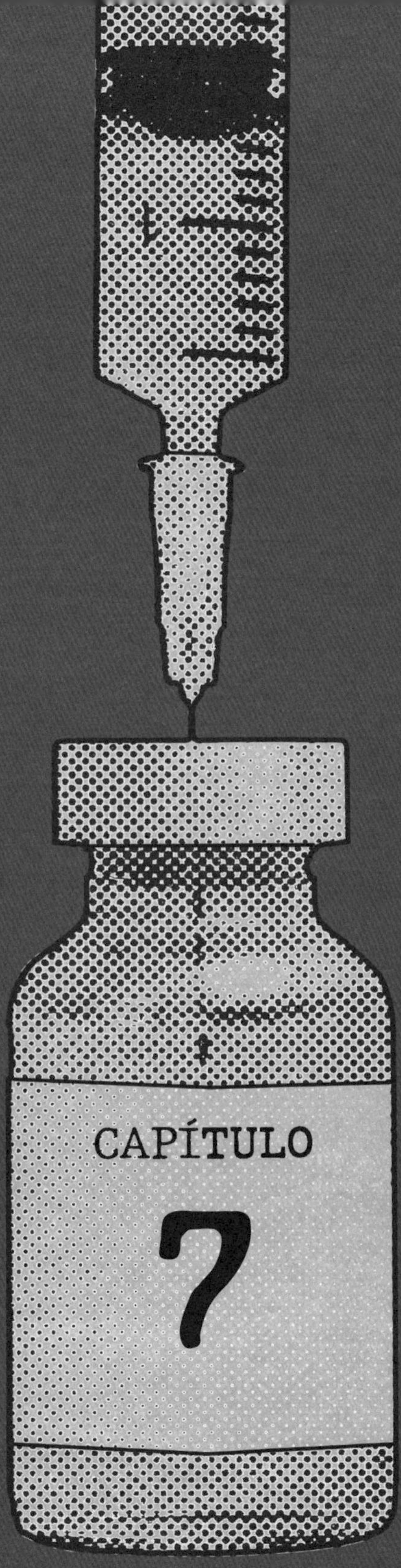
CAPÍTULO
7

Preparando o tabuleiro

Após quase um mês de preparação, ainda que um pouco além do esperado, o golpe está pronto. Está tudo certo, datas alinhadas, equipamentos verificados, tudo na mais perfeita ordem. Ter a certeza de que o cenário está completamente preparado para a picada final era tudo o que eu precisava saber para sair mais uma vez de casa, rumo ao aeroporto. Meu destino agora é Madrid, onde chegarei como Roberto Dias, e seguirei para a cidade do Porto, de ônibus.

O trajeto será bem mais demorado, é uma viagem de aproximadamente sete horas, mas vai valer a pena. Mais do que isso, será essencial para a continuidade do plano. Nesse ônibus de Madrid até Porto, é preciso apresentar um documento de identificação, mas é apenas uma formalidade, pois não há qualquer registro dos dados. É a facilidade que preciso para desembarcar em solo português como Nuno da Costa.

A documentação está toda pronta. É praticamente uma certidão de nascimento, pois assim que eu deixar Madrid, nasce Nuno da Costa e o Roberto Dias ficará para trás, morto e enterrado para sempre.

A transição é completa, minha nova identidade vem com toda uma documentação histórica, todo um passado nas redes sociais, perfis no Facebook e no Instagram, tudo criado com muito cuidado e perfeição. Claro, também há mudanças físicas, começando por um bom bigode e pelo cabelo, que agora têm cor e corte diferentes.

A hospedagem em Portugal também está garantida, fiz reserva em um Airbnb discreto o bastante para garantir minha discrição e minha segurança.

No aeroporto, faço logo meu check-in e me dirijo ao lounge para esperar o voo. Aproveito esse tempo para repassar alguns pontos importantes, frutos da última estada em Seul, que vão contribuir para todo o requinte do golpe. A começar pelo contato que fiz por lá com um mega-hacker coreano.

O sujeito presta serviços para o governo da Coreia do Sul em espionagem, faz bloqueio de sinais para a Coreia do Norte, intercepta tudo o que passa, tem uma vasta experiência nesse campo obscuro da tecnologia digital. É esse hacker quem vai estruturar e implantar todo o esquema para desviar informações do servidor interno dos seis sites de produção da toxina.

Com a ajuda dele, que não por acaso atende pelo codinome "Smart", vou poder acompanhar tudo por seis telas em tempo real, através das microcâmeras instaladas nos óculos que todas as equipes vão usar. Será como se eu estivesse com cada um deles, seguindo cada movimento no exato momento em que acontece.

Tudo o que será usado para o meu acompanhamento já foi distribuído. No caso dos Leões, terei acesso em tempo real, com um monitor para cada um deles. E ainda poderei falar e interagir com os Leões. Cada Leão conseguirá falar com o seu time e ouvi-los. Em relação aos demais, como no caso do Castor e das Abelhas, apenas acompanharei pelas imagens o que estão fazendo.

Terei três dias para montar minha estação de monitoramento totalmente high-tech lá no Porto, para poder acompanhar toda a missão em tempo real, do início ao fim, o que deve durar de 15 a 18 horas, aproximadamente, se não tiver nenhum grande imprevisto.

Nesses lugares é muito difícil acessar os servidores, porque a segurança é máxima, há monitoramento permanente de telas e um controle extremamente rigoroso de tudo o que se passa ali. Geralmente, os servidores estão trancados, protegidos, escondidos e, com toda certeza, sem contato com uma rede externa.

É praticamente impossível invadir e hackear um servidor desses, a menos que alguma informação dele seja desviada. Ainda assim, é muito difícil entrar. Nossa mínima vantagem está no fato de que, no caso dessas plantas industriais especificamente, esses equipamentos não são blindados, contam com a segurança do extremo controle de acesso por causa do produto, do material em si que é fabricado ali.

Atacaremos exatamente nesse "tendão de Aquiles". Uma vez dentro das instalações para retirar o produto, nossos Castores conseguirão com facilidade fazer um desvio do servidor, instalando uma espécie de grampo, para que o Smart consiga captar as imagens de cada uma das áreas protegidas onde está a produção da toxina.

Também conseguiremos acessar em tempo real as imagens de todos os que estão na operação. Assim, poderemos acompanhar todo o trajeto das bolsas, desde a saída, a distribuição, a colocação nas adutoras e daí por diante.

Durante dez minutos, as imagens nas telas de segurança das unidades industriais estarão congeladas, outra façanha a ser realizada pelo Smart. É nesse momento que os Castores farão a troca das bolsas.

Vão retirar as quatro delas e distribuí-las para as Abelhas e as Hienas, e farão a substituição por outras quatro exatamente iguais, mas contendo apenas placebo. Dentro desses dez minutos, precisam também conseguir sair ou passar o material para os Cangurus.

Como os horários foram bem escolhidos, conseguirão deixar o local sem levantar qualquer suspeita que já estão levando as bolsas. E as substitutas com placebo só serão identificadas quando houver checagem por alguma suspeita sobre a possibilidade de alguma ação terrorista.

Isso pode demorar, pelo menos, de cinco a sete dias. E ainda assim quem fizer a checagem pode ser confundido, pois trata-se de um trabalho de alto nível, planejado e executado por experts. O placebo dentro das bolsas é muito semelhante ao produto original, e ainda há um pouco da toxina diluída na parte inicial de cada uma, exatamente para confundir os primeiros exames.

A picada está sendo bem preparada.

Também, na última viagem à Coreia, veio uma solução fantástica. Minha Leoa Jung – a erótica e ninfomaníaca Jung – apresentou-me um produto que estava desenvolvendo, uma película de hidrogel finíssima, com microagulhas em seu próprio tecido.

Aplicado sobre o rosto da pessoa, o dispositivo faz microperfurações para que o conteúdo do hidrogel vá penetrando a pele lentamente durante o processo, que demora algumas horas. Essa película foi desenvolvida para liberar ativos na derme com finalidades estéticas. Como ela tem uma duração ainda maior, pegamos essa película e fizemos pequenos sulcos que vão revestir a bolsa oficial com o pó da toxina.

A Abelha vai prender esse recipiente na tubulação da adutora, por meio de um fixador magnético, e também já fará uma pequena compressão para que as microagulhas perfurem a bolsa. Dessa forma, levará dias até que toda aquela toxina, superpotente e concentrada, seja liberada.

Temos muitas ações pela frente. E minha chegada à cidade do Porto vai dar início a algumas delas, que devem seguir da melhor maneira possível, pois está tudo pronto, tudo engatilhado. As bolsas contendo o hidrogel já estão com todas as Abelhas e todos os Leões já entregaram as microcâmeras para suas equipes. Com a orientação do Smart, os Castores já fizeram o desvio dos servidores internos, então o acesso está liberado para quando for necessário congelar as imagens.

Agora, só há uma direção a seguir, e é em frente. Já estão me chamando para o embarque. É hora de começar mais uma importante viagem. Talvez a mais importante delas, é a transição, é a morte e o renascimento, é uma grande transformação. Em Madrid, morre Roberto Dias. No Porto, nasce Nuno da Costa.

Interessante que essa passagem de uma vida para outra também me traz novas sensações. Todos aqueles sentimentos de culpa, remorso, repressão e dúvida que me acompanham nesse último mês de preparo, desapareceram. Parece ter ficado muito fácil realizar uma façanha de tal proporção, jamais realizada por quem quer que seja.

Com todo o time alinhado, todos os passos engatilhados, seguimos rumo à picada final.

A etapa no Porto tem sido um sucesso. Em apenas dois dias já consegui realizar muitas coisas e sinto que a sorte está totalmente do meu lado. A viagem de ônibus, com pouco mais de sete horas, já foi uma excelente abertura dessa jornada, com duas paradas inspiradoras, uma em Salamanca, outra em Aveiro, duas cidades cheias de histórias.

Quando chegamos ao destino final, enquanto caminho para o desembarque, encontro no chão do ônibus um documento, um bilhete de identidade português, equivalente ao RG no Brasil. O nome é até simpático: Adelino Francisco de Miranda. Guardo o documento comigo, pois pode ser bastante útil.

A opção de hospedagem que encontrei é do jeito que eu queria, com dois dormitórios e próxima da Ribeira. Mas na parte mais alta, em um prédio pequeno, com dois apartamentos por andar. Fiz a reserva pelo Airbnb e combinei de falar diretamente com o proprietário assim que chegasse por lá.

Por sorte, tratava-se de uma pessoa um tanto quanto descuidada, ou só inocente mesmo. Apresentei meu "novo" documento, recém-encontrado no ônibus, que foi aceito sem qualquer questionamento. Claro que facilitou o fato de eu pagar adiantado e em espécie, de forma que nem precisei documentar nada em nome de Nuno. Achei ótimo.

Sem perder tempo, começo a preparar minha instalação. No decorrer de um dia, compro seis monitores de tela em lugares diferentes, sempre pagando à vista, e vou acomodando no quarto maior a bancada com os monitores lado a lado. Minha sala de comando está ficando caprichada, com cadeira *gamer* e tudo. Afinal de contas, seria como uma sessão premiere, queria me deleitar com toda aquela aventura.

Esse conforto todo é, na verdade, uma necessidade, não é luxo. Vou passar um belo tantão de horas ali, acompanhando tudo. Para completar o cenário, instalei um frigobar, para ter umas comidinhas, uns petiscos e algumas bebidas. Quem sabe até uma champagne para o brinde na linha de chegada e no pódio do meu plano.

Não tenho dúvidas da celebração, no entanto, é preciso que tudo esteja funcionando corretamente, sem qualquer risco de falhas. Testo os links que o Smart montou, tudo perfeito, consigo falar em cada monitor específico com cada um dos Leões. A estrutura está ótima.

Com tudo pronto, testado e revisado, e faltando ainda dois dias para a largada, resolvo caminhar para relaxar um pouco. Ando uns 15 minutos em direção à Ribeira, ali na beira do Douro, que é uma região muito bonita. Escolho um bar, peço uma porção de tremoço para ficar alinhado com o hábito da terra. E um "imperial", que é como eles chamam o chope.

Fico apreciando o movimento, vendo as pessoas passarem, e percebo que há muitos turistas. Chama-me a atenção uma mulher vestindo uma blusa branca e uma saia vermelha, curta e com uma abertura. Na cabeça, uma espécie de lenço, também vermelho.

Lembra um traje típico português, só que estilizado, mais moderno, uma coisa meio *fusion*. Tanto quanto o jeito de se vestir, sua silhueta é muito interessante – ou até mais –, não consigo deixar de acompanhar seus passos. De repente, começa a vir na minha direção.

A mulher passa a caminhar rumo à minha mesa, e, quanto mais se aproxima, mais eu posso ver quão bonita ela é. A cada passo que ela dá, sem fazer qualquer desvio ou correção da rota, mais intrigado eu fico. Até o momento em que, mesmo antes de ela chegar até mim, fico chocado, extasiado e anestesiado. É Jessica!

Aquela mulher que tanto tem me intrigado, a quem eu persegui por várias vezes sem sucesso, que me deixou desnorteado, agora caminha na minha direção com uma passada que mistura leveza e segurança, firmeza e sensibilidade, que espanta e encanta.

Ouso me levantar, estarrecido, mas logo fico paralisado com um simples aceno seu. Basta ela balançar a mão, como que pedindo para eu esperar, que logo travo, petrificado ali, esperando ela chegar. Jessica se aproxima, mais e mais, até encostar na mesa.

— E aí, Roberto, como você está? Finalmente podemos nos encontrar. Finalmente podemos conversar.

Que ousadia! Como, depois de todas as experiências de gato e rato, ela simplesmente se aproxima desse jeito e fala comigo como se fôssemos "amigos" íntimos. Eu, atônito, mal consigo falar. Só consegui balbuciar:

— Quem é você?

— Meu nome é Maria Vásquez – responde ela, com a maior calma do mundo. — Fui contratada para também participar desse projeto. E minha missão é ser o seu anjo da guarda.

Ela me conta que me acompanhou em todas as etapas, em todas as viagens, em todas as minhas andanças. Que acompanhou cada um dos meus passos para garantir que eu não corresse riscos, nem fosse perseguido, e se algo assim ocorresse estaria lá, pronta para intervir. Agora que tudo está acabando, que está chegando o momento final, ela veio acompanhar o desfecho comigo.

Ela ainda me conta que estava trocando o nome Maria Vásquez por Emília, que dali para frente era assim que passaria a se chamar – embora, para mim, continuava a ser Jessica –, com documentos atualizados e tudo.

— E você, também mudou?

— Sim. Agora, sou Nuno – respondi, ainda atônito. Acho tudo isso inacreditável. – Você me acompanhou esse tempo todo, esteve sempre presente em tudo...

— Sim, sim, claro. Essa era minha missão.

— Como não me dei conta disso, nem sequer desconfiei.

— Tenho uma formação poderosa na área de espionagem, de guerrilha. Consigo me disfarçar, seguir quem eu quiser sem ser percebida. Poderia até dizer que sou uma sombra, mas até a sombra você conseguiria ver. Fico mesmo invisível quando quero.

— Mas consegui vê-la algumas vezes. E até tentei alcançá-la...

— Sim, é verdade. Foram umas três ou quatro vezes, no máximo? Agora, depois dessa nossa conversa, acha que "conseguiu" mesmo me ver ou eu permiti que me visse? E por que acha que nunca me alcançou? O mais importante é que em nenhum momento você correu perigo.

— Por duas vezes suspeitei fortemente.

— Quando estava na Alemanha, você pegou o trem de Frankfurt para Berlim. Um sujeito muito estranho, que já o observava antes do embarque, subiu no mesmo vagão e se sentou a uns três bancos de distância de você.

— Você também estava no trem?

— Claro! Está vendo como não percebe nada? Eu estava lá.

Ao mesmo tempo em que eu me encanto com a conversa, também me sinto um idiota. Persegui essa mulher com todas as minhas forças, em uma caçada frenética sempre frustrada. Agora ela me diz que estava ao meu lado o tempo todo. Pior é ter essa sensação justamente no momento em que estou me achando um gênio por ter elaborado o maior atentado bioterrorista de todos os tempos.

Ela não ficou satisfeita com a humilhação. Quer sapatear sobre mim um pouco mais.

— Desci na mesma estação que esse cara que ficou te seguindo com os olhos, mas ele seguiu por outra direção, saindo da estação. Acabei não sabendo o que ele queria. Talvez só tivesse confundido você com alguém, vai saber. Outra situação curiosa aconteceu no lounge, quando você aguardava o embarque. Uma mulher muito sensual, usando um decote enorme, não parava de olhar pra você.

E não é que a Jessica acompanhava tudo bem de perto mesmo...

— Achei que ela poderia representar algum risco – comenta ela, reforçando a ideia de que tinha o controle da situação. – A mulher chegou bem perto de você, e "acidentalmente" até derrubou uma xícara. Ela abaixou lentamente para resgatar o objeto, expondo o decote e os peitos.

Eu começo a ficar confuso. A Jessica estava querendo dizer que eu sou distraído ou estava querendo a minha atenção para ela? Eu já estava sentindo um cheirinho de ciúmes no ar, que ela acaba reforçando.

— Você estava lendo alguma coisa no tablet. Até foi gentil, pegou a xícara da mulher e entregou a ela quase que sem olhar. Lembra disso?

— Na verdade, não lembro.

— Pois é. Você não presta atenção em nada, e isso é muito sério. Você sequer percebe quando uma mulher está dando mole para você. Dando mole, não, ela estava já toda derretida, e você nem percebeu.

— E como você tem tanta certeza de que eu não percebo quando uma mulher está me dando mole?

— Muito fácil! Lembra, uma das últimas vezes em que você encontrou sua amiga bibliotecária, no parque de Ibirapuera? Ela estava supersensual, de longe dava para ver…

Eu fico tão assustado que nem a deixo terminar de falar para perguntar:

— Mas você estava lá também?

— Eu estava sempre lá, Roberto. Desculpe, Roberto não. Agora é Nuno, não posso errar. Nem você: eu sou Emília.

Mentalmente, continuo chamando-a de Jessica.

— Pois bem, Nuno, de longe dava para ver, pelos gestos dela, pelo rosto dela, a maneira que ela te olhava, como ela mexia nos cabelos. Ela estava louca para transar com você. Aí você simplesmente sai de lá, vai embora e não faz nada.

Eu começo a ficar preocupado com a intensidade da cobrança dessa mulher. Nem meus amigos mais putanheiros falariam daquele jeito comigo. Bom, talvez falariam, mas vindo da Jessica é muito diferente. Oficialmente falando, a gente acabou de se conhecer. Dou corda para saber até onde vai isso.

— Você é muito distraído, não percebe nada.

— Meu Deus do céu, mas você acompanha tudo, hein? Você viu tudo mesmo. Eu ainda estou pasmo. Então, quem te contratou…

— Sim, foi o Chefe. Fomos contratados pela mesma pessoa. E a minha missão termina quando a sua acabar. Por isso, resolvi te acompanhar no desfecho dela.

Olho com mais atenção para a Maria, quero dizer, Emília, fico lembrando das visões, dos encontros durante essa operação, e realmente ela é muito linda. Agora com o cabelo castanho, a silhueta esguia mais forte, músculos trabalhados… A abertura da saia deixa à mostra uma coxona musculosa. E esse olhar vivo, brilhante, cativante? Tenho mesmo muito a conversar com ela, preciso saber de muita coisa.

Certamente, precisaríamos de mais calma, mais tranquilidade para esse papo. Pergunto se ela não gostaria de ir até o apartamento onde eu estou hospedado para tomar um vinho, assim eu poderia explicar tudo e fazer as perguntas que precisava. Sou surpreendido por um torpedo.

— Deus do céu! Demorou, não? Estou falando que seu radar é problemático. Não percebe nada nas mulheres. É lógico que quero te conhecer melhor. É lógico que quero conversar mais sobre tudo o que eu vi. É lógico que eu quero continuar te acompanhando, inclusive nesse vinho.

Que patada! Pelo menos, desta vez, ela me surpreendeu de uma maneira mais interessante. O espanto logo dá lugar à expectativa, a uma grande expectativa. E estava claro o quanto ela compartilhava dessa sensação. Quando eu poderia imaginar aquela mulher que me rondou durante todo esse tempo, agora ali, muito mais sensual, muito mais interessante. E totalmente empenhada em avançar nessa conexão.

Já no apartamento, a primeira coisa que faço é mostrar a ela todo o sistema dos monitores. Explico cada passo, como cada um estaria direcionado para os Leões, as missões de toda a equipe, como eu fiz os contatos, com quem eu falaria, quem eu veria, detalhei tudo. Outra vez, ela fez questão de mostrar que estava um passo à frente.

— O Chefe já havia me contado tudo o que aconteceria, eu apenas não tinha visto.

Ela parecia jogar com as palavras e as sensações. Mais que isso, demonstrava ter total domínio do que estava fazendo e das minhas reações. Imprimia aquele ar de superioridade, sugerindo ser dona da situação, ao mesmo tempo em que abria espaço para que eu tomasse as rédeas.

— Você vai me convidar para acompanhar com você toda essa ação, né? Estamos a menos de 48 horas desse dia, e quero ver tudo isso ao seu lado.

— É claro! Sim, sem dúvida.

A troca de olhares nesse momento foi a deixa para eu me aproximar e começar a matar toda minha curiosidade sobre o que ainda não estava claro. Era o momento de saciar meu desejo por Jessica, entender de verdade do que essa mulher seria capaz. E de mostrar a ela que eu também poderia estar à frente. Não deu tempo...

— Você pensa demais.

Talvez ela tenha mesmo razão. Mal termina a frase, se lança sobre mim e me lasca um beijo. Eu, que costumava dominar a cena, estava ali, como uma presa, sendo devorado por aquela mulher maravilhosa, dona da situação, dona de mim, dona da porra toda. Que transa fantástica!

Parecia uma explosão de tesão acumulado, guardado em meio a tantas idas e vindas. Ela, porque me acompanhava o tempo todo e tinha muito mais informação sobre mim do que eu poderia pensar. E eu, alimentando uma curiosidade que vinha em diferentes formas. A energia de ambos estava com carga total. E foi mesmo uma explosão. Mas longe de terminar. O momento relaxante que veio na sequência era apenas uma pausa. E um prelúdio do que seria a noite que ainda tínhamos pela frente.

Acordo exausto e descansado, sensação antagônica que traduz meu estado de extrema felicidade matinal. E como não estar nesse transe de prazer? Bastava olhar para aquela mulher dormindo em minha cama, o corpo semicoberto pelo lençol, deixando à mostra uma das coxas, que há algumas horas estava se misturando com as minhas, e parte daquela bunda linda, gostosa.

As cenas recém-vividas logo preenchem minha mente, quase que se projetando para fora, como se aquele quarto fosse uma sala de cinema. Seria a estreia de fato, pois nunca vivi nada igual, tão mágico. Que mulher perfeita, cheia de atitude, aquele corpo maravilhoso, bem cuidado, que bunda, que peitos… que tesão!

Além de todo esse encanto carnal, hipnotizante, outra coisa me chamou a atenção enquanto ela se despia e íamos nos entrelaçando, e até me deixou ligeiramente confuso: as tatuagens. Fiquei impressionado, parece que fomos feitos um para o outro.

Na parte interna do braço esquerdo, ela tem uma figura de São Jorge, em um desenho estilizado. Sou vidrado no Santo, praticamente um devoto. Tenho várias imagens e medalhas que comprei na própria Capadócia, sim, trouxe da Turquia. Quando me sinto enfraquecido, atacado, ameaçado, recorro à oração de São Jorge e, como canta Jorge Ben Jor, "Estou vestido com as roupas e as armas de Jorge para que meus inimigos tenham mãos e não me toquem, para que meus inimigos tenham pés e não me alcancem".

No tornozelo, havia um símbolo do signo de aquário. Eu sou aquariano! E, bem mais tarde, soube que ela também. Uma grande coincidência. E o que mais me impressionou, o que mais me fez achar que nossos caminhos tinham de se cruzar, que essa mulher tinha de entrar na minha vida, foi ver que na virilha, na direção daquela vulva maravilhosa, tinha uma pequena Abelha. É justamente um dos personagens da operação, e fundamental, pois é a Abelha que vai disseminar a toxina.

Quando falamos a respeito, ela revela que nem tudo era coincidência. A escolha da Abelha foi uma consequência de todo esse plano.

— Eu imaginava que esse momento chegaria, então decidi tatuar na virilha, uma região tão reservada quanto sensual, um dos símbolos que denominam os agentes da operação.

Ela foi bastante convincente ao explicar por que escolheu a Abelha.

— Não me pareceu muito interessante fazer uma Hiena ou um Canguru.

Não havia como discordar dela.

— Mas uma abelhinha como essa é puramente artístico. Fiz isso pra você, pensando neste momento. Quis homenageá-lo pela genialidade, pela maneira de conduzir toda a ação. Também pra dizer que eu te admiro e que esperava esse momento.

Ouvir tal declaração é empolgante, energizante. Ainda mais depois da noite mágica, sensacional, que tivemos. Até me fez esquecer os esculachos que ela me deu.

Embora pudesse ficar admirando aquela mulher por horas, ainda não estamos de férias. Acordo-a suavemente com um beijo e aviso que precisamos deixar a cama. Tomamos um banho juntos e partimos para o café da manhã, ou como dizem aqui "o pequeno almoço". Vamos até uma lanchonete ali perto, que também lembra bastante um bar. Talvez o lugar mudasse de personalidade ao anoitecer.

Aproveitei o momento para me aproximar ainda mais da Jessica, se é que seria possível, depois da noite que tivemos. Mas era um outro tipo de aproximação, era mais para intensificar a cumplicidade. Contei a ela alguns detalhes que talvez ela não soubesse sobre o botulismo. Nessa operação, vamos provocar uma intoxicação por *Clostridium*, bactéria causadora da doença, que raramente ocorre, mas quando acontece vem de compotas contaminadas ou do solo.

O interessante é que nossa ação será favorecida pela forma como o patógeno atua. Após infectar a pessoa, a bactéria pode ficar até três dias incubada sem causar qualquer sintoma do botulismo. E mesmo quando esses sintomas começam a aparecer, ainda são muito vagos, como náuseas, vômito, distúrbio intestinal, algumas dores difusas, dores abdominais, ou seja, parecem com qualquer infecção gastrointestinal.

Ninguém vai desconfiar de botulismo em três dias. É tempo mais que suficiente para contaminarmos um número imensamente maior de pessoas antes que o pânico se instale. A suspeita, de fato, e o desespero virão à tona quando começarem a aparecer os sintomas de paralisia, com uma queda palpebral, a boca seca.

E isso se for um médico mais atento, capaz de associar ao botulismo a mistura de sintomas difusos gastrointestinais, visão dupla em alguns casos, e comprometimento neurológico. Ainda assim, continuaremos a ganhar tempo, porque se o meio para diagnosticar a doença for o exame de fezes, teremos pelo menos mais 48 horas, pois é o período para saírem os resultados.

Somando tudo isso, vai dar aí uns cinco dias. Vai ser a farra do botulismo, e nem vamos precisar fazer nada para que todos saibam da contaminação. Pelo alto nível de periculosidade, a doença está na categoria de notificação obrigatória. Portanto, em qualquer hospital do mundo, se um paciente for diagnosticado com botulismo, as autoridades sanitárias locais devem ser imediatamente notificadas.

Conforme a situação se agrava, o alerta também ganha outras proporções, vira uma notificação internacional. Ainda que não houvesse esse protocolo sanitário, essa obrigação de comunicar o diagnóstico, a imprensa certamente se encarregaria de mostrar ao mundo as milhares de pessoas morrendo de parada respiratória, por exemplo. O que se viu durante a pandemia da Covid-19 vai virar café pequeno porque a onda de contaminação pela *Clostridium* é muito rápida, e as pessoas vão precisar de internação hospitalar e ventilação assistida.

Minha Emília não sabia de todos esses detalhes. E ela nem precisou me dizer, pois pude ver em seu rosto a expressão de surpresa, misturada com curiosidade e uma certa dose de pavor. Até para alguém que faz o que ela faz é assombroso imaginar a dimensão do terror que vamos causar.

Assim que tudo estiver feito, teremos uns dois dias de intensa ansiedade e mais uns três para conferir o estrago acontecendo. Teremos muitas emoções pela frente e, sem dúvida, o auge de tudo, nosso orgasmo terrorista ficará por conta das muitas horas, mais de 18, que estaremos sentados na nave de comando, assistindo tudo de camarote. E não será como esses camarotes de hoje em dia, em que qualquer um tem acesso, não, não, não. Estamos falando de exclusividade de verdade.

Naquela sala, confortavelmente acomodado na minha bela cadeira, vou me sentir a majestade do bioterrorismo, acompanhando em tempo real toda a ação em várias partes do mundo por aqueles seis monitores, tudo sincronizado. Será a premiere do grande sucesso que eu mesmo idealizei, criei, elaborei, construí, é o meu roteiro executado pelo elenco que eu escolhi. Uma trama digna da sétima arte.

Será fantástico estar no comando desse espetáculo, regendo toda a ação, falando com meus Leões, e Emília ao lado se deliciando com a aventura toda. Ela será a companhia ideal para tamanho acontecimento, com certeza vamos ficar ainda mais próximos, mais íntimos, depois de tudo isso. Imagino essa história contada também nas páginas de um livro. Seria um best-seller mundial. Quem sabe eu não me aventuro em uma carreira de escritor quando tudo terminar.

Por ora, é melhor manter os pés no chão e garantir o equilíbrio das emoções. Quando terminamos o café, aproveitamos para dar uma caminhada, respirar, porque o momento da ação se aproxima rapidamente.

Hoje, véspera do início da operação, vou me dedicar exclusivamente à preparação para esse acontecimento único. Vou me afastar de qualquer tensão emocional, livrar-me de qualquer coisa que possa desviar meu foco a partir de amanhã. É hora de relaxar, de baixar a frequência.

Emília será meu ponto central, minha referência de equilíbrio, vamos passear, nos alimentar muito bem, quem sabe até ir bem fundo nessa concentração... Uma tarde de sexo não faz mal a ninguém, não é verdade? Até vai nos ajudar a dormir nesta noite antes da ação propriamente dita. Até porque vai começar bem cedo.

Emília surge vestindo uma de minhas camisas, que nela parece uma camisola social, comprida o suficiente para quase cobrir sua calcinha e curta o bastante para revelar por inteiro aquele maravilhoso par de coxas.

Por mais clichê que parecesse aquela imagem, digna de uma comédia romântica, alguma versão moderna e melosa de Romeu e Julieta, meus sentidos despertam em uma mistura de orgulho e satisfação por desfrutar de tudo aquilo e de expectativa pela próxima transa.

Assim que me vê pela manhã, mesmo antes de um "bom dia" ou um "dormiu bem?" Emília lança uma pergunta que parecia estar guardada há algum tempo.

— Por que a escolha deste dia? Por que exatamente amanhã?

O tom de voz e a expressão dela me diziam que era apenas curiosidade. Mas diante do tamanho e dos riscos dessa operação, todo cuidado é pouco. Ainda que estejamos tão conectados, e que Emília tenha sido tão convincente em tudo o que me falou, demoro alguns segundos a mais para responder, observando sua movimentação, suas reações, buscando qualquer sinal que parecesse um alerta. Felizmente, parecia estar tudo bem, então respondo.

— Não seria, necessariamente, amanhã. Mas, depois de muito analisar, cheguei à conclusão de que uma sexta-feira seria perfeita. Principalmente no fim da jornada de trabalho. Todo aquele clima de "sextou", as pessoas já mais descontraídas indo para os encontros do happy hour, pensando na programação do final de semana.

Emília observa atentamente minha explicação, com um olhar de aprovação misturado com a sensação de "como é que eu não pensei nisso?". A reação dela só confirma minha tese de que o óbvio não existe. O que parece ser óbvio para uns pode não ser para outros. Não dá para imaginar que toda e qualquer pessoa terá o mesmo entendimento seja sobre o que for quando cada indivíduo tem uma origem, uma base cultural, uma trajetória e experiências únicas. Segui com a explicação.

— A ação começará por volta das 19h na Coreia. E não poderia ser uma sexta-feira qualquer, pois não é toda semana que os funcionários da indústria de toxinas saem do trabalho nesse horário. É uma sexta a cada três ou quatro, para compensar o fato de saírem mais cedo nas demais. E amanhã é a sexta das 19h, certeza, conferimos isso com nosso time de lá.

Fizemos um excelente trabalho de campo para acertar essa questão do horário, para sincronizar o início da ação em todos os lugares. Quando falamos da China, por exemplo, a saída dos funcionários acontece às 18h, e eles também têm o hábito de ir para as festas, de comemorar o final da jornada semanal de trabalho.

Já na Alemanha e na França, a gente precisa lidar com a *short friday*, essa história de encurtar a sexta-feira que começou na Islândia, se não me engano, e acabou sendo adotada em vários outros países. Na maioria dessas indústrias, terminar o expediente ao meio-dia na sexta virou até lei. Dizem que o funcionário fica mais feliz, tem mais qualidade de vida, acaba produzindo mais. Trabalhar menos sem ter desconto no salário deve mesmo alegrar as pessoas.

Essa moda já pegou até no Brasil, muitas empresas adotaram a prática da sexta-feira mais curta. Não sei para esse povo, mas para os meus planos esse negócio é bem favorável, a galera saindo do trabalho toda animada para tomar uma cerveja no início da tarde, inclusive com a presença de alguns executivos mais animadinhos. Só vai facilitar nossa ação.

O sincronismo só está um pouco descasado na saída da parte da Califórnia, nos Estados Unidos, porque teria de ser em torno de 3h. E nem precisaria estar alinhado com a saída de todos os funcionários, exatamente, mas pelo menos com a entrada em ação do nosso Castor.

Em especial, se ele detectar a necessidade de fazer um lote extra, algo fora do planejado, muito por conta do aumento de demanda provocada pela onda de curiosidade que geramos com os dois eventos de estética e terapêutica. Foi por isso que nosso Castor, como chefe da operação, programou fazer esse lote noturno, que já estaria finalizado às 3h, horário em que ele poderia deixar a unidade.

Portanto, a ação começará, pontualmente, nesses horários – 19h na Coreia, 18h na China, 12h em Berlim e na França, 11h aqui no Porto, 3h na costa oeste dos Estados Unidos. Mas tudo ao mesmo tempo, e concluída a ação é hora de deixar a unidade de produção.

— Aqui, vem uma coisa importante, Emília – continuo minha explicação. – Eles terão dez minutos para fazer as trocas das bolsas, substituindo as que estão lá por aquelas que estão levando, com 200 gramas do pó da toxina concentrado, e que são exatamente iguais. Assim que fizerem as trocas, já colocarão em volta a película do hidrogel com as microagulhas para fazer a liberação controlada.

Embora se mostre interessada, Emília começou a dar sinais de que desejava um pouco mais de agilidade na explicação, então fui direto ao ponto.

— Nesses dez minutos vai acontecer algo extremamente importante. O Smart vai substituir as imagens em tempo real das câmeras do circuito interno por outras com a movimentação que tiveram em seus postos nos últimos 20 minutos, tudo preparado por inteligência artificial. O corte será perfeito e a troca será desfeita assim que a ação estiver concluída. Vai parecer coisa de cinema.

— Dez minutos serão suficientes para saírem de seus postos de trabalho, realizarem a troca das bolsas de forma correta e segura e retornarem às mesas sem que ninguém perceba nada?

— Isso mesmo! Normalmente, são escritórios isolados, individuais, não tem mais ninguém na sala com eles. E as imagens produzidas e inseridas pelo Smart serão tão perfeitas que passarão despercebidas pela mais rigorosa perícia.

— Como você vai se comunicar com a equipe toda, caso seja necessário?

— Por meio dos Leões. Minha comunicação é direta e exclusiva com eles, e eles é que falam com todos os outros, Castores, Cangurus, Abelhas e Hienas. Eu apenas consigo ver o que estão fazendo. O Castor só não pode esquecer de retirar o plugue que estava no servidor e que deu o acesso para que o Smart pudesse movimentar tudo. Aí ele sai com as bolsas em busca dos Cangurus para a ação prosseguir.

— Com toda essa emoção que nos espera amanhã, qual é sua sugestão para relaxarmos?

A pergunta de Emília foi muito interessante, pois conseguiu propor uma mudança na conversa sem abandonar o assunto. Ela se senta na minha super cadeira, ajeita-se de uma forma, digamos, bastante sugestiva – e até convidativa – e é mais direta, mudando de vez a direção do papo, deixando muito claro o quanto estávamos em sintonia.

— Vamos dar uma volta por aí? Porto tem lugares lindos que ainda não visitamos. Ou, quem sabe, uma tarde mais acalorada? Se é que me entende...

Emília gosta de me provocar com aquela coisa de que eu não percebia as intenções ou os desejos das mulheres. Mas, desta vez, é uma pergunta retórica. Minha resposta já está pronta e, melhor, alinhada com a programação.

Eu só não posso me confundir com as fontes de excitação, uma de puro prazer por diversão e outra também prazerosa, mas que representa a obrigação. Não que eu não fosse me divertir com o sucesso do meu plano, mas uma coisa é uma coisa e outra coisa é outra coisa.

Pretendo já estar instalado em meu posto para a operação às 8h, embora a ação só fosse começar, de fato, às 10h. Vamos precisar de concentração total e não poderei deixar a posição por nada. Até por isso, temos de aproveitar o dia para comprar os suprimentos, comidas e bebidas, para o período em que estaremos na sala de comando. Quando for dada a largada, nada poderá desviar nossa atenção.

CAPÍTULO
8

A picada final

É hoje! Finalmente, chegou o dia da ação. Foi até difícil dormir, mas 7h30 eu já estava de pé, banho tomado e tudo. Emília também. Tomamos café e saímos para dar uma caminhada, respirar, alinhar a concentração. Nem digo que foi para relaxar porque estaria mentindo. Tanto é que saímos quietos e voltamos calados. Quase não trocamos uma palavra, loucos que estávamos para retornar à sala.

Os monitores estavam prontos, tudo funcionando, verifiquei cada conexão e a segurança para não termos problema com sinal ou energia, repassei todas as etapas. Eu também estou mais que pronto.

Próximo das 10h, começo a ligar toda a parafernália e fica tudo perfeito. Já consigo ver a imagem das salas dos nossos Castores e fico aguardando chegarem para testar o contato.

Quem me chama primeiro é Young Park, confirmando o que diz sobre estar sempre a postos, sempre pronta para o que der e vier. Ela me garante que está tudo sob controle, em relação às duas fábricas.

Troco algumas palavras com Qi Zhao, na China, mesmo sem vê-lo, e também está tudo certo. Falo rapidamente com Edmund Heidemann, da Alemanha, e foi a mesma coisa, tudo pronto.

Vou só dando *check* com todos: Pierre Diddens, na França; Tom, nos Estados Unidos; e por aí vai... Estamos prontos para a ação. Faço questão de comentar que muito provavelmente seria nossa última conversa, não nos veríamos mais a partir dali. E deixo uma última mensagem:

— *Boa sorte a todos. Desejo que tenham sucesso, que escapem ilesos e que desfrutem com muita saúde o dinheiro que vão adquirir. De antemão, já deixo meus parabéns pela ação.*

O relógio marca 10h30 quando começo a ver a movimentação, todos os Castores já estão em suas salas, sentados, simulando realizarem alguma atividade, aguardando até o momento exato de iniciar a operação.

Vou observando-os um a um. Shao Park, na Coreia, está em um site de apostas no celular. Só fico torcendo para ele não se distrair naquele negócio. Afinal, ele ganharia muito mais dinheiro do que em qualquer aposta que já tivesse feito.

A Ju Hyun Lee me pareceu nervosa, já olhou para a câmera umas duas vezes, mexe no celular de forma aleatória. Também já olhou umas duas vezes pra sacola de couro embaixo de sua mesa. Provavelmente é ali que estão as bolsas para serem trocadas.

Ela está muito inquieta, passa a mexer nos cabelos, não gosto do que vejo. Precisamos de frieza, de autocontrole nessa operação. E é isso o que vi na China. Jason Liang está sério, concentrado lendo um livro de virologia, bem tranquilo. Está disfarçando bem.

Na Alemanha, o dr. Fritz Ecker é a sobriedade em pessoa, ao menos no figurino: camisa de manga comprida e gravata, com o blazer vestindo o encosto da cadeira. Já a atitude não orna tanto com as roupas, o Castor alemão passa o tempo em algum jogo digital que parece ser sudoku. Mas fica claro que está atento quando também dá uma conferida na maleta embaixo da bancada, o que facilitaria a troca das bolsas.

Chantrel Thépot, o Castor francês, a exemplo de seu par chinês, tem nas mãos uma publicação técnica, uma revista sobre virologia. Sobre sua mesa há uma foto do neto doente. Bem na hora em que passo os olhos pela imagem de Thépot, ele observa fixamente a foto do netinho. Beija carinhosamente o pequeno quadro, como se aquele momento representasse uma esperança para o pequeno.

Por fim, nos Estados Unidos, posso ver que Michael Moorhouse usa um boné do Chicago Bulls. É ele sendo ele mesmo, com aquele jeito bem-humorado, brincalhão, todo molecão. Certamente deve estar em algum aplicativo de apostas no mundo dos esportes. Já terminou seu lote extra e apenas aguarda o horário exato da ação.

Quando esse momento chegar, todos receberão o sinal de que a câmera já está congelada, que a imagem editada com os movimentos de todos nos últimos 20 minutos já foi iniciada e todos terão os 10 minutos para ação.

O tempo vai passando, faltam 12 minutos para a largada. Agora 11... 10... Pronto! É hora da ação! Concentração total daqui para frente.

Olho rapidamente na Coreia, o Shao Park deixa a sala em direção ao vestiário. Em um armário pequeno, pega sua maleta e sai rapidamente. A Ju Hyun Lee pega a sacola embaixo da sua mesa e já sai para o corredor. O Jason também já está no corredor, com a mala em uma bancada para fazer a troca.

A cena vai se repetindo simultaneamente. Na Alemanha, o dr. Fritz Ecker dá um bote na mala sob a bancada e sai em disparada. Chantrel Thépot dispara carregando uma mochila, enquanto Michael corre para o corredor indo direto ao armário onde se encontra sua valise. Tudo muito rápido.

Nossa, o Jason Liang já fez toda a troca, não deu nem três minutos e já está voltando. O Shao Park está com uma certa dificuldade, abre, mas demora na troca... A Ju Hyun Lee está muito nervosa...

— Meu Deus! Ela deixou cair uma bolsa. Não é possível.

Emília chega a se assustar com meu comentário, que está mais para um esporro mesmo. Preciso tomar cuidado, porque tenho de manter o controle. Mas, desta vez, não consegui evitar, saiu de bate-pronto.

O Fritz também foi bem rápido e muito tranquilo. Já está sentado de volta. Agora, já são dois que retornaram ao posto inicial. Mais um! Pierre acaba de retornar.

O Michael é impossível! Ele vai meio que saltitando, em uns passinhos estranhos, parece estar brincando para a câmera. Ainda bem que essa imagem não vai aparecer, senão, além de sermos pegos, ainda viraríamos motivo de chacota.

Apesar da firula, Michael também está de volta. Só falta a Ju Hyun Lee... Não falta mais. Com apenas um minutinho para acabar o tempo, ela consegue terminar e retornar à sala. Deu tudo certo.

Faltando um minuto para as 19h, as 18h, as 12h, as 3h, dependendo da localização, todos estão sentados. Isso é fantástico, porque quando a inteligência artificial fizer novamente a transição das imagens precisa ser da maneira mais natural possível. É o que acontece. No horário pré-determinado, sai a imagem gravada e entra a transmissão ao vivo. E tudo está como deveria.

O próximo passo é começarem a levantar e sair da sala. O primeiro é Shao Park, seguido pela Ju Hyun Lee. Depois Michael, Fritz... Todos vão deixando suas salas até que Jason Liang, o último, completa a ação. Todos passam no servidor, retiram o plugue e saem para encontrar seus respectivos Cangurus.

Excelente! Primeira parte da operação concluída.

Que experiência alucinante. Acompanhar a ação da equipe dessa forma, por meio de seis monitores simultaneamente, já fazia parte do planejamento, mas eu realmente não tinha noção de quão complicado poderia ser esse monitoramento. Ao menos a qualidade das imagens é excelente, as microcâmeras que o Smart providenciou, e que foram instaladas nos óculos ou em algum botão da roupa da equipe, dão conta do recado, a imagem é clara, tem boa definição, consegui ver tudo com nitidez.

Concluída essa primeira etapa, a maioria da equipe já está em seus carros, ou entrando neles. Continuo acompanhando os passos de cada time. O tempo vai passando, após 15 minutos do começo da ação, na China, onde deve ser 18h15, noto que o Jason Liang já está parando no acostamento. Há um carro à sua frente, fico atento, mas deve ser apenas um ponto cego, porque ele está muito tranquilo. Sai do carro a Canguru Lilly Liu.

Ela veste uma camiseta da associação dos portadores de distonias e distúrbios, aquela que ela mesma fundou devido à doença do próprio filho. Não sei se foi algo sem pensar, ou se ela usou a camiseta de forma estratégica. Afinal de contas, aquela estampa era quase como uma camuflagem social, uma "pele" de pessoa do bem. Não que o trabalho da associação não fosse de fato algo positivo, mas ali a "solidariedade" era outra.

Lilly recebe o material e retorna ao carro. E eu sigo com ela, acompanhando os movimentos por sua câmera. Ela coloca cada pacotinho em uma pequena mochila, foram quatro no total. Assim que ela parte, passo a monitorar a ação na Alemanha. O Fritz parou em um posto de gasolina, bem próximo a outro veículo, que deve ser o do Emil Schmetezer, o Canguru germânico.

Fritz sai do carro, se aproxima de Emil, que continua ao volante, e passa a maleta pela janela mesmo. Tudo muito rápido. Fritz foi impressionante, parecia querer se livrar logo de sua tarefa. Não tiro a razão dele, pois sua parte na operação estaria cumprida assim que a maleta fosse entregue. Embora todos dependessem do sucesso completo da missão. Emil abre a maleta, coloca as bolsas em caixas de papelão, na verdade, embalagens de presente, acomoda-as no banco de trás e sai imediatamente.

Na Coreia, a Ju Hyun Lee vai para o estacionamento de um shopping, onde vai entregar o material ao John Ding, o astro da cirurgia plástica. Ela desce do carro, mas vai para dentro do shopping. Acho estranho e até chego a ficar preocupado, mas logo entendi que ela só estava sendo estratégica.

Enquanto comprava algo por lá, até como uma maneira de justificar sua presença, deixou o carro aberto para que ele pegasse a bolsa. E o sincronismo foi perfeito, assim que ela volta ao estacionamento ele é quem está caminhando dentro do shopping, carregando a bolsa. Ju Hyun Lee sai tranquilamente com seu carro.

Movimentação também na França. O Chantrel foi no habitual, entra em um café, onde o Guido Combi já esperava por ele, comendo um lanche qualquer. Ao passar pela mesa ocupada pelo Guido, Chantrel com uma expressão de tensão abaixa e finge estar arrumando alguma coisa no sapato e, como em um filme de espionagem, faz a troca das mochilas, pega a que estava sob a mesa e deixa a sua no lugar.

Quando se levanta, ainda esbarra na mesa e, ao pedir desculpas, faz toda uma cena de satisfação de surpresa, de quem reencontra um conhecido que não via há muito tempo. Sem largar a mochila, abraça Guido e se senta com o "amigo".

Volto ao monitor da Coreia, vejo o John entrando em uma loja e fazendo uma entrega, que deveria ser para uma Abelha, mas não consegui reconhecer quem era.

Nos Estados Unidos, o Michael, com toda aquela elegância e aquela alegria, para em um acostamento e entrega a valise para o Ramos, aquela figura baixinha de peito estufado.

Mais movimento na Coreia. O John faz uma nova entrega, agora para a segunda Abelha, em outra loja. E avança também a última equipe coreana, quase 50 minutos depois. Por lá, são 19h50. A entrega acontece no estacionamento de um karaokê, onde o Jonathan recebe o material e retorna para o bar. Como se nada tivesse acontecido, segue ali, bebendo e cantando. Impressionante!

Na França, segue a exibição de "dramaturgia" dos dois amigos, que saíram juntos do café. Guido, mancando como sempre, entra em seu carro e vai embora.

John Ding segue firme na missão. E muito ágil! Acaba de fazer a entrega para a terceira Abelha em mais uma loja. Parece até que trabalha na UPS, na FedEx, DHL, essas empresas de logística.

Jonathan deixa a cantoria e a bebedeira de lado e sai do bar. Vai para o estacionamento e entrega uma maleta para alguém em um carro. Deve ser o Steve, que curiosamente tem "Park" no sobrenome. Havia outro carro ali do lado, devem ser o Kunyaki e o Dílson, entrega feita também.

Já quase dando 19h na China, fechando a primeira hora da ação, a gente vê a Lilly Liu com os irmãos Chen – Cherie, Yana e Hyman – e as três mochilas prontas.

É muito difícil acompanhar tudo e todos, preciso pedir ajuda para a Emília. No time China, todos os Cangurus já passaram e as três Abelhas já estão com o material. Nos dois times da Coreia também já está tudo com as Abelhas, apenas uma hora depois. Os Cangurus não ficaram com nada do material. Olha que gente esperta.

Fora da Ásia, na Alemanha, na França e nos Estados Unidos, o material ainda continua com os Cangurus, que permanecem em movimentação, estavam se virando. Pelas anotações da Emília, tudo certo. Fechamos a primeira hora com muita atividade. Que impressionante está sendo acompanhar tudo aquilo, uma loucura.

Acompanhar toda a ação nesses monitores é algo de fato emocionante, mas ao mesmo tempo traz uma mistura de aflição com ansiedade. É pura adrenalina, ainda mais porque só estou seguindo os passos das equipes, não posso interferir, não posso agir com eles.

Mantidas as devidas proporções, deve ser algo semelhante ao sentimento de um técnico de futebol que já foi jogador, e dos bons, vendo seu time em campo. O cara fica desesperado, grita, xinga, chuta e cabeceia junto, mas tudo isso do lado de fora do campo. E nas lutas de boxe, que a gente vê o treinador socando o ar como se ajudasse seu atleta a nocautear o adversário.

Ainda bem que Emília está ao meu lado. Além da satisfação de ter essa mulher gostosa ao meu lado, o que já é um calmante natural, ela nem de longe fica na posição de figurante, está ativa comigo, observando cada movimento, alertando-me sobre o que está acontecendo e que pode escapar ao meu olhar.

A participação da Emília é excelente, é uma baita ajuda, ainda mais agora, à medida que as Abelhas pegam o material e a tela da região passa a mostrar três visões. É como se fossem três telas em uma só, cada uma com a visão de uma das Abelhas. Então é muito interessante.

O Canguru da Alemanha para em uma praça, se dirige até um dos bancos... É o Alfred que está lá sentado aguardando. O Emil entrega a ele o material como se fosse um presente. Alfred recebe a caixa, levanta-se e vai embora, em uma moto. Emil continua na praça, mas se dirige até outro ponto, a menos de 100 metros dali.

Lá estavam os dois austríacos, o Hugo e o outro Alfred. Também recebem as caixas e saem. O destino deles é o aeroporto de Berlim. Completadas as entregas, Emil entra no carro e deixa o local, para em seguida encontrar sua Hiena.

No monitor da França, está o Guido, com aquele seu jeito tranquilo, se dirige à estação Gare du Nord, encontra um café meio escondido. É o ponto de encontro onde vai falar com Lucien, a Abelha que irá para Londres. Aparece também o Hakan Cetin, que fará o serviço de Paris.

O Guido vacila, desde o início a recomendação era de não juntar as Abelhas em um mesmo local, exatamente para evitar qualquer suspeita e não colocar a operação em risco. Mas esse Canguru é muito folgado. O pior é que não há o que fazer, só posso esperar e torcer para que não tenhamos qualquer problema.

Ele entrega as bolsas para as Abelhas. Assim que recebe o material, Hakan sai rapidamente do café para resolver sua parte. Lucien fica por ali, com um ar de total tranquilidade, aguardando o momento de embarque na estação mesmo.

Nos Estados Unidos, ainda é madrugada, são 4h. O Ramos entrou naquele café, quase vazio, para se encontrar com seus comparsas. Ele é o pior de todos, praticamente um bandidinho, e foi se juntar ao que eu chamo – ironicamente, claro – de "fina flor" em termos de companhia. E lá estavam todos, em uma só mesa, à espera do Ramos.

A passagem das bolsas é feita rapidamente por baixo da mesa, com a devida discrição e sem qualquer dificuldade, uma combinação de habilidade e praticidade que só traficantes teriam. O Jones Stewart e o Nick Mastraeni saem juntos, pegam um carro e vão em direção ao aeroporto de San Diego. O Eddie Kewis segue outro rumo, vai para o aeroporto de Los Angeles. Cada um para seu embarque.

Na China, Yana Chen já está na estação, onde pegará o trem para Pequim e, amanhã, precisa estar no aeroporto no horário combinado, pois um voo a espera. Cherie já chegou à adutora. Curioso é que, comparado a tudo, a estrutura das adutoras não tem um sistema de controle de segurança compatível com sua dimensão, com câmeras e alarmes, pois são muito grandes.

Há um monitoramento robusto, com equipamentos de última geração, no fluxo da água, na entrada e na saída. Mas na caixa do controle de qualidade, que é o ponto de conexão da adutora com a rede de distribuição, e que fica mais distante, o cuidado deixa a desejar. Melhor para nós. Basta pular o muro ou a cerca que já está dentro, sem dificuldade. É o que Cherie acaba de fazer e já vai em direção à caixa.

Na Coreia, Kunyaki e Dílson já chegaram ao aeroporto e foram cada um para seu embarque. A outra equipe coreana já está no check-in. O Sanjay, aliás, está muito elegante, de terno e tudo, seguindo para Delhi. A Liliana, com uma mecha rosa no cabelo, seguirá para Roma, e o Song Sun Sing, vai embarcar para Bangladesh.

Na Alemanha, o Alfred Birlen chega à adutora, entra com uma rapidez incrível e de forma muito simples instala a bolsa. Foi só estender o braço para alcançar o local definido e deixar tudo pronto. A mesma coisa na Coreia, o Steve Park já alcançou a adutora e instalou a bolsa. Olho para o monitor da China e vejo que a Cherie perdeu um pouco mais de tempo, mas acabou de instalar sua bolsa também. Com o turno de pouco mais de duas horas, já temos três bolsas instaladas. Fantástica a evolução até o momento.

A Emília está admirada com a frenética operação, e percebe o quanto eu estava pilhado com tudo aquilo, mas ao mesmo tempo tinha a expressão de satisfação estampada no rosto com o avanço das atividades. Ela me olha carinhosamente e faz questão de elogiar.

— Parabéns!

— Muito obrigado. Mas acho que ainda é cedo para celebrar. Tem muita coisa pela frente – comento, deixando claro que era preciso ter muita cautela.

Emília persiste e me convence de que só precisava aceitar e saborear o elogio.

— Sim, é verdade. Mas o ritmo está indo muito bem. Não houve qualquer problema até agora e já há três bolsas instaladas.

De volta às telas, é interessante que nem me preocupo em monitorar o que está acontecendo com as Hienas, porque elas simplesmente deixam o fluxo correr. E se cada um cumprir sua missão corretamente, elas nem serão necessárias. O melhor de tudo é que a perspectiva é muito boa. Das 18 bolsas a serem instaladas, 1/6 já está no seu devido lugar.

— Você não está orgulhoso? – Emília está inconformada por eu parecer não celebrar o momento. – Que coisa fantástica estamos vendo aqui, que organização, que controle.

— É claro que fico orgulhoso, mas tem muito chão. Seguimos acompanhando, pois tem muuuuito chão.

A atenção se volta a Paris. Guido pegou trânsito por lá e só agora chegou à Gare de Lyon, de onde vai sair o trem para Genebra. Em um café, ali dentro da estação mesmo, ele encontra juntos o Jean Maschinot, que é quem segue para Genebra, e o Faouzi Chedel, que é sua Hiena.

O argelino Faouzi é uma das poucas Hienas que vejo, e estava com cara de poucos amigos. O Guido, sempre tranquilo, entrega as bolsas. Faouzi sai bem rápido e pega um táxi, enquanto o Jean permanece ali para esperar o trem, que vai partir em menos de uma hora. Guido sai assobiando, como se não houvesse nada acontecendo e como se não tivesse nada a ver com aquilo.

No time da Alemanha, Alfred Köller faz o check-in para Moscou, enquanto Hugo, em outra fila, faz o mesmo, mas com destino a Istambul. Tudo caminha muito bem. Nos Estados Unidos, todos já estão no aeroporto. Eddie, em Los Angeles, já está na fila para o check-in. Jones e Nick acabam de chegar ao aeroporto de San Diego e já caminham pelo saguão, cada um buscando seu guichê para fazer o check-in.

No time da China, a Cherie já embarcou, está dentro do avião para Chongqing. E a Yana está no trem rumo a Pequim, e dormindo. Não me conformo como é possível ter essa tranquilidade em meio a uma missão como essa. Simplesmente cochilou. Na primeira equipe da Coreia, o Kunyaki já embarcou para Tóquio. E o Dílson aguarda no saguão. Já a equipe dois, Song Sun Sing embarcou para Daca, a capital de Bangladesh. Sanjay e Liliana ainda estão acomodados no saguão esperando.

Agora, já começa a bater uma sensação de que o tempo vai se estendendo, de que pode parecer mais longo do que realmente é. Isso porque já entramos na quarta hora da operação e a destreza no olhar já não é a mesma, o cansaço já começou a dar seus primeiros sinais. Mas a essa altura, com a missão em andamento, a fadiga que espere.

Opa! Novos passos. Na equipe número um da Coreia, Dílson Kitaday já embarcou para Osaka. Excelente! Continuo aguardando os avanços dos demais. Na França, Jean Maschinot também acabou de embarcar no trem para Genebra, muito bem. No monitor sintonizado em Los Angeles, o Eddie embarcou para Chicago. Ótimo.

Mais um avanço na França. Lucien acabou de embarcar em seu trem com destino a Londres. Volto aos Estados Unidos, em San Diego, e vejo que tanto Jones quanto Nick chegaram à fila de embarque – Jones a caminho de Washington e Nick em direção a Nova Iorque.

Por alguns segundos, tiro os olhos dos monitores para admirar a felicidade de Emília. Ela está realmente excitada com tudo o que vê, pois não imaginava a dimensão nem a agilidade dessa organização. De fato, é tudo muito excitante, embora também seja angustiante, pois do lado de cá das telas o máximo que podemos fazer é monitorar e torcer para que tudo funcione bem. É assim que as coisas estão caminhando.

Kunyaki, da primeira equipe coreana, já está chegando em Tóquio. Levanto-me rapidamente, como se comemorasse mais essa etapa, mas foi só um pretexto para caminhar um pouco e espantar o cansaço. Se quisesse comemorar mesmo, poderia, porque na segunda equipe da Coreia Sanjay acabou de embarcar para Nova Delhi.

As ações estão caminhando muito bem. Kunyaki já chegou à adutora de Tóquio. Lá também está tudo vazio, não há ninguém supervisionando o local. Já é quase meia-noite, ele entra por uma grade lateral. É impressionante.

E também é fato que foi tudo muito bem planejado, as Abelhas mapearam perfeitamente as adutoras e identificaram com precisão os espaços por onde deveriam entrar e sair para não perderem tempo. Agem com total discrição para não serem vistas, são sombras que se movem rapidamente de um lado a outro. O braço de Kunyaki já atravessou no ponto certo e pronto! Mais um instalado. No time dois da Coreia, Liliana embarcou para Roma.

Caramba! Outra bela surpresa, mas agora do lado de cá dos monitores. Emília aparece com um belo lanche, um sanduíche bem caprichado acompanhado de um suco de limão. Estava tão compenetrado que nem lembrava de sentir fome, embora o corpo já estivesse reclamando. Afinal, já se passaram cinco horas ininterruptas deste acompanhamento.

Aqui no Porto, são 15h, e já temos cinco missões completas. Apesar da tensão, consigo saborear esse mimo com certa tranquilidade, comendo sem alvoroço. E sempre aproveitando para admirar Emília, enquanto ouço seus comentários.

— Gostei da cara desse Guido, ele me parece uma figura muito simpática.

E é mesmo, sempre com aquele olhar cínico e o jeito bonachão de ser.

— Também achei interessante esse tal de Moorhouse, todo debochado.

A cada nova observação de Emília, fica mais evidente o quanto ela está feliz de ver tudo aquilo acontecendo, e de fazer parte disto, de participar realmente. E a movimentação não para. Enquanto finalizo o sanduíche, no time da China a Yana Chen chega a Pequim. E Hyman, um passo à frente, alcança a adutora.

Na equipe um da Coreia, Dílson já está em Osaka. No time da França, Lucien já chegou a Londres, e lá já tem um carro à espera dele no estacionamento da estação, reservado não sei por quem. Ele também não perdeu tempo, rapidamente pegou o veículo e disparou em direção à adutora. Agilidade também no time da Alemanha, com Alfred já chegando em Moscou. Que beleza, muita movimentação.

Lá vai Dílson, em Osaka, chegando sem dificuldades à adutora, cumprindo as metas da segunda equipe da Coreia. O time da China chegando também à adutora. Na França também! Três pessoas chegaram às adutoras ao mesmo tempo. Já nem sei quem eu devo acompanhar, qual time eu priorizo.

Puta merda! Comemorei cedo demais. Lucien não está sozinho, tem alguém vindo. Parece um guarda, um segurança... Desgraçado! É isso mesmo, um vigia fazendo ronda pela área da adutora. Era hora de confiar na escolha de Pierre... E Lucien não decepciona. Ele se esquiva com facilidade e chega à caixa do controle. Na verdade, foi até tranquilo, mas não havia como não ficar tenso, imagine um tropeço a essa altura do campeonato. Melhor nem pensar.

Na Alemanha, Alfred, já alcançou a adutora também. Time da França desembarcou do trem em Genebra. Com tranquilidade já pegou o próximo veículo, um bondinho que passa por ali. "Tranquilidade" é modo de falar, porque às 18h, com aquele bondinho cheio de gente, não é tão tranquilo assim. Ao menos, já vão saltar logo, porque a adutora fica muito próxima, em um bairro ali perto.

De volta à Alemanha, Alfred já chegou também a seu destino, está na adutora. Quase que sincronizado com o time que está em Genebra. Etapa europeia correndo muito bem. Com sete horas de ação, os times de China, Coreia e França terminaram completamente a missão, isso é fantástico. Em sete horas, metade de tudo está absolutamente completo.

Emília não se conteve:

— Parabéns, Nuno. Parabéns! Você é gigante.

Com o movimento desacelerando, despeço-me dos Leões da China, da Coreia e da França. Agradeço e digo a eles, com toda a sinceridade, que espero nunca mais vê-los. Essa será a confirmação de que tudo correu bem. Três monitores já foram desligados, agora com pouca atividade fica mais fácil acompanhar.

Já vi que Hugo chegou a Istambul, às 19h, dando mais um passo para o time da Alemanha. Na equipe norte-americana, Eddie chegou a seu destino, em Chicago, ao meio-dia. Perfeito. Agora é só acompanhar. Hugo foi direto à sua adutora, sem dificuldade, cumpriu seu papel e temos mais uma parte da missão finalizada, etapa Alemanha está encerrada. Agora, o Eddie... Também chegou à adutora de Chicago. E Jones chegou em Washington. Tudo caminhando muito bem.

Song Sun Sing, da segunda equipe da Coreia, chegando em Daca. É o primeiro dessa equipe a alcançar o destino, os demais ainda estão em viagem, cochilando no avião, sem problemas.

Nick, a terceira Abelha dos Estados Unidos, chegou à adutora de Nova Iorque e também completou a missão. Tudo feito também na terra do Tio Sam. É o que começa a acontecer com o time número dois da Coreia, com Song já alcançando a adutora de Daca. Etapa Bangladesh finalizada. Que maravilha! Já são 12 horas de ação, e tudo está correndo absolutamente bem, as missões estão quase que totalmente encerradas, faltando muito pouco.

No segundo time da Coreia, faltam apenas Liliana, ainda no voo para Roma, e Sanjay, se dirigindo para Nova Delhi. Todos os demais – Estados Unidos, França, Alemanha, China e equipe um da Coreia – terminaram suas missões. Por isso, já me despedi também dos meus Leões norte-americano e alemão.

Como Liliana ainda tem muito tempo de voo pela frente, e não há o que fazer, resolvo dar uma volta. Já são 23h aqui em Porto. Saio para caminhar com a Emília, até para relaxar um pouco. Só faltam duas Abelhas, e não acontecerá muita coisa nas próximas horas. É fantástica a sensação de que tudo está sendo resolvido.

Depois dessa esticada, chego até a pensar em dar uma cochilada, mas quem disse que a adrenalina deixa. Diante do que ainda vai acontecer, é difícil desligar, mesmo que por pouco tempo. A noite vai avançando, a meia-noite já ficou para trás na cidade do Porto... O intervalo foi quebrado pela chegada de Sanjay à Nova Delhi. E em menos de 45 minutos depois ele já estava na adutora, onde completou a missão com muita facilidade.

Uau... Só falta Liliana. Agora, pelas minhas contas, é só esperar umas duas horas de voo para ela desembarcar em Roma, com o dia raiando, no aeroporto internacional de Fiumicino, que tem "Leonardo da Vinci" como sobrenome. Aqui, ainda é noite, mas neste momento fica cada vez mais difícil relaxar. Já passamos de 17 horas em ação, é uma mistura de fadiga, sonolência, excitação e adrenalina. Nas últimas horas, Emília e eu conversamos um monte, falamos tudo e mais um pouco de nossas vidas, do que fizemos.

Finalmente, já passando das 18 horas de ação, Liliana, a última Abelha a caminho, chega no aeroporto de Fiumicino. A última Abelha pousou. Quatro horas da madrugada no Porto e cinco da madruga em Roma. Vamos partir para o último ataque da Abelha.

Entrando na décima nona hora da ação, a última Abelha está a caminho da adutora. Liliana pegou um carro no aeroporto, que provavelmente alguém reservou para ela, e avança rapidamente para o ponto final desta operação. O local não fica distante, e é preciso entrar na cidade.

Com o sol já dando as caras, Liliana vai adentrando às ruas de Roma e, pouco mais de 20 minutos depois, parou de repente. Desceu do carro, e eu vou acompanhando pela câmera. Ela estava ao lado do rio Tibre, e de frente para a entrada do Vaticano. A imagem que se forma ali é fantástica. Há uma certa neblina, mas que permite avistar o domo daquela que é a igreja mais alta de todo o cristianismo. Aquele domo surgindo no meio da neblina.

Parece coisa de filme. Se tivéssemos combinado não seria tão impressionante, porque é a última Abelha, é o desfecho da ação. E essa imagem do Vaticano, da cúpula saindo no meio das nuvens, que começa a ser iluminada por um raio de sol de uma maneira única. Fico arrepiado, e a Emília, chocada. A cena se torna uma celebração, pois a menos de 20 minutos da instalação da última bolsa em ação só poderia ser uma coroação. Eu nem sei o que falar, o que pensar.

Liliana volta para o carro, muito tranquila, e em 15 minutos já está na adutora e finaliza a ação. Acabou. De forma muito educada, agradeço a Young. E com o pensamento de também nunca mais vê-la. Embora ela não entendesse dessa forma.

— *Espero revê-lo. E não venha me dizer que não quer me ver, porque eu quero vê-lo. O senhor pode ter finalizado o trabalho desta operação, mas seu trabalho comigo ainda não acabou. Ainda resta uma tarefa muito prazerosa que o senhor vai adorar.*

Emília me olhou assustada, e até com uma certa pontada de ciúmes. Afinal, ela acabara de descobrir que não conhecia todos os "detalhes" da operação. Desligo o monitor. A missão estava concluída. Ficamos ali, olhando um pro outro, sem falar nada, nenhuma palavra. Até que eu quebro o silêncio.

— Vamos descansar.

Passamos o sábado praticamente inteiro dormindo. Acordamos já no fim da tarde. Eu ainda encantado ao ver Emília ao meu lado, e aos meus olhos ela estava cada dia mais bela, e a sentia cada dia mais disposta. De novo aquela explosão de sentimentos, dominado pela excitação da companhia em meio a tudo o que estava acontecendo e pela satisfação do dever cumprido.

Enquanto comíamos alguma coisa, combinamos o que faríamos nos dias seguintes, pois durante esse período, seria apenas expectativa, nada iria acontecer. Decidimos que no domingo iríamos para Santiago de Compostela, parando em Braga e na bela cidadezinha de Arcos de Valdevez.

Na segunda, quem sabe, seguir beirando o Douro no sentido da Espanha, passando Amarante, Peso da Régua, Lamego, retornando ao Porto no fim do dia. Na terça, o roteiro seria descendo em direção ao sul, indo para Aveiro, para ver alguma coisa que parecesse interessante, enfim, passar o dia.

Assim fizemos. E na terça à noite, já de volta ao Porto, enquanto Emília zapeava pelos canais da TV, viu alguma coisa em telejornais da França e da Alemanha sobre um possível surto de uma gastroenterite que estava acontecendo em algumas regiões desses países. No dia seguinte, todas as redes internacionais já noticiavam um aumento expressivo de casos de intoxicação alimentar ou alguma outra doença ainda não esclarecida, mas que atingia principalmente América do Norte, Europa e Ásia.

Na quinta-feira, era o assunto de todas as emissoras. Havia mesas-redondas, debates, entrevistas com especialistas, podcasts. Em todo lugar, praticamente todos os veículos de comunicação estavam promovendo algum debate sobre o que estava acontecendo e o que poderia estar causando tudo aquilo.

Os relatos com fortes suspeitas sobre botulismo já começavam a surgir, porque alguns pacientes estavam apresentando sinais de sistema nervoso central. As autoridades de diversos países começaram a pedir notificação obrigatória de todos os casos suspeitos e casos diagnosticados nas redes de especialistas. Já se falava em milhões de pacientes acometidos.

Havia milhões de casos de busca por socorro nos hospitais, que estavam com suas UTIs lotadas, notificando falta de respiradores. Foi uma surpresa para mim ver como a coisa avançou muito mais rapidamente do que imaginávamos. Não era para ter esse número todo de gente doente, essa dimensão toda e nem tamanha propagação das notícias.

Talvez eu tenha subestimado a capacidade infectiva do modelo. Talvez tenhamos números ainda mais avassaladores. O pânico já estava instalado. O desespero reinava, era o assunto em todos os lugares. Para se ter ideia da dimensão, na América do Norte, além dos Estados Unidos, Canadá e México já tinham relatos importantes.

Na Europa, a mesma coisa na relação da França com Bélgica e Holanda. Da Alemanha, a coisa se espalhou para Polônia, República Tcheca, Itália, Turquia e Rússia. A contaminação na Ásia dominou Coreia, China, Japão, Índia e Bangladesh. Os números foram ficando mais e mais impressionantes.

Na sexta-feira, as edições extras dos noticiários já alertavam que, com toda certeza, era botulismo. E a contaminação já era atribuída a uma ação intencional, criminal, provavelmente uma ação terrorista. Inclusive, dois grupos terroristas já tinham assumido a autoria do atentado. Um grupo do Oriente Médio e um grupo de um país europeu que tinha intenções separatistas.

Confesso que, ao saber dessas notícias, senti um certo ciúmes. Estão roubando o mérito da minha obra-prima. Claro que, por outro lado, estava muito satisfeito, porque toda essa confusão botava uma pedra em cima do assunto, reduzindo as possibilidades de que qualquer investigação chegasse aos verdadeiros autores.

Com o assunto dominando a atenção do mundo todo, já havia quem estimasse que o número de afetados ao redor do planeta já passava de 50 milhões naquele momento. E, como não poderia deixar de ser, havia uma enxurrada de dúvidas. Não se sabia como acontecia a contaminação. Até mesmo os "especialistas", que afirmavam se tratar de botulismo e que se metiam a dar esclarecimentos, não davam conta de esclarecer nada.

Afinal, quem é especialista em botulismo? Quantos casos ocorrem por ano em algum lugar? Esse mesmo bando de "entendidos" reconhecia que ainda não tinham conhecimento de algum alimento que tivesse sido contaminado pelo ar, como já se tentou no passado, ou pela água. A única grande certeza que se tinha é que ainda havia muitas dúvidas.

Quando o sábado chegou, tivemos uma noção mais clara da verdadeira dimensão do que estava acontecendo. Os veículos de comunicação chamando edições extras a todo momento, os plantões de jornalismo eram permanentes, havia destaques de emissoras locais, emissoras internacionais. O alerta foi geral: estava confirmado que era um atentado global. E também já se sabia que a contaminação ocorreu por meio da toxina botulínica.

Continuavam as investigações sobre os dois grupos que assumiram a autoria do atentado, pois não havia como determinar que um deles estava dizendo a verdade, e caso se chegasse a tal confirmação, qual deles era de fato o autor. As autoridades seguiam investigando. Mas já havia a definição de que a contaminação aconteceu pela água, e que naquele momento a expectativa era de mais de 100 milhões de pessoas já acometidas ou que ainda não manifestaram os sintomas. Mais de 100 milhões! Meio Brasil, praticamente.

Olhei para Emília e disse:

— Meu Deus do céu! Erramos no cálculo. Ou, melhor, eu errei, né? Nunca pensei que neste momento já estaria com tamanha dimensão, com esses números. E a coisa só está começando. Se estão dando alerta agora, imagine quantos estão contaminados. Apesar de todo o cuidado, acabei causando um *overdone*.*

Depois, começou o alerta das autoridades sanitárias globais e da própria OMS de que, sabendo-se que a origem da contaminação é a água, as pessoas evitassem as suas fontes convencionais de fornecimento. Quando muito, indicavam que fosse consumida alguma água mineral com procedência segura, confiável, que não tivesse sido violada. Também orientaram a população a evitar refrigerantes, sucos de fruta, enfim, todas as bebidas que utilizassem água em sua composição.

As únicas bebidas seguras seriam os leites, principalmente os UHT, que apresentam maior tempo de armazenagem e comprovadamente não têm água em sua fabricação. No momento de desespero, a população certamente dispararia em busca de alimentos UHT. Tanto já se esperava tal reação que as indústrias de laticínios foram alertadas antes e orientadas para que aumentassem o quanto pudessem sua produção, porque a demanda cresceria de forma assustadora.

---

* [N. A.] *Overdone* é um adjetivo em inglês que significa "excessivamente feito" ou "exagerado". No campo da toxina botulínica, refere-se à aplicação de um volume acima do necessário, deixando o rosto paralisado, efeito chamado de *poker face* ou *frozen*.

Olhei para Emília, com a satisfação de quem cercou o rei oposto no tabuleiro de xadrez, sem qualquer opção de saída, dei um sorriso e soltei a sentença:

— Xeque-mate! Era exatamente o que eu imaginava.

Durante o processo de elaboração e maturação do plano, aconteceu um fato que me fez mudar um pouco o desenho dos personagens. Desde o começo, as Hienas eram para mim aqueles personagens que teriam condição de fazer uma contaminação caso falhasse tudo naquele determinado país, se nenhuma Abelha completasse a jornada, se todas falhassem.

Nesse caso, as Hienas entrariam com um plano B. No entanto, em uma das vezes que encontrei a Ana, a minha amiga bibliotecária, ela me passou alguns artigos que me ajudariam a compreender melhor o funcionamento do *Clostridium botulinum*, além de tentar simular as possíveis adversidades que poderia encontrar, as fraquezas e as fortalezas que a toxina tinha. E uma coisa que me chamou a atenção: o *Clostridium botulinum* é muito mais resistente a altas temperaturas do que outras bactérias. Pode resistir a até 150 °C.

Um dia, pensando sobre todo o plano, revendo possíveis fragilidades, cheguei à conclusão de que o processo poderia falhar, seja em um ou mais países. Talvez em todos, e aí as Hienas poderiam não ser suficientes. E tudo era um modelo também, eu não sabia se a quantidade seria correta, se o poder de contaminação corresponderia aos objetivos do plano, se a potência seria adequada, como reagiria na água.

Fato é que ao me debruçar sobre essas dúvidas, essas análises, me veio à mente o leite UHT. Esse alimento é uma solução do mundo moderno, pelas condições que tem de ser estocado e de se manter viável por muito tempo. As indústrias de laticínios recebem o leite, fazem um processo de filtragem e de homogeneização. Ou seja, o leite passa por um aquecimento de 130 a 150 °C durante dois a quatro segundos. É a chamada ultrapasteurização.

Na sequência, o leite é rapidamente resfriado até 32 °C e embalado em condições assépticas nas caixas tetra. Com isso, passam a ter pelo menos seis meses de vida útil – daí os apelidos de "leite longa vida" e "leite de caixinha". Então, isso é uma solução pensando em uma maneira mais moderna de estocagem, para atender a uma demanda dos consumidores e dar mais produtividade ao leite.

Agora, preste atenção a esse detalhe, são apenas dois a quatro segundos sob a temperatura que vai até 150 °C. Porém, o *Clostridium* sobrevive a temperaturas ainda maiores que essa. Veja bem a proporção que ganha meu plano contando que essa bactéria não vai morrer durante o processamento do leite e permanecerá viva, dentro de uma condição asséptica, onde vai no mínimo continuar como está, ou talvez até se reproduza um pouco mais, por até seis meses.

Seria praticamente impossível determinar o potencial desse estrago, a abrangência e a duração da tragédia. Estávamos fazendo uma bomba superpoderosa. E foi aí que resolvi mudar o plano. Como existem dezenas de fábricas de UHT com produção exagerada, imensa, coisa de três milhões de litros por dia, foi só fazer a escolha certa nos determinados países onde já estava correndo a ação. Foi assim que escolhi Estados Unidos, França, Alemanha, China e Coreia, com uma equipe se deslocando para o Japão.

Nesses seis países foram detectadas plantas fabris que produziam mais de três milhões de litros por dia, com tanques resfriadores que têm capacidade para 250 mil litros por rodada e com produção contínua. Agora, com as primeiras notícias de pessoas contaminadas em outros países, como Bélgica e Polônia, tenho a confirmação de que esse esquema do leite funciona bem, de que está funcionando bem. E com a recomendação para as pessoas tomarem leite, a dimensão será ainda maior.

Ninguém desconfiou, e a dosagem do leite não é feita nesse controle, é muito difícil fazer a detecção. Vai levar alguns dias até que se descubra algo nesse sentido. Enquanto isso, os números se tornarão avassaladores. Isso mostra que, pelo menos em termos de uma alternativa para garantir alguma eficiência contra a falha do outro esquema, estávamos corretos.

Mas não posso afirmar a mesma coisa em relação à dimensão do impacto desse terrorismo lácteo. Primeiro, porque todos os cálculos foram subestimados. O poder de contaminação é muito maior do que o imaginado. Segundo, a ação do leite é absolutamente sinérgica e vai potencializar o número de contaminados bem acima do que esperávamos.

Ainda surpreso por essa orientação, convido Emília para tomarmos um chope em algum bar ali na Ribeira do Douro, que é um lugar bem agradável. Durante a conversa no caminho, Emília reforça o elogio pelo fato de eu ter conseguido elaborar todo esse plano. Aproveito a empolgação e o interesse dela para explicar um pouco mais sobre qual era o ponto diferente nessa ação, e como as Hienas teriam acesso aos tanques enormes realizando a contaminação logo na saída pro envase.

— Contávamos com um time muito experiente de Hienas. Ao ponto de terem que, de alguma maneira, infiltrar alguém nessas plantas para também participar da ação. Espero que tenham tampado bem o buraco, até porque, se pegam as Hienas, talvez cheguem, quando muito, aos Cangurus. E daí não passa.

Na Ribeira, nos sentamos em um bar, pedi uma porção de tremoço, pois o dessa região é muito bom, e os dois chopes. Depois de brindarmos, Emília abre a celebração com uma indagação.

— Você está com a sensação de dever cumprido?

— Acredito que sim. Acredito que sim. Agora, vamos planejar o que faremos, para onde iremos.

— Bom, acho que a gente deve sair do Porto. O que você acha?

— Acho interessante. Ficamos aqui mais uns dias e vamos embora.

— Talvez uma semana, no máximo, porque aí a poeira já vai ter assentado, teremos uma visão melhor sobre toda essa situação ter se estabilizado ou não, teremos uma ideia mais clara sobre em que rastro estão. E aí começamos a tocar a nossa vida.

Nossa conversa foi interrompida por uma nota urgente que apareceu na televisão do bar, um chamado repentino para uma edição extra ou algo assim. Surge então na tela um repórter com uma notícia bombástica de que a OMS já contabilizava mais de 150 milhões de pessoas atingidas. Eles não conseguiam determinar o número do país que crescia cada vez mais. Aí entrou a recomendação final:

— *Nesses dias tomados por incertezas e insegurança, até que possamos ter garantia da qualidade da água, considerem sempre a hipótese do consumo de leite UHT como alimento líquido.*

Olhei para Emília com discreta satisfação, até para que ninguém ali me olhasse como se eu fosse doido, dei-lhe um beijo, ergui mais uma vez meu copo e propus um brinde com a simples saudação:

— Xeque-mate!

Sobre o colaborador editorial:

Romualdo Venâncio

Jornalista com 30 anos de carreira e especializado em comunicação no agronegócio, já escreveu quatro livros relacionados ao segmento e participou da produção de obras de outros setores. Ao longo de sua trajetória como comunicador, sempre buscou inspiração e contribuição nas artes – teatro, circo, comédia *stand-up*, música e capoeira Angola – para aprimorar sua atuação. A vivência com essa ampla e diversa gama de temas potencializou o trabalho de Romualdo, inclusive como roteirista do universo audiovisual e escritor de diferentes obras literárias. No caso específico deste livro, o jornalista foi responsável por moldar e lapidar a linha editorial da obra e enriquecer a história contada pelo autor.